Jack Kerouac

OS VAGABUNDOS ILUMINADOS

Tradução de Ana Ban

www.lpm.com.br

L&PM POCKET

Coleção **L&PM** POCKET, vol. 372

Texto de acordo com a nova ortografia.
Título original: *The Dharma Bums*

Primeira edição na Coleção **L&PM** POCKET: julho de 2004
Esta reimpressão: dezembro de 2024

Tradução: Ana Ban
Capa: Marco Cena
Revisão: Jó Saldanha, Renato Deitos, Larissa Roso e Camila Kieling

ISBN 978-85-254-1364-2

K39v Kerouac, Jack, 1922-1969.
Os vagabundos iluminados / Jack Kerouac; tradução de Ana Ban. – Porto Alegre: L&PM, 2024.
256 p. ; 18 cm. – (Coleção L&PM POCKET, v.372)

1.Ficção norte-americana-romances. I.Título. II.Série.

CDD 813
CDU 821.111(73)-3

Catalogação elaborada por Izabel A. Merlo, CRB 10/329.

Rua Comendador Coruja 314, loja 9 – Floresta – 90.220-180
Porto Alegre – RS – Brasil / Fone: 51.3225.5777

PEDIDOS & DEPTO. COMERCIAL: vendas@lpm.com.br
FALE CONOSCO: info@lpm.com.br
www.lpm.com.br

Impresso no Brasil
Primavera de 2024

Jack Kerouac
(1922-1969)

Jean-Louis Lebris de Kerouac nasceu em Lowell, Massachusetts, em 12 de março de 1922; era o mais novo de três filhos de uma família de origem franco-canadense. Começou a aprender inglês apenas aos seis anos de idade, estudou em escolas católicas e públicas locais e, como jogava futebol americano muito bem, ganhou uma bolsa para a Universidade de Columbia, na cidade de Nova York. Nesta cidade conheceu Neal Cassady, Allen Ginsberg e William S. Burroughs. Largou a faculdade no segundo ano, depois de brigar com o técnico de futebol, foi morar com uma ex-namorada, Edie Parker, e juntou-se à Marinha Mercante em 1942 – dando início às jornadas infindáveis que se estenderiam por boa parte de sua vida. Em 1943 alistou-se na Marinha, de onde foi dispensado por razões psiquiátricas. Entre uma e outra viagem, voltava para Nova York e escrevia o seu primeiro romance, *The town and the city* (*Cidade pequena, cidade grande*), publicado em 1950, sob o nome de John Kerouac. Este primeiro trabalho era fortemente influenciado pelo estilo do escritor norte-americano Thomas Wolfe e foi bem recebido. Em abril de 1951, entorpecido por benzedrina e café, inspirado pelo *jazz*, escreveu em três semanas a primeira versão do que viria a ser *On the road*. Kerouac escrevia em prosa espontânea, como ele chamava: uma técnica parecida com a do fluxo de consciência. O manuscrito foi rejeitado por diversos editores. Em 1954, começou a interessar-se por budismo e, em 1957, *On the road* foi finalmente publicado, após inúmeras alterações exigidas pelos editores. O livro, de inspiração autobiográfica, descreve as viagens de Sal Paradise e Dean Moriarty pelos Estados Unidos e pelo México. *On the road* exemplificou para o mundo aquilo que ficou conhecido como “a geração *beat*” e fez com que Kerouac se transformasse em um dos mais controversos e famosos escritores de seu tempo – embora em vida tenha tido mais sucesso de público do que de crítica e embora rejeitasse o título de "pai dos *beats*". Seguiu-se a publicação de *Os vagabundos iluminados* – um romance com franca inspiração budista –, *Os subterrâneos*, em 1958, *Maggie Cassidy*, em 1959, e *Tristessa*, em 1960. Publicou ainda *Big sur* e *Doctor Sax*, em 1962, *Visões de Gerad*, em 1963, e *Vanity of Duluoz*, em 1968, entre outros. *Visões de Cody*, considerado por muitos o melhor e mais radical livro do autor, só foi publicado integralmente em 1972. Ele morreu em St. Petersburg, Flórida, em 1969, aos 47 anos, de cirrose hepática. Morava, então, com sua mãe e sua mulher, Stela. Escreveu ao todo vinte livros de prosa e dezoito de ensaios, cartas e poesia.

Dedicado a Han Shan

1

Em um dia qualquer do final de setembro de 1955, bem ao meio-dia, peguei um trem de carga que saía de Los Angeles, subi em um vagão aberto e deitei com a cabeça apoiada na minha sacola, com os joelhos cruzados, e fiquei contemplando as nuvens enquanto viajava em direção ao norte, para Santa Bárbara. Era uma linha local e eu pretendia dormir aquela noite em Santa Bárbara e pegar uma outra linha local até San Luis Obispo na manhã seguinte ou então uma linha de carga de primeira classe direto até São Francisco às sete da noite. Em algum lugar perto de Camarillo, onde Charlie Parker tinha ficado louco e depois relaxara até recuperar a saúde, um sujeitinho magro subiu no meu vagão quando o trem entrou em um desvio para deixar um outro comboio passar e pareceu surpreso ao me ver ali. Acomodou-se na outra ponta do vagão aberto e deitou no chão, de frente para mim, com a cabeça apoiada na trouxinha miserável que carregava e não disse nada. O apito tocou algumas vezes, depois de o trem de carga que ia em direção ao leste acabar de passar a toda pela via principal, e retomou seu caminho bem quando o ar já ia ficando mais frio e a névoa que soprava do mar começava a cobrir os vales quentes perto da costa. Tanto o sujeitinho quanto eu, depois de tentativas frustradas de nos acomodar sobre o aço frio com nossas cobertas, levantamos e começamos a andar de um lado para o outro, pulando e agitando os braços, cada um na sua ponta do vagão. Logo o trem pegou outro desvio e entrou em uma cidadezinha de beira de ferrovia e percebi que precisaria de uma garrafa de vinho Tokay para conseguir aguentar o anoitecer frio até Santa Bárbara. "Será que você pode olhar minha bolsa enquanto eu vou até ali comprar uma garrafa de vinho?"

"Pode crer."

Pulei do vagão e atravessei a rodovia 101 correndo até a loja e comprei, além do vinho, um pouco de pão e algumas balas. Voltei correndo para o trem de carga que ainda ia demorar mais quinze minutos para sair daquele cenário, agora ensolarado e quente. Mas já estava bem no fim da tarde e com certeza logo esfriaria. O sujeitinho estava sentado de pernas cruzadas na ponta dele, de frente para uma refeição deplorável que consistia em uma lata de sardinhas. Fiquei com pena, fui até lá e disse: "Que tal um pouco de vinho para se aquecer? Você não quer um pouco de pão e queijo para comer com as sardinhas?".

"Pode crer." A voz saía de algum lugar distante dentro dele, uma vozinha contida e meiga que tinha medo ou não estava com vontade de se afirmar. Eu tinha comprado um queijo três dias antes, na Cidade do México, antes da longa viagem barata de ônibus para atravessar três mil longos quilômetros por Zacatecas e Durango e Chihuahua até a fronteira em El Paso. Ele comeu o queijo e o pão e tomou o vinho com gosto e gratidão. Fiquei contente. Lembrei-me do verso no Sutra do Diamante que diz: "Pratique a caridade sem ter em mente nenhuma concepção a respeito da caridade, porque caridade, apesar de tudo, não passa de uma palavra". Eu era muito devoto naquele tempo e praticava minha devoção religiosa quase à perfeição. Mas, com o tempo, acabei ficando um pouco hipócrita em relação à minha pregação, além de me sentir um pouco cansado e cético. Porque agora estou tão velho e tão neutro... Mas naquele tempo eu realmente acreditava na caridade e na gentileza e na humildade e no zelo e na tranquilidade neutra e na sabedoria e no êxtase, e acreditava ser um antigo bhikku com roupas modernas vagando pelo mundo (geralmente percorrendo o imenso arco triangular de Nova York até a Cidade do México e até São Francisco) para fazer girar a roda do Verdadeiro Significado, ou Darma, e conquistar méritos próprios para me transformar em um futuro Buda (Despertado) e em futuro Herói no Paraíso. Ainda não tinha conhecido Japhy Ryder, isso aconteceria na semana seguinte, nem tinha ouvido falar de nada parecido com "Vagabundos do Darma" apesar de naquele tempo eu ser um perfeito Vagabundo do Darma e me considerar um andarilho religioso. O sujeitinho no vagão de carga deu forma a todas as minhas crenças ao se aquecer com o vinho e conversar e no final sacar uma tirinha de papel que continha uma prece de Santa Tereza anunciando que, depois de sua morte, ela retornaria à Terra por meio de uma chuva de rosas vinda do céu, para sempre, para todas as criaturas vivas.

"Onde foi que você arrumou isso?", perguntei.

"Ah, tirei de uma revista de uma sala de leitura em Los Angeles há uns anos. Sempre a carrego comigo."

"E você sempre se agacha dentro de um vagão de trem de carga e fica lendo?"

"Praticamente todo dia." Depois disso, ele não falou mais quase nada, não estendeu o assunto sobre Santa Tereza, foi bastante reservado em relação à sua religião e falou muito pouco a respeito da sua vida pessoal. É aquele tipo de sujeitinho quieto e magro em quem ninguém presta muita atenção quando está em um lugar barra-pesada, se estiver em um bairro nobre então, nem pensar. Se um guarda o mandasse circular, ele circulava, e desaparecia, e se fiscais de carga estivessem no pátio de manobra quando um trem de carga encostasse, muito provavelmente não perceberiam o homenzinho escondido nos arbustos que pulava para dentro de um vagão em meio às sombras. Quando falei que planejava pegar o Zipper*, trem de carga de primeira classe,

* Zipper: algo como "rapidinho". (N. T.)

na noite seguinte, respondeu: "Ah, você está falando do Midnight Ghost*?"

"É assim que você chama o Zipper?"

"Você deve ter trabalhado naquela linha."

"Trabalhei mesmo, cuidava dos freios na ferrovia do Pacífico Sul."

"Bom, nós vagabundos chamamos de Midnight Ghost porque a gente sobe em Los Angeles e ninguém mais te vê até a manhã seguinte, quando chega a São Francisco, porque aquele troço voa rápido demais."

"Cento e trinta quilômetros por hora nos trechos retos."

"É isso aí, mas fica frio demais à noite quando a gente está voando pela costa ao norte de Gaviota e perto de Surf."

"Surf, isso mesmo, e depois as montanhas ao sul de Margarita."

"Margarita, isso mesmo, mas acho que já andei naquele Midnight Ghost mais vezes do que dá para contar."

"Quantos anos faz que você não vai para casa?"

"Já faz tanto tempo que eu nem conto mais. Eu vim de Ohio."

Mas o trem começou a andar, o vento ficou frio e enevoado outra vez, e passamos a hora e meia seguinte fazendo tudo que podíamos fazer e imaginar para não congelar nem bater os dentes demais. Eu me encolhi e meditei sobre o calor, o verdadeiro calor de Deus, para obviar o frio; daí comecei a pular para cima e para baixo e a agitar os braços e as pernas e a cantar. Mas o sujeitinho tinha mais paciência do que eu e só ficava lá deitado a maior parte do tempo, ruminando seus pensamentos desolados e amargos. Meus dentes batiam, meus lábios estavam azuis. Quando escureceu, enxergamos com alívio as montanhas bem conhecidas de Santa Bárbara tomar forma e logo já tínhamos parado e estávamos ao lado dos trilhos, aquecidos pela noite quente e estrelada.

* Midnight Ghost: fantasma da meia-noite. (N. T.)

Dei adeus ao sujeitinho de Santa Tereza no cruzamento onde descemos e fui para a praia passar a noite sobre a areia com meus cobertores, entrei areia adentro e parei ao sopé de um rochedo, onde os guardas não poderiam me ver nem me mandar embora. Cozinhei salsichas espetadas em galhos recém-cortados sobre o carvão de uma grande fogueira, e esquentei uma lata de macarrão com molho de queijo nos espaços ardentes entre brasas, e bebi o vinho que acabara de comprar, e exultei em uma das noites mais agradáveis da minha vida. Entrei na água até os joelhos e me agachei um pouco e fiquei lá olhando para o céu noturno esplendoroso, o universo de escuridão e de diamantes da Avalokitesvara com suas dez maravilhas. "Bom, Ray", digo, contente, "só faltam mais alguns quilômetros. Você conseguiu de novo." Feliz, só com meu calção de banho, descalço, com os cabelos desgrenhados, na escuridão avermelhada pelo fogo, cantando, bebendo vinho, cuspindo, correndo, pulando – isso sim é que é viver. Completamente sozinho e livre na areia macia da praia com o suspiro do mar bem ali, as estrelas virgens calorosas e falopianas refletindo nas embarrigadas águas fluidas do canal externo. E se o metal das latas estiver pelando e não for possível segurá-las com as mãos, é só usar as velhas e boas luvas industriais, só isso. Deixei a comida esfriar um pouco para saborear mais vinho e meus pensamentos. Fiquei sentado sobre a areia com as pernas cruzadas e contemplei minha vida. Bom, pronto, e que diferença fazia? "O que vai acontecer comigo daqui para a frente?" Daí o vinho começou a atuar sobre as minhas papilas gustativas e não demorou muito até que precisasse atacar as salsichas, abocanhando-as diretamente da ponta dos espetos, e mastiga mastiga, e caí de boca em cima das duas latas deliciosas com a velha e boa colher de medida, engolindo fartas porções de feijão e carne de porco quentes, ou de macarrão com molho que chiava de tão apimentado, e provavelmente com um pouco de areia na mistura. "E quantos grãos de areia existirão nesta praia?"

Penso. "Ora, tantos grãos de areia quanto estrelas no céu!", (mastiga mastiga) e sendo assim, "Quantos seres humanos já existiram, aliás, quantas criaturas vivas já existiram, desde antes da *menor* parte do tempo que não tem início? Porque, opa, acho que seria preciso calcular o número de grãos de areia desta praia e de estrelas no céu, em cada um dos dez mil cosmos gigantescos, o que daria um número de grãos de areia incomputáveis pela IBM e Burroughs também, e é por isso mesmo que eu não faço ideia" (trago de vinho), "não sei direito, mas deve ser uns zilhões de sextilhões de trilhões elevados à enésima potência e multiplicados pelo número inumerável de rosas que Santa Tereza, tão gentil, e aquele velhinho benévolo estão jogando neste minuto na sua cabeça, junto com lírios".

Então, refeição terminada, limpei a boca com minha bandana vermelha, lavei a louça no mar salgado, chutei uns montinhos de areia, dei uma volta, enxuguei, guardei, enfiei a velha e boa colher dentro da trouxa salgada e me enrolei no cobertor para uma noite de bom e merecido sono. Acordei no meio da noite: "Quê? Onde estou, que jogo de basquete eterno é este que as meninas estão jogando aqui do meu lado na minha boa e velha morada da vida, a casa não está pegando fogo, está?", mas é só o murmúrio contínuo das ondas da maré alta que vão se aglomerando cada vez mais perto da minha cama de cobertores. "Serei tão resistente quanto a concha de um caracol", e volto a dormir e sonho que enquanto durmo acabo com três fatias de pão ao relento... "Ah, pobres ideias que um homem tem, e um homem sozinho na praia, e Deus observando com atenção e sorrindo...", eu diria. E sonhei com a minha casa de muito tempo atrás na Nova Inglaterra, meus gatinhos tentando me seguir por mil quilômetros na estrada que atravessava a América, e minha mãe com uma trouxa nas costas, e meu pai correndo atrás do trem efêmero e impossível de pegar, e sonhei que acordei em um amanhecer cinzento, vi, cheirei (porque tinha visto todo o horizonte se transformar como se um assistente de cenário tivesse corrido para colocá-lo de volta no lugar e fazer com que eu acreditasse em sua realidade), e voltei a dormir, virando-me para o lado. "É sempre a mesma coisa", ouvi minha voz dizer no vazio que é tão fácil de abraçar durante o sono.

2

O sujeitinho de Santa Tereza foi o primeiro Vagabundo do Darma genuíno que conheci, e o segundo foi o Vagabundo do Darma número um entre todos – na verdade tinha sido ele próprio, Japhy Ryder, que cunhara o termo. Japhy Ryder era um garoto do leste do Oregon criado em uma cabana de madeira bem no meio do bosque com o pai, a mãe e a irmã; desde o início um menino do mato, capineiro, sitiante, interessado em animais e em lendas indígenas, de modo que, quando afinal chegou à faculdade, por bem ou por mal, já estava bem preparado para seus primeiros estudos em antropologia e, mais tarde, em mitos indígenas e nos verdadeiros textos da mitologia indígena. Acabou aprendendo chinês e japonês e se transformou em catedrático em estudos orientais e descobriu os maiores Vagabundos do Darma de todos, os zen-lunáticos da China e do Japão. Ao mesmo tempo, por ser um garoto do noroeste dos Estados Unidos com tendências idealistas, interessou-se pelo anarquismo fora de moda da Primeira Guerra Mundial e aprendeu a tocar violão e a cantar antigas canções do proletariado para combinar com seu interesse em canções indígenas e música folclórica em geral. Na primeira vez que o vi, na semana seguinte, ele estava andando pela rua em São Francisco (ninguém vai acreditar, mas cheguei lá depois de ter pego em Santa Bárbara uma longa carona a toda velocidade com uma loirinha linda querida e jovem, usando um maiô tomara que caia branquinho, descalça e com uma caneleirazinha de ouro, a bordo de um Lincoln Mercury vermelho-canela do ano seguinte, que queria benzedrina para conseguir dirigir direto até a cidade e que quando eu disse que tinha um pouco na bolsa gritou: "Que loucura!") – vi Japhy correndo a passos largos com aquela passada curiosa e comprida dos alpinistas, com uma mochilinha nas costas cheia de livros e escovas de dente e trecos naquela que era sua mochilinha "de cidade", parte de uma mochila completa bem maior, onde carregava saco de dormir, poncho e panelas. Tinha um cavanhaquezinho, um ar estranhamente oriental sob os olhos verdes um pouco puxados, mas não tinha a mínima cara de boêmio, e estava bem longe de ser um boêmio (daqueles que ficam gravitando em volta das artes). Era magro mas forte, bronzeado, vigoroso, franco, cumprimentava todo mundo, tinha bom papo e até cumprimentava os outros vagabundos aos berros na rua e, quando lhe faziam uma pergunta, rebatia na hora, com a primeira coisa que lhe vinha à mente ou que encontrava no fundo dela, não sei bem dizer, mas sempre de modo espirituoso e brilhante.

"Onde foi que você conheceu o Ray Smith?", perguntaram a ele quando entramos no The Place, o bar perto da praia preferido dos caras que gostavam de jazz.

"Ah, sempre encontro meus bodisatvas na rua!", bradou, e pediu cervejas.

Foi uma noite ótima, histórica em mais de um aspecto. Ele e alguns outros poetas (ele também escrevia poesia e traduzia poesia chinesa e japonesa para o inglês) iam fazer uma leitura poética na Gallery Six, no centro. Encontraram-se no bar e já estavam ficando altos. Mas naquele grupo de homens em pé e sentados, reparei que só ele não parecia ser poeta, apesar de o ser de fato. Os outros poetas ou eram tipos do jazz, intelectuais com óculos de chifre e cabelo preto como Alvah Goldbook ou então poetas delicados branquelos e bonitos como Ike O'Shay (de terno); ou italianos renascentistas com ar refinado e transcendente como

Francis DaPavia (que parece um jovem sacerdote); ou velhos anarquistas ébrios, com os cabelos desgrenhados e gravatas-borboleta, como Rheinhold Cacoethes; ou bobalhões de óculos gordos e quietos como Warren Coughlin. E todos os outros poetas esperançosos estavam por lá, cada um com sua roupa típica, casacos de veludo cotelê puídos nos cotovelos, sapatos com as solas gastas, livros caindo dos bolsos. Mas Japhy usava roupas grosseiras de proletário compradas de segunda mão em lojas de caridade, que lhe eram úteis em escaladas de montanhas e caminhadas e para ficar sentado ao ar livre à noite, para acampamentos com fogueira e para pegar carona litoral acima e abaixo. Aliás, na pequena mochila ele trazia também um chapéu alpino verde muito engraçado que colocava quando chegava ao sopé de uma montanha, ato geralmente acompanhado de um canto tirolês, antes de começar a subir algumas centenas de metros de altitude. Usava botas de escalada, das caras, italianas, seu orgulho e alegria, com as quais caminhava ruidosamente de um lado para o outro sobre o chão coberto de serragem do bar, como se fosse um lenhador dos velhos tempos. Japhy não era alto, tinha só cerca de um metro e setenta, mas era forte e delgado e rápido e musculoso. O rosto dele era uma máscara ossuda de tristeza, mas seus olhos brilhavam como os dos velhos sábios risonhos da China, por cima daquele cavanhaquezinho, para amenizar a aparência rude de seu rosto tão bonito. Os dentes dele eram um pouco escuros, devido à negligência de quem mora no mato no começo da vida, mas isso nunca se notava e ele abria bem a boca para rir de piadas. Às vezes ficava quieto só olhando para o chão com tristeza, como se estivesse definhando. Às vezes, ficava animado. Demonstrou enorme interesse solidário por mim e pela história sobre o sujeitinho de Santa Tereza e pelas histórias que lhe contei a respeito das minhas experiências pessoais como clandestino em trens, pegando carona e caminhando no mato. Na mesma hora afirmou que eu era um baita bodisatva, que significa "grande ser sábio" ou "grande anjo sábio", e que eu ornamentava este mundo com minha sinceridade. Nossa divindade budista preferida também era a mesma: Avalokitesvara, ou, em japonês, Kwannon de Onze Cabeças. Ele conhecia todos os detalhes do budismo tibetano, chinês, mahayana, hinayana, japonês e até birmanês, mas avisei logo que eu não dava a mínima para a mitologia, para todos os nomes e para o sabor nacional de cada tipo de budismo, e que só estava interessado na primeira das quatro verdades nobres de Sakyamuni: *Toda vida é sofrimento.* E, até certo ponto, na terceira: *É possível alcançar a supressão do sofrimento,* o que para mim, naquela época, era difícil de acreditar. (Eu ainda não tinha digerido a Escritura de Lankavatara que acaba mostrando que não há nada no mundo além da própria mente, e que portanto tudo é possível, inclusive a supressão do sofrimento.) O amigo de Japhy era o bobalhão de enorme coração anteriormente mencionado, Warren Coughlin, oitenta quilos de carne de poeta, propagandeado por Japhy (em particular, no meu ouvido) como sendo algo mais do que a aparência sugeria.

"Quem é ele?"

"Ele é meu maior amigão do Oregon, a gente se conhece há muito tempo. No começo a gente acha que ele é lerdo e idiota, mas na verdade é um diamante reluzente. Você vai ver. Não deixe que ele acabe com você. Ele vai fazer a consciência sair voando, cara, escolhendo a palavra aleatória certa."

"Por quê?"

"Ele é um baita bodisatva misterioso, acho que pode ser a reencarnação de Asagna, o grande sábio mahayana dos séculos antigos."

"E quem sou eu?"

"Sei lá, talvez você seja o Bode."

"Bode?"

"Talvez seja o Cara de Lama."

"Quem é o Cara de Lama?"

"O Cara de Lama é o barro no seu rosto de bode. O que você diria se perguntassem a alguém 'Um cachorro pode ter a natureza do Buda?', e esse alguém em seguida respondesse 'Au-au!'?"

"Diria que isso é um monte de bobagem zen-budista." Essa pegou Japhy um pouco desprevenido. "Olha, Japhy", eu disse. "Não sou zen-budista, sou um budista sério, sou um covarde hinayana sonhador das antigas, da última fase do mahayanismo", e assim por diante noite adentro, eu alegando que o zen-budismo não se concentrava muito na gentileza mas dava ênfase à confusão do intelecto para fazer com que este distinguisse a ilusão da origem de todas as coisas. "Quanta *maldade*", reclamei. "Todos aqueles mestres zen jogando crianças pequenas na lama só porque elas não sabem responder às questões cheias de palavras tolas que eles inventam."

"Isso acontece porque eles querem fazê-los perceber que a lama é melhor do que as palavras, rapaz." Mas eu não consigo (vou tentar) recriar o brilhantismo exato de todas as respostas e idas e vindas de Japhy que me deixavam arrepiado o tempo todo e que acabaram por enfiar alguma coisa na minha mente cristalina e fizeram com que eu mudasse meus planos de vida.

O negócio é que eu segui toda a gangue de poetas lamurientos até a sessão de leitura na Gallery Six naquela noite, que foi, entre outras coisas importantes, a noite que marcou o início do Renascimento da Poesia de São Francisco. Todo mundo estava lá. Foi uma noite maluca. E fui eu quem fez as coisas funcionarem ao passar pelo salão recolhendo moedas de dez e de vinte e cinco centavos entre o público bastante imóvel que se espalhava pela galeria e ao voltar com três garrafões enormes de três litros de Burgundy da Califórnia, deixando todo mundo tão chumbado que lá pelas onze horas, quando Alvah Goldbook estava lendo, lamentando o seu poema *Wail**, bêbado com os braços estendidos, todo mundo gritava "Vai! Vai! Vai!" (como em uma jam session), e o velho Rheinhold Cacoethes, pai da cena poética de Frisco, enxugou os olhos cheio de satisfação. O próprio Japhy leu seus maravilhosos poemas a respeito de Coiote, o Deus dos Índios Plateau Norte-Americanos (acho), pelo menos Deus dos Índios do Noroeste, Kwakiutl e tudo o mais. "Foda-se! cantou Coiote, e fugiu!", lia Japhy para o distinto público, fazendo com que todos uivassem de prazer, era tão puro que o palavrão foder soava limpinho. Ele tinha também versos ternos, como os que falavam de ursos comendo frutinhas silvestres, que mostravam seu amor pelos animais, e magníficos versos misteriosos a respeito de bois na estrada da Mongólia, que revelavam seu conhecimento da literatura oriental, que se estendia a Huan Tsung, o grande monge chinês que caminhou da China até o Tibete, de Lanzhou a Kashgar e até a Mongólia carregando um bastão de incenso na mão. Então Japhy mostrou seu repentino humor de bar com versos a respeito de Coiote trazendo guloseimas. E suas ideias anárquicas a respeito de como os americanos não sabem viver, com versos sobre gente que mora nos subúrbios presa em salas de estar construídas com pobres árvores derrubadas por motosserras (revelando aqui, também, seu conhecimento a respeito das serrarias do Norte). A voz dele era profunda e ressonante e de certo modo corajosa, como a voz dos heróis e oradores americanos do passado. Eu gostava do quê de grave e forte e humanamente esperançoso que ele tinha, ao passo que os outros poetas ou eram delicados demais em sua estética, ou histericamente cínicos demais para ter qualquer tipo de esperança, ou abstratos demais, daqueles que não saem de casa, ou políticos demais, ou, como Coughlin, incompreensíveis demais para ser entendidos (o grande Coughlin falava coisas a respeito dos "processos não esclarecidos", mas quando dizia que a revelação era algo pessoal, notei a forte

* Wail: lamento, em inglês. (N. T.)

influência das noções budistas e idealistas de Japhy, compartilhadas com o benévolo Coughlin no tempo em que eram companheiros de faculdade, assim como eu compartilhara as minhas com Alvah no cenário do Leste do país e com outros menos apocalípticos e mais certinhos, mas de jeito nenhum mais solidários nem mais lacrimosos).

Enquanto isso, montes de gente se espalhavam pela galeria sombria, esforçando-se para escutar cada palavra da impressionante leitura de poesia, e eu ia passando de grupo em grupo, olhando-as, de costas para o palco, pedindo que aceitassem beber um trago de vinho, ou voltava lá para a frente e me sentava à direita do palco, soltando pequenos uaus e sins de aprovação e até mesmo frases inteiras de comentários sem que ninguém pedisse, mas, naquela alegria geral, sem a desaprovação de ninguém também. Foi uma noite maravilhosa. O delicado Francis DaPavia leu delicadas páginas de papel translúcido amarelado, ou cor-de-rosa, que folheava cuidadosamente com seus dedos brancos e longos, os poemas de seu camarada morto Altman, que comeu peiote demais em Chihuahua (ou morreu de pólio, alguém disse), mas não leu nenhum de seus próprios poemas – por si só, uma elegia encantadora à memória do jovem poeta morto, suficiente para tirar lágrimas do Cervantes do Capítulo Sete, e lê-los em uma voz inglesada delicada que me fez chorar com um riso interior apesar de mais tarde eu ter conhecido Francis e gostado dele.

Entre as pessoas em pé no meio do público estava Rosie Buchanan, uma garota de cabelo curto, ruiva, ossuda, de uma beleza máscula, uma garota verdadeiramente chapada e amiga de todo mundo que importava em North Beach, que trabalhava como modelo para pintores e era escritora e borbulhava de êxtase naquela ocasião por estar apaixonada pelo meu velho amigo Cody. “Beleza, hein, Rosie?”, berrei, e ela tomou um golão do meu garrafão e me lançou um olhar brilhante. Cody simplesmente ficava lá parado atrás dela, com os braços enlaçados na sua cintura. Nos intervalos entre os poetas, Rheinhold Cacoethes, com sua gravata-borboleta e seu velho casaco surrado, levantava-se e fazia um discursinho engraçado com sua voz engraçada de falsete e apresentava o próximo leitor; mas, como eu ia dizendo, às onze e meia, quando todos os poemas já tinham sido lidos e todo mundo estava circulando para tentar compreender o que acabara de acontecer e o que viria a seguir na poesia americana, ele enxugou os olhos com um lenço. E todos nos juntamos a ele, os poetas, e nos dirigimos para Chinatown em vários carros para um jantarzão fabuloso de cardápio chinês, com pauzinhos, berrando a conversa no meio da noite em um daqueles ótimos restaurantes chineses completamente descontraídos de São Francisco. Por acaso esse era o restaurante chinês preferido de Japhy, o Nam Yuen, e ele me mostrou como fazer o pedido e como comer com pauzinhos e contou historietas a respeito dos zen-lunáticos do Oriente e me deixou tão contente (e tínhamos uma garrafa de vinho sobre a mesa) que eu acabei por me dirigir a um velho cozinheiro parado no batente da porta da cozinha e perguntei: "Por que Bodhidharma veio do oeste?" (Bodhidharma foi o indiano que levou o budismo para o Leste, até a China).

"Não dou a mínima", respondeu o velho cozinheiro, com olhos semicerrados, e contei a Japhy e ele disse: "Resposta perfeita, absolutamente perfeita. Agora você sabe o que eu quis dizer com Zen".

Mas eu ainda tinha muito a aprender. Especialmente a respeito de como lidar com mulheres – do modo zen-lunático incomparável de Japhy, que tive oportunidade de presenciar em primeira mão na semana seguinte.

3

Em Berkeley, eu morava com Alvah Goldbook em um pequeno chalé coberto de rosas nos fundos de uma casa maior na rua Milvia. A varanda velha e podre era inclinada para a frente, em direção ao chão, e tinha uma velha e boa cadeira de balanço na qual eu me acomodava toda manhã para ler meu Sutra do Diamante. O quintal era cheio de pés de tomate prestes a amadurecer, e hortelã, hortelã, tudo cheirava a hortelã, e uma bela árvore antiga sob a qual eu adorava me sentar para meditar naquelas noites frescas estreladas e perfeitas de outubro na Califórnia, incomparáveis às de qualquer lugar do mundo. Tínhamos uma cozinhinha perfeita com fogão a gás, mas sem geladeira, mas não fazia mal. Também tínhamos um banheirinho perfeito com banheira e água quente, e um cômodo principal, coberto com almofadas e esteiras de palha e colchões para dormir, e livros, livros, centenas de livros, tudo desde Catulo* até Pound** incluindo Blyth***, e discos de Bach e Beethoven (e até mesmo um disco bem animadinho de Ella Fitzgerald com Clark Terry tocando trompete de maneira muito interessante) e um bom fonógrafo Webcor de três velocidades que tocava alto o bastante para mandar o telhado pelos ares: e o telhado não passava de compensado, as paredes também; certa noite, em uma de nossas bebedeiras zen-lunáticas, exultante, enfiei o punho através da parede, e Coughlin viu o que eu tinha feito e enfiou uns dez centímetros da cabeça ali.

Mais ou menos a um quilômetro e meio dali, bem para

---

* Caio Valério Catulo: poeta lírico que viveu no Império Romano, no século I a. C. (N. T.)

** Ezra Pound: poeta e escritor americano, viveu de 1885 a 1972; polêmico por fazer declarações a favor do antissemitismo e do fascismo. (N. T.)

*** Edward Blyth: naturalista e zoólogo britânico, viveu de 1810 a 1873. (N. T.)

baixo da rua Milvia e depois subindo uma ladeira em direção ao campus da Universidade da Califórnia, atrás de outra casona velha em uma rua tranquila (Hillegrass), Japhy morava em um barraco infinitamente menor do que o nosso, cerca de três metros e meio por três metros e meio, com recheio de nada além dos apetrechos típicos de Japhy, que demonstravam sua crença na vida monástica simples – nenhuma cadeira, nem mesmo uma cadeira de balanço sentimental, mas apenas esteiras de palha. No canto ficava sua famosa mochila com as panelas e frigideiras limpas que se encaixavam umas nas outras formando uma unidade compacta, acondicionadas e guardadas com uma bandana azul amarrada. Então havia os chinelos japoneses altos de madeira, que ele nunca usava, e um par de meias pretas japonesas para usar dentro de casa e caminhar maciamente sobre as belas esteiras de palha, com o espaço certo para os quatro dedos de um lado e o dedão do outro. Tinha uma porção de caixotes de laranja repletos de lindos livros eruditos, alguns deles em línguas orientais, todos os grandes sutras, comentários sobre os sutras, a obra completa de D. T. Suzuki e uma edição em quatro volumes de haicais japoneses. Também tinha uma imensa coleção de poesia em geral valiosa. Aliás, se um ladrão invadisse o local, a única coisa de valor que encontraria ali seriam os livros. As roupas de Japhy eram todas velhas, doadas e compradas de segunda mão em lojas de caridade ou do Exército da Salvação, sempre com uma expressão perplexa e alegre: meias de lã cerzidas, camisetas de baixo coloridas, calças jeans, camisas, mocassins e alguns suéteres de gola alta que vestia um por cima do outro nas noites frias nas montanhas das Sierras na Califórnia e das Cascades em Washington e no Oregon durante suas longas pernadas incríveis que às vezes se estendiam por semanas e semanas com apenas alguns quilos de alimentos desidratados na mochila. Alguns caixotes de laranja formavam a mesa, no primeiro fim de tarde ensolarado em que fui visitá-lo, sobre a qual fumegava uma tranquila xícara de chá, ao lado dele, que estava todo sério com a cabeça debruçada sobre os símbolos chineses do poeta Han Shan. Coughlin tinha me dado o endereço e eu fora até lá; vi primeiro a bicicleta de Japhy no gramado em frente da casa grande (onde a proprietária morava) e depois uns pedregulhos e pedras estranhas e as arvorezinhas engraçadas que ele trouxera dos passeios às montanhas para montar seu próprio "jardim japonês de chá" ou "jardim de casa de chá", já que havia um pinheiro que farfalhava convenientemente sobre seu pequeno domicílio.

Eu nunca tinha visto cena mais cheia de tranquilidade do que aquela, naquele fim de tarde avermelhado e fresquinho, quando simplesmente abri a portinha da casa dele e espiei lá para dentro e o vi no fundo do barraquinho, sentado de pernas cruzadas em uma almofada com estampa escocesa sobre uma esteira de palha, de óculos, que o faziam parecer um velho e acadêmico e sábio, com um livro no colo e um bulezinho de lata e uma xícara de chá de porcelana fumegando ao lado. Ergueu os olhos com muita tranquilidade, viu quem era, disse: "Ray, entre", e retornou os olhos aos escritos.

"O que você está fazendo?"

"Traduzindo o grande poema de Han Shan chamado *Montanha gelada*, escrito há mil anos, algumas partes rabiscadas em encostas de montanhas localizadas a centenas de quilômetros de quaisquer outros seres vivos."

"Uau."

"Mas quando você entrar nesta casa, tem que tirar os sapatos, está vendo estas esteiras de palha, sapatos podem estragá-las." Então tirei meus sapatos de tecido azul e solas macias e os ajeitei meticulosamente ao lado da porta e ele jogou uma almofada para mim e eu me sentei de pernas cruzadas, encostado na pequena parede de tábuas de madeira e ele me ofereceu uma xícara de chá quente. "Você já leu o *Livro do chá*?", disse ele.

"Não, o que é?"

"É um tratado acadêmico sobre como fazer chá utilizando todo o conhecimento de dois mil anos a respeito da preparação do chá. Algumas das descrições do efeito do primeiro gole de chá, e do segundo, e do terceiro, são verdadeiramente loucas e extáticas."

"Aqueles caras não precisavam de nada para ficar altos, hein?"

"Experimente seu chá e você vai ver; este aqui é um bom chá verde." Estava bom e eu imediatamente me senti calmo e aquecido. "Quer que eu leia partes do poema de Han Shan para você? Quer que eu fale a respeito de Han Shan?"

"Quero."

"Han Shan, veja bem, foi um catedrático chinês que se cansou da cidade grande e do mundo e foi se esconder nas montanhas."

"Olha, parece você."

"Naquele tempo dava mesmo para fazer isso. Ele ficou em umas cavernas não muito longe de um mosteiro budista no distrito de T'ang Hsing em T'ien Tai e o único amigo humano que tinha era Shih-te, um zen-lunático esquisito cujo trabalho era varrer o mosteiro com uma vassoura de palha. Shih-te era poeta também, mas nunca anotava muita coisa. De vez em quando Han Shan descia a Montanha Gelada com suas roupas de casca de árvore e entrava na cozinha quente e esperava receber comida, mas nenhum dos monges o alimentava porque ele não queria se juntar à ordem nem obedecer ao sino de meditação três vezes por dia. Dá para ver por que em algumas das coisas que ele proferia, como… ouça, vou procurar aqui para ler do chinês", e me debrucei sobre o ombro dele e o observei lendo os símbolos chineses que mais pareciam enormes pegadas de corvo: "Subindo o caminho da Montanha Gelada, o caminho da Montanha Gelada segue e segue, longa garganta engasgada com pedregulhos e pedras, riacho amplo e capim borrado de névoa, o limo é escorregadio apesar de não ter chovido, os pinheiros cantam mas não há vento, quem é capaz de saltar sobre as amarras do mundo e sentar-se comigo entre nuvens brancas?".

"Uau."

"Claro que esta é a tradução que eu fiz, dá para ver que cada linha tem cinco símbolos e eu precisei incluir os artigos e as preposições ocidentais e tal."

"Por que você simplesmente não traduz como é, cinco símbolos, cinco palavras? O que são esses cinco primeiros símbolos?"

"Símbolo para escalando, símbolo para caminho, símbolo para acima, símbolo para montanha, símbolo para gelada."

"Bom, então, traduza como 'Escalando caminho acima Montanha Gelada'."

"Tá, mas daí o que fazer com o símbolo para longo, o símbolo para garganta, o símbolo para engasgar, o símbolo para pedras, o símbolo para avalancha?"

"Quais são?"

"Na terceira linha, ficaria assim: 'Longa garganta engasgada pedras avalancha'."

"Bom, e é ainda melhor!"

"Bom, tá, eu pensei nisso, mas preciso submeter o texto à aprovação dos catedráticos de chinês aqui da universidade e deixar tudo bem claro em inglês."

"Rapaz, como isto aqui é maravilhoso", eu disse, olhando em volta, examinando o barraquinho. "E você sentado aqui tão tranquilo neste momento tão tranquilo estudando sozinho com seus óculos..."

"Ray, você precisa subir uma montanha comigo logo. O que você acha de escalar o Matterhorn?"

"Maravilha! Onde fica?"

"Lá para cima, na parte alta das Sierras. Podemos ir até lá com Henry Morley no carro dele e levar nossas mochilas e começar a caminhada no lago. Posso carregar toda a comida e as coisas de que precisamos na minha mochila e você pode pegar emprestada a mochila do Alvah e carregar umas meias e uns sapatos extras e essas coisas."

"O que querem dizer estes símbolos?"

"Estes símbolos significam que Han Shan desceu da montanha depois de muitos anos vagando por lá, para visitar o pessoal da aldeia; diz: 'Até recentemente fiquei na Montanha Gelada etc., ontem fui visitar amigos e familiares, mais da metade tinha ido para as Fontes Amarelas', isso significa morte, as Fontes Amarelas, 'agora é de manhã e eu enfrento minha sombra solitária, não consigo estudar com os dois olhos cheios de lágrimas'."

"Isso também parece com você, Japhy, estudando com os olhos cheios de lágrimas."

"Meus olhos não estão cheios de lágrimas!"

"Mas não vão ficar depois de bastante tempo?"

"Certamente vão, Ray… e olha aqui: 'Nas montanhas faz frio, sempre fez frio e não só neste ano'; está vendo, ele está bem alto mesmo, talvez a uns três mil e quinhentos ou quatro mil metros ou mais, bem lá em cima, e diz: 'Escarpas dentadas sempre nevadas, matas nas ravinas escuras cuspindo névoa, capim ainda brotando no final de junho, folhas começam a cair no início de agosto, e aqui estou eu tão alto quanto um viciado…"

"Quanto um viciado!"

"Esta é a minha tradução, na verdade ele diz aqui estou eu tão alto quanto o sibarita na cidade lá embaixo, mas eu fiz uma tradução moderna e louca."

"Ótimo." Fiquei imaginando por que Han Shan era o ídolo de Japhy.

"Porque", respondeu, "ele era poeta, homem da montanha, budista dedicado ao princípio da meditação sobre a essência de todas as coisas, aliás, também era vegetariano apesar de eu ainda não ter conseguido compreender bem isso, talvez porque neste mundo moderno ser vegetariano parece uma certa frescura, já que todos os seres sencientes comem o que podem. E ele era um homem solitário que sabia se virar sozinho e viver pura e verdadeiramente para si mesmo."

"Também parece com você."

"E com você também, Ray, não me esqueci do que você me contou sobre aquela história de entrar no mato na Carolina do Norte para meditar e tudo o mais." Japhy estava muito triste, abatido, nunca o vira tão quieto, melancólico, pensativo, a voz dele assumira um tom maternal, parecia que ele falava de muito longe com uma pobre criatura carente (eu) que precisava ouvir sua mensagem que não transmitia nada, ele estava em uma espécie de transe.

"Você meditou hoje?"

"Claro, é a primeira coisa que faço antes do café da manhã e sempre medito bastante à tarde, a menos que seja interrompido."

"Quem o interrompe?"

"Ah, as pessoas. Às vezes Coughlin, e Alvah apareceu ontem, e Rol Sturlason, e tem uma menina que aparece de vez em quando para jogar yabyum."

"Yabyum? O que é isso?"

"Você nunca ouviu falar de yabyum, Smith? Depois eu explico." Ele parecia triste demais para falar de yabyum, que fui conhecer algumas noites depois. Conversamos mais um pouco a respeito de Han Shan e sobre poemas que falam de encostas e quando eu estava indo embora Rol Sturlason, amigo dele, um garoto alto louro e bonito, apareceu para conversar sobre a viagem ao Japão que faria em breve. Esse tal de Rol Sturlason estava interessado no famoso jardim de pedras Ryoanji no mosteiro de Shokokuji, em Kyoto, que não passa de um monte de pedregulhos velhos arranjados de uma certa maneira, supostamente de acordo com alguma estética mística, de modo que faz com que milhares de turistas e monges se dirijam para lá todos os anos só para fitar as pedras sobre a areia e assim atingir a paz de espírito. Nunca conheci uma pessoa mais esquisita e no entanto tão séria e bem-intencionada. Nunca mais vi Rol Sturlason, ele foi para o Japão logo depois daquilo, mas nunca vou me esquecer do que ele disse a respeito dos pedregulhos quando perguntei: "Bom, quem foi que os dispôs dessa maneira tão maravilhosa?".

"Ninguém sabe, algum monge, ou monges, há muito tempo. Mas há uma forma definitivamente misteriosa no arranjo das pedras. Só por meio da forma é possível perceber o vazio." Ele me mostrou uma foto dos pedregulhos sobre areia bem limpa, parecidos com ilhas no mar, como se tivessem olhos (declividades) e rodeados por um pátio de mosteiro arquitetural cuidadosamente cercado por telas. Daí me mostrou um diagrama da disposição das pedras com a projeção em três dimensões e me mostrou a lógica geométrica e tudo o mais, e mencionou as frases "individualidade solitária" e as pedras como "calombos que se projetam no espaço", tudo com algum significado de um koan qualquer no qual eu não tinha o mínimo interesse, eu queria mesmo saber mais sobre ele e especialmente sobre o gentil e bom Japhy que preparou mais um pouco de chá em seu fogareiro barulhento a querosene e nos entregou xícaras cheias com uma reverência oriental quase silenciosa. Foi bem diferente da noite de leitura de poesia.

4

Mas na noite seguinte, por volta da meia-noite, Coughlin e eu e Alvah nos reunimos e resolvemos comprar um garrafão de três litros de Burgundy e invadir o barraco de Japhy.

"O que será que ele está fazendo?", perguntei.

"Ah", respondeu Coughlin, "provavelmente estudando,

provavelmente transando, veremos." Compramos o garrafão lá embaixo na Shattuck Avenue e fomos ate lá e mais uma vez vi a bicicleta inglesa patética dele no gramado. "Japhy anda o dia inteiro para cima e para baixo em Berkeley com essa bicicleta e a mochilinha nas costas", disse Coughlin. "Ele costumava fazer a mesma coisa na Faculdade de Reed, no Oregon. Era figurinha carimbada por lá. Daí nós dávamos enormes festas regadas a vinho e chamávamos umas garotas e terminávamos a noite pulando das janelas e aprontando pela cidade inteira."

"Nossa, ele é estranho", disse Alvah, mordendo o lábio, em estado de admiração, e o próprio Alvah estudava cuidadosamente nosso estranho amigo barulhento-silencioso. Entramos pela portinha de novo e Japhy, que estudava de pernas cruzadas, ergueu os olhos de seu livro, poesia americana dessa vez, de óculos, e não disse nada além de "Ah" com um tom estranhamente culto. Tiramos os sapatos e atravessamos pé ante pé o metro e meio de palha para nos sentar ao lado dele, mas fui o último a tirar os sapatos e estava segurando o garrafão, que virei para mostrar a ele do outro lado do barraco, e de sua posição de pernas cruzadas Japhy de repente urrou "Iááááá" e saltou no ar e cruzou a sala na minha direção, pousando de pé em posição de esgrima com uma adaga repentina na mão cuja ponta encostou de leve no vidro da garrafa com um leve tilintar bem distinto. Foi o salto mais impressionante que eu vi na vida, a não ser no caso de acrobatas malucos, bem parecido com um bode montanhês, o que ele era, como se revelou mais tarde. Também me lembrou um guerreiro samurai japonês – o urro estridente, o salto, a posição e a expressão de fúria cômica nos olhos esbugalhados e fazendo a maior careta para mim. Senti que era na verdade uma reclamação contra nossa invasão no meio dos estudos dele e contra aquele vinho que o deixaria bêbado e faria com que ele perdesse a noite de leitura que tinha planejado. Mas sem mais delongas ele mesmo abriu a garrafa e tomou um golão e todos nos sentamos de pernas cruzadas e passamos quatro horas gritando novidades uns para os outros, uma das noites mais divertidas. Alguns trechos foram assim:

Japhy: Bom, Coughlin, seu insuportável, o que tem feito?

Coughlin: Nada.

Alvah: Que livros esquisitos são estes aqui? Hmm, Pound, você gosta de Pound?

Japhy: A não ser pelo fato de esse ser detestável ter acabado com o nome de Li Po* ao chamá-lo por seu nome japonês e toda aquela tagarelice, ele era OK… aliás, é meu poeta preferido.

Ray: Pound? Quem é que vai querer transformar esse louco pretensioso em seu poeta preferido?

Japhy: Beba mais um pouco de vinho, Smith, você está falando besteira. Quem é seu poeta preferido, Alvah?

Ray: Por que vocês não perguntam qual é o *meu* poeta preferido, eu entendo mais de poesia do que todos vocês juntos.

Japhy: É mesmo?

Alvah: Pode ser. Você não viu o livro de poesia novo do Ray, que ele acabou de escrever no México… "a roda da concepção tremelicante da carne gira no vazio expulsando piolhos, porcos-espinhos, elefantes, pessoas, poeira de estrelas, tolos, bobagens…"

Ray: Não é nada disso!

Japhy: Falando de carne, vocês já leram o poema novo de…

Etc. etc. e a coisa afinal se desintegrou em uma festa maluca de conversa e de gritos e finalmente de canções com gente rolando no chão de tanto rir e terminou com Alvah e Coughlin e eu tropeçando de braços dados pela calma

* Li Po: considerado o maior poeta da China, viveu no século VIII e escreveu sobre vinho, mulheres e a natureza. (N. T.)

rua universitária, cantando “Eli Eli” a plenos pulmões e derrubando o garrafão vazio bem aos nossos pés em um estilhaçar de vidro, enquanto Japhy ria parado na sua pequena porta. Mas tínhamos feito com que ele perdesse sua noite de estudos e eu fiquei mal com isso, até a noite seguinte, quando ele apareceu de repente no nosso chalezinho com uma garota bonita e entrou e disse para ela tirar a roupa, o que ela fez na hora.

5

Isso estava de acordo com as teorias de Japhy a respeito das mulheres e do ato de fazer amor. Esqueci de mencionar que no dia em que o artista das pedras tinha feito a ele uma visita no fim da tarde, uma moça chegara pouco depois, uma loura com bota de borracha e casaco tibetano com botões de madeira, e durante a conversa sobre generalidades ela quis saber a respeito dos nossos planos de escalar o monte Matterhorn e disse: “Posso ir com vocês?”, já que ela própria era um pouco alpinista.

“Claro”, respondeu Japhy, com a voz engraçada que ele usava para contar piadas, uma grande, profunda e ruidosa imitação de um lenhador que ele conhecera no Noroeste, na verdade um guarda florestal, o velho Burnie Byers, “claro, venha conosco e nós todos vamos te foder a trezentos metros de altura”, e a maneira como ele disse aquilo foi tão engraçada e descompromissada, e na verdade séria, que a garota não ficou nem um pouco chocada e sim um tanto satisfeita. Com esse mesmo espírito agora ele trazia essa tal de Princess para o nosso chalé. Eram umas oito da noite, escuro, Alvah e eu tranquilamente bebíamos chá e líamos poemas ou datilografávamos poemas na máquina de escrever quando duas bicicletas entraram no quintal: Japhy na dele, Princess na dela. Princess tinha os olhos cinzentos e o cabelo amarelo e era muito bonita e só tinha vinte anos. É preciso dizer uma coisa a respeito dela, ela era louca por sexo e louca por homem, de modo que não foi muito difícil convencê-la a jogar yabyum. "Você nunca ouviu falar de yabyum, Smith?", disse Japhy com seu vozeirão retumbante, caminhando a passos largos com suas botas e segurando a mão de Princess. "A Princess e eu viemos mostrar para você, garoto."

"Tudo bem para mim", respondi. "Seja o que for." Eu também já conhecia Princess e já tinha sido louco por ela, em São Francisco, havia mais ou menos um ano. Foi só mais uma coincidência maluca ela ter conhecido Japhy e se apaixonado por ele loucamente; ela faria qualquer coisa que ele pedisse. Sempre que alguém vinha nos visitar no chalé eu colocava minha bandana vermelha sobre a luminária da parede e apagava a luz do teto para criar um ambiente vermelho obscuro agradável para nos acomodar e beber vinho e conversar. Fiz isso e fui buscar a garrafa na cozinha e não pude acreditar nos meus olhos quando vi Japhy e Alvah tirando a roupa e jogando as peças para todos os lados e vi que Princess estava nua em pelo, a pele branca como a neve quando o sol vermelho incide sobre ela ao anoitecer, naquela luminosidade vermelha obscura. "Que diabos", disse eu.

"Eis o que é yabyum, Smith", disse Japhy, e sentou-se de pernas cruzadas sobre a almofada no chão e fez um movimento na direção de Princess, que se aproximou e se sentou em cima dele e de frente para ele, abraçando-o pelo pescoço e ficaram assim sem dizer nada durante um tempo. Japhy não estava nem um pouco nervoso nem acanhado e simplesmente ficou lá sentado em formação perfeita, bem como deveria ficar. "É isso que se faz nos templos do Tibete. É uma cerimônia sagrada, é feita desta maneira na presença de monges que entoam cânticos. As pessoas rezam e recitam Om Mani Padme Hum, que significa Amém ao

Raio no Vazio Escuro. Eu sou o raio, e Princess é o vazio escuro, percebe?"

"Mas o que ela está pensando?", berrei, quase em desespero, eu tinha tido tanto desejo idealista por aquela garota no ano anterior e tinha passado horas cheio de peso na consciência imaginando se devia seduzi-la, por ela ser tão nova e tal.

"Ah, isso é adorável", disse Princess. "Venha aqui experimentar."

"Mas eu não consigo sentar assim de pernas cruzadas." Japhy estava sentado na posição de lótus completa, como se diz, com uma canela em cima de cada coxa. Alvah estava sentado no colchão tentando puxar as canelas para cima das coxas para entrar na posição. Afinal as pernas de Japhy começaram a doer e os dois simplesmente caíram sobre o colchão onde tanto Japhy quanto Alvah começaram a explorar o território. Eu continuava sem conseguir acreditar.

"Tire as roupas e junte-se a nós, Smith!" Mas além de tudo isso, dos sentimentos que eu tinha por Princess, eu também tinha passado um ano inteiro de abstinência baseado na minha noção de que o tesão era a causa direta do nascimento que era a causa direta do sofrimento e da morte e que eu não mentia quando chegava a ponto de considerar o tesão como algo ofensivo e até cruel.

"Moças bonitas cavam covas", era o meu ditado, sempre que precisava voltar a cabeça involuntariamente para admirar as beldades incomparáveis do México indígena. E a ausência de tesão ativo em mim também tinha me garantido uma nova vida calma que eu estava aproveitando bastante. Mas isso era demais. Eu continuava com medo de tirar a roupa; e também nunca gostei de fazer isso na frente de mais de uma pessoa, principalmente quando havia homens por perto. Mas Japhy não dava a mínima para nada disso e logo já estava fazendo Princess feliz e daí foi a vez de Alvah (com seus grandes olhos sérios observando tudo à meia-luz, e estava lendo poemas havia um minuto). De modo que eu disse: "E se eu começar a trabalhar o braço dela?".

"Vá em frente, ótimo." E foi o que eu fiz, deitado no chão todo vestido e beijando a mão dela, depois o pulso, depois subindo, até o corpo, enquanto ela ria e quase chorava de prazer, todo mundo em todo lugar trabalhando nela. Toda a abstinência tranquila do meu budismo estava indo pelo cano. "Smith, eu desaprovo qualquer tipo de budismo ou *qualquer* tipo de filosofia ou sistema social que despreze o sexo", disse Japhy com um tom bem professoral, depois de terminar o serviço e sentar-se com as pernas cruzadas enrolando um cigarro Bull Durham (uma ação que fazia parte da "simplicidade" de sua vida). Acabou com todo mundo pelado e no final preparando alegres bules de café na cozinha e Princess nua no chão da cozinha abraçando forte os joelhos, deitada de lado, sem motivo, só porque sim, e finalmente ela e eu tomamos um banho quente na banheira escutando Alvah e Japhy discutindo as orgias lunáticas de amor livre zen no outro aposento.

"Ei Princess vamos fazer isso toda quinta à noite, hein?" gritou Japhy. "Vai se transformar em uma função regular."

"Só", gritou Princess da banheira. Vou dizer, ela ficou contente mesmo de ter feito tudo isso e me disse: "Sabe, eu me sinto como se eu fosse a mãe de todas as coisas e precisasse tomar conta dos meus filhinhos".

"Você é uma coisinha tão linda."

"Mas eu sou a velha mãe da terra. Sou uma bodisatva." Ela estava só um pouco fora de si, mas quando a ouvi dizer "bodisatva" percebi que queria ser uma grande budista como Japhy e por ser mulher só podia exprimi-lo assim, com as raízes tradicionais da cerimônia do yabyum do budismo tibetano, de modo que estava tudo certo.

Alvah estava extremamente contente e foi totalmente a favor da ideia de "toda quinta à noite", assim como eu àquela altura.

"Alvah, a Princess está dizendo que é uma bodisatva."

"Claro que é."

"Está dizendo que é a mãe de todos nós."

"As mulheres bodisatvas do Tibete e de partes da Índia antiga", disse Japhy, "eram tomadas e usadas como concubinas sagradas em templos e às vezes em cavernas ritualísticas e acumulavam méritos e meditavam também. Todo mundo, homens e mulheres, meditavam, jejuavam, participavam de festas como esta, voltavam a comer, beber, conversar, passear, morando em viharas durante a estação das chuvas e ao relento na seca, não havia questionamento a respeito do sexo e é por isso que eu sempre gostei da religião oriental. E o que eu sempre saquei a respeito dos indígenas do nosso país... Sabe, quando eu era criança, no Oregon, não achava que fosse americano de jeito nenhum, com todo aquele ideal suburbano e a repressão sexual e a censura cinzenta amedrontadora e generalizada dos jornais a respeito de todos os nossos verdadeiros valores humanos, mas quando descobri o budismo e tal, de repente senti que já tinha vivido em um tempo passado havia muitas eras e agora por causa dos erros e dos pecados naquela vida eu estava sendo degradado a um domínio mais doloroso da existência e meu carma era nascer na América, onde ninguém se divertia nem acreditava em nada, principalmente na liberdade. E também é por isso que sempre me mostrei solidário aos movimentos libertários, como o anarquismo na região Noroeste, os heróis do passado do massacre de Everett e tudo o mais..." A noitada terminou com longas discussões sinceras a respeito de todos esses assuntos e afinal Princess se vestiu e foi para casa com Japhy de bicicleta e Alvah e eu ficamos sentados um de frente para o outro à luz vermelha obscura.

"Mas sabe como é, Ray, o Japhy é mesmo inteligente... na verdade ele é o cara mais maluco, mais louco e mais inteligente que eu conheço. E o que eu mais gosto nele é que ele é o maior herói da Costa Oeste, você acredita que agora já faz dois anos que eu estou aqui e ainda não tinha conhecido ninguém que valesse mesmo a pena nem que tivesse uma inteligência verdadeiramente iluminada e que já estava perdendo as esperanças em relação à Costa Oeste? Além de todo o conhecimento que ele tem, em estudos orientais, Pound, de ingerir peiote e de ter visões, as escaladas e a prática de bhikku dele, uau, Japhy Ryder é um grande novo herói da cultura americana."

"Ele é louco!", concordei. "E tem outras coisas de que eu gosto nele, como quando ele fica calmo e tristonho e não fala muito..."

"Nossa, fico imaginando o que vai acontecer com ele no final."

"Acho que ele vai acabar igual ao Han Shan, vivendo sozinho nas montanhas e escrevendo poemas nas encostas dos penhascos, ou entoando-os para multidões postadas na frente da caverna dele."

"Ou talvez ele vá para Hollywood e se transforme em uma estrela de cinema, sabe o que ele disse outro dia?, ele disse: 'Alvah,você sabe que eu nunca pensei em ir para o cinema e me transformar em estrela de filmes, sou capaz de fazer qualquer coisa, sabe como é, mas isso eu ainda não tentei', e eu acredito nele, ele é *mesmo capaz* de fazer qualquer coisa. Você viu o jeito como ele fez a Princess se enrolar toda em volta dele?"

"Vi sim", e mais tarde, naquela noite, enquanto Alvah dormia, eu me acomodei sob a árvore no quintal e fiquei observando as estrelas ou fechei os olhos para meditar e tentei me aquietar até voltar a meu estado de espírito normal.

Alvah não conseguiu dormir e saiu e se deitou de costas sobre a grama olhando para o céu e disse: "Nuvenzonas fumegantes vagando pela escuridão lá em cima, isto me faz perceber que vivemos mesmo em um planeta de verdade".

"Feche os olhos e você vai enxergar muito mais do que isso."

"Ah, não sei o que você está querendo dizer!", disse, impertinente. Ele sempre se incomodava com meus discursinhos sobre o êxtase do samádi, que é o estado alcançado quando você faz tudo parar e para a mente e com os olhos fechados realmente consegue enxergar um tipo de multiformigamento eterno de força elétrica de algum tipo ululando no lugar de qualquer forma ou objeto desprezível que é, afinal, imaginário. E se você não acredita em mim, volte daqui a um bilhão de anos e negue tudo. Afinal, o que é o tempo? "Você não acha que é muito mais interessante ser igual a Japhy e ter mulheres e estudos e se divertir e de fato fazer alguma coisa, em vez dessa bobagem de ficar sentado embaixo de uma árvore?"

"Não", respondi, sinceramente, e sabia que Japhy concordaria comigo. "Japhy só está se divertindo no vazio."

"Acho que não."

"Aposto que sim. Vou escalar uma montanha com ele no fim de semana que vem e vou descobrir e depois te conto."

"Bom" (suspiro), "da minha parte, vou simplesmente continuar sendo Alvah Goldbook e mandar ao diabo toda essa besteira budista."

"Você vai se arrepender um dia. Por que você nunca entende o que eu estou tentando dizer: são os seus seis sentidos que o enganam e o fazem acreditar não só que você tem seis sentidos, mas que por meio deles faz contato com um mundo externo verdadeiro. Se não fossem os seus olhos, você não me enxergaria. Se não fossem os seus ouvidos, você não escutaria aquele avião. Se não fosse o seu nariz, você não sentiria o cheiro da hortelã da meia-noite. Se não fossem as papilas gustativas da sua língua, você não experimentaria a diferença entre A e B. Se não fosse o seu corpo, você não sentiria Princess. Não haveria eu, nem avião, nem consciência, nem Princess, nem nada, e peloamordedeus, você quer continuar sendo enganado todos os minutos da sua vida?"

"Quero, é bem isso que eu quero, graças a Deus que alguma coisa surgiu do nada."

"Bom, tenho algo para te contar, é exatamente o contrário: nada surgiu de alguma coisa, e essa coisa é o Dharmakaya, o corpo do Significado Verdadeiro, e esse nada é isto e tudo isto balbucia e fala. Vou dormir."

"Bom, às vezes vejo um clarão de iluminação no que você está tentando dizer mas, acredite, sou capaz de obter mais satori com Princess do que com as suas palavras."

"É um satori da sua carne tola, seu devasso."

"Eu sei bem qual é a salvação da minha existência."

"Que salvação e que existência?"

"Ah, vamos parar com isso e simplesmente viver!"

"Bobagem, quando eu pensava como você, Alvah, eu era tão miserável e ávido quanto você é agora. Você só quer sair correndo por aí e transar e apanhar e se foder e ficar velho e doente e ser surrado por samsara, seu merda de carne eterna que volta sempre e você bem que merece, vou dizer."

"Isso não foi legal. Todo mundo chora e tenta viver com o que tem. Seu budismo o transformou em uma pessoa maldosa, Ray, e faz com que você tenha medo até de tirar a roupa para participar de uma simples orgia saudável."

"Bom, mas no final eu tirei, não foi?"

"É, mas você ficou todo cheio de dedos... Ah, vamos esquecer esse assunto."

Alvah foi para a cama e eu fiquei lá sentado e fechei os olhos e pensei: "Este pensamento parou", mas como tive que pensar isso, a ausência de pensamento parou, mas daí abateu-se sobre mim uma onda de gratificação por saber que toda aquela perturbação era só um sonho que já tinha acabado e eu não precisava me preocupar porque eu não era "eu" e eu rezei para que Deus, ou Tathagata, me concedesse tempo suficiente e sensatez e força suficientes para ter a capacidade de contar às pessoas o que eu sabia (já que ainda não consigo fazê-lo adequadamente agora) de modo que elas saibam o que eu sei e não se desesperem tanto. A velha árvore remoía sobre mim em silêncio, uma coisa viva. Ouvi um rato roncando no meio das ervas daninhas do jardim. Os telhados de Berkeley pareciam ser lamentáveis abrigos de carne viva para fantasmas amargos da eternidade dos céus que tinham medo de encarar. Quando fui para a cama, já não estava tomado por Princess nenhuma nem por desejo nenhum por Princess nem pela desaprovação de ninguém e me senti contente e dormi bem.

6

Aí chegou a hora da nossa grande escalada. Japhy apareceu no final da tarde de bicicleta para me buscar. Pegamos a mochila de Alvah e colocamos na cesta da bicicleta dele. Peguei meias e malhas. Mas eu não tinha botas de alpinismo e a única coisa que podia servir eram os tênis de Japhy, velhos porém firmes. Meus sapatos eram muito molengas e estavam esgarçados. "Acho que assim fica melhor, Ray, com tênis seus pés ficam leves e você pode pular de uma pedra para a outra sem problemas. Claro que vamos trocar de sapato de vez em quando e chegaremos lá."

"E a comida? O que você está levando?"

"Bom, antes de eu falar a respeito da comida, R-a-a-y" (às vezes ele me chamava pelo prenome e sempre que o fazia era com um "R-a-a-y" bem triste, comprido e puxado do fundo do peito, como se estivesse preocupado com o meu bem-estar), "eu trouxe o seu saco de dormir, não é de pena de pato como o meu, e naturalmente é bem mais pesado, mas de roupa e com uma fogueirona bem boa você vai se sentir confortável lá em cima."

"De roupa, tudo bem, mas para que a fogueirona, só estamos em outubro."

"É, mas lá em cima a temperatura cai abaixo de zero, R-a-a-y, em outubro", disse com tristeza.

"À noite?"

"É, à noite, e de dia é bem quente e agradável. Sabe, o velho John Muir* costumava subir essas montanhas para onde vamos vestindo só um casaco velho do Exército e levando apenas um saco de papel cheio de pão seco, e dormia com o casaco e molhava o pão na água sempre que queria comer, e vagava assim durante meses antes de voltar caminhando a passos firmes para a cidade."

"Caramba, ele devia ser durão!"

"Agora, falando de comida, fui lá no mercado Crystal Palace da rua Market e comprei meu grão seco preferido, bulgur, que é um tipo de trigo búlgaro quebrado grosseiramente, e vou enfiar uns pedaços de bacon nele, uns quadradinhos, e isto vai servir como um bom jantar para nós três, o Morley e nós. E estou levando chá, sempre é bom ter uma boa xícara de chá quente quando se está sob aquelas estrelas frias. E estou levando pudim de chocolate de verdade, não aquela coisa instantânea falsa, mas um bom pudim de chocolate que vou cozinhar em cima da fogueira e deixar gelar na neve."

"Caramba!"

"Então desta vez, no lugar de arroz, que é o que eu costumo levar, pensei em fazer uma iguaria bacana para você, R-a-a-y, e eu também vou jogar no bulgur tudo que é tipo de legume desidratado e picado que comprei na loja Ski. Vamos comer isso no jantar e no café da manhã, e para dar energia tem esse sacão de amendoim e de uvas-passas e um outro com damasco seco e ameixa seca que devem nos segurar o resto do trajeto." E ele me mostrou o saquinho minúsculo em que guardava toda essa comida importante para sustentar três homens crescidos escalando uma montanha a altitudes elevadas durante 24 horas ou mais. "Quando se vai para a

* John Muir: explorador, naturalista e conservacionista escocês, que passou a infância e a adolescência nos EUA e viveu de 1838 a 1914. (N. T.)

montanha, o principal é carregar menos peso possível, é fácil deixar a mochila pesada demais."

"Mas meu Deus, não tem comida que chega naquele saquinho!"

"Tem sim, a água faz tudo inchar."

"Vamos levar vinho?"

"Não, não serve para nada lá em cima e quando se está cansado em altitudes elevadas a gente não tem vontade de beber álcool." Não acreditei, mas não disse nada. Colocamos as minhas coisas na bicicleta e atravessamos o campus a pé até a casa dele empurrando a bicicleta pela borda da calçada. Era um lindo anoitecer das *Mil e Uma Noites* fresco e limpo com a torre do relógio da Universidade da Califórnia como uma sombra negra bem definida contra o fundo de ciprestes e eucaliptos e tudo que é tipo de árvore, sinos repicando em algum lugar, e o ar cortante. "Vai estar frio lá em cima", Japhy disse, mas ele estava se sentindo bem naquela noite e riu quando lhe perguntei a respeito da próxima quinta com Princess. "Sabe que nós brincamos de yabyum duas vezes ou mais depois daquela noite, ela aparece na minha casa qualquer dia ou noite a qualquer hora e, cara, não aceita não como resposta. De modo que eu satisfaço a bodisatva." E Japhy queria conversar a respeito de tudo, de sua infância no Oregon. "Sabia que minha mãe e meu pai e minha irmã viviam de um jeito realmente primitivo naquele sítio com casa de toras e nas manhãs frias de inverno a gente se despia e se vestia na frente do fogo, a gente tinha que fazer assim, e é por isso que eu não sou igual a você quando se trata de tirar a roupa, quer dizer, não sou acanhado nem nada assim."

"O que você fazia quando estava na faculdade?"

"No verão eu sempre trabalhava como vigilante de incêndios para o governo – e é o que você devia fazer no próximo verão, Smith – e no inverno eu esquiava muito e depois ficava andando pelo campus de muletas, todo orgulhoso. Escalei umas montanhas bem grandes por lá, inclusive fiz uma longa puxada até quase o topo da Rainier onde a gente assina o nome. Até que uma vez, consegui. Sabe, só tem uns poucos nomes lá. E eu escalei toda a cordilheira Cascades, durante a estação e fora dela, e trabalhei como lenhador. Smith, um dia vou te contar tudo a respeito do romance de derrubar árvores no Noroeste do país, que nem você fica falando das estradas de ferro, você tinha que ver os trilhozinhos de bitola estreita que tem por lá e as manhãs de inverno com neve e a barriga cheia de panquecas e calda doce e café preto, rapaz, e quando a gente ergue o machado de fio duplo para rachar a primeira lenha da manhã, não há nada igual."

"Nos meus sonhos, o Grande Noroeste é exatamente assim. Os índios Kwakiutl, a Polícia Montada do Noroeste..."

"Bom, isso existe lá no Canadá, lá na Columbia Britânica, eu costumava cruzar alguns deles na trilha." Fomos empurrando a bicicleta e passamos na frente de vários barzinhos e lanchonetes que os universitários frequentavam, demos uma espiada para dentro do Robbie's para ver se tinha alguém conhecido. Alvah estava lá, em seu emprego de meio turno como auxiliar de garçom. Japhy e eu tínhamos meio cara de deslocados no campus por causa das roupas velhas e aliás Japhy era considerado excêntrico por ali, é bastante comum as pessoas que frequentam o campus e universitários pensarem assim quando um homem de verdade aparece naquele cenário – faculdades não passam de uma escola que dá lustro à falta de identidade da classe média que habitualmente encontra sua expressão perfeita às margens do campus em fileiras de casas abastadas com gramados e um aparelho de televisão na sala e todo mundo olhando para a mesma coisa e pensando a mesma coisa ao mesmo tempo enquanto os Japhys do mundo saem à deriva no mato para ouvir a voz que grita na floresta, para achar o êxtase das estrelas, para descobrir o segredo obscuro e misterioso da origem da civilização sem rosto, que não se maravilha e vive de ressaca.

"Toda essa gente", disse Japhy, "todos eles têm banheiros com azulejos brancos e fazem uns cocozões bem sujos como os dos ursos nas montanhas, mas tudo é mandado embora por um sistema de esgoto convenientemente supervisionado e ninguém mais pensa no cocô nem percebe que a origem dele é a merda e o almíscar e a escória do mar. Passam o dia inteiro lavando as mãos no banheiro com aqueles sabonetes cremosos que, em segredo, têm vontade de comer." Ele tinha um milhão de ideias, todas as ideias.

Chegamos ao barraquinho dele quando estava escurecendo e dava para sentir o cheiro da fumaça da lenha e das folhas no ar, embalamos tudo direitinho e descemos a rua para nos encontrar com Henry Morley, que era dono do carro. Henry Morley era um sujeito de óculos de muita cultura mas bem excêntrico, mais excêntrico e exagerado do que Japhy no campus, um bibliotecário, com poucos amigos, mas alpinista. Seu chalezinho de um cômodo em um quintal dos fundos em Berkeley era cheio de livros e de fotos de alpinismo e com mochilas, botas de alpinismo e esquis espalhados por todo lado. Fiquei impressionado ao ouvir ele falar, falava exatamente igual a Rheinhold Cacoethes, o crítico. Descobri que eram amigos havia muito tempo e escalavam montanhas juntos e eu não sabia dizer se Morley influenciara Cacoethes ou se era o contrário. Senti que Morley exercera a influência – ele tinha aquele mesmo discurso debochado, sarcástico, extremamente mordaz, bem formulado, com milhares de imagens, como quando Japhy e eu entramos e havia uma reunião dos amigos de Morley lá (um grupo estranhamente deslocado incluindo um chinês e um alemão da Alemanha e vários outros estudantes de algum tipo) e ele disse: "Vou levar meu colchão de ar, vocês podem dormir naquele chão duro e frio se quiserem, mas eu vou ter um aparato pneumático e além disso eu fui lá e gastei dezesseis dólares nele naquela loucura da loja da Marinha em Oakland e dirigi o dia inteiro me perguntando se, caso vestirmos patins ou ventosas, podemos dizer tecnicamente que somos um veículo", ou qualquer outra piada que ele mesmo inventou com um significado secreto incompreensível para mim (e para todos os outros), à qual ninguém prestou muita atenção mesmo, continuou a falar e a falar como se estivesse conversando consigo mesmo, mas fui com a cara dele na hora. Suspiramos quando vimos a enorme quantidade de porcaria que ele queria levar para a escalada: diversos artigos enlatados, e além do colchão de ar emborrachado todo um sortimento de equipamentos que consistia em picaretas e trecos de que nunca precisaríamos.

"Você pode levar aquela picareta, Morley, mas não acho que vamos precisar dela, mas comida enlatada é só um monte de água que você tem que carregar nas costas, você não percebe que toda a água de que precisamos está à nossa espera lá em cima?"

"Bom, eu só achei que uma lata deste macarrão chinês seria meio gostosa."

"Tenho comida bastante para nós três. Vamos."

Morley passou um tempão falando e procurando coisas aqui e ali e arrumando sua desajeitada mochila de espaldar rígido desajeitada e afinal nos despedimos dos amigos dele e entramos no carrinho inglês de Morley e partimos, por volta das dez horas, em direção a Tracy e de lá até Bridgeport, a partir de onde percorreríamos mais treze quilômetros até o início da trilha no lago.

Acomodei-me no banco de trás e eles ficaram conversando na frente. Morley era um louco de verdade que (mais tarde) viria me buscar com um litro de eggnog* querendo que eu bebesse, mas eu fiz com que ele me levasse de carro até uma loja de bebidas, e a ideia toda era sair para se encontrar com alguma garota e ele me fez ir junto para atuar como uma espécie de pacificador: fomos até a casa dela, ela abriu

* Eggnog: bebida feita de leite, ovos e álcool, que os americanos costumam beber nas festas de fim de ano. (N. T.)

a porta, quando viu quem era bateu a porta e nós voltamos para o chalé. "Bom, o que foi isso?" "Bom, é uma longa história", Morley respondia vagamente, eu nunca entendi muito bem qual era a dele. Além disso, depois de ver que Alvah não tinha cama de molas no chalé, um dia apareceu como um fantasma na porta quando inocentemente tínhamos acabado de acordar e estávamos preparando um café e nos presenteou com um enorme colchão de molas de casal que, depois que ele se foi, tivemos dificuldade para esconder no celeiro. E ele trazia troços e trecos inusitados e sortidos, e estantes de livros impossíveis, e todo tipo de coisa, e anos depois daquilo continuei a viver aventuras dignas dos Três Patetas com ele quando fui até a casa dele em Contra Costa (que era de sua propriedade e estava alugada) e passei a seu lado tardes impossíveis de acreditar nas quais ele me pagava dois dólares por hora para retirar baldes e baldes cheios de limo que ele escavava à mão em um porão inundado, todo preto e coberto de lama como Tartarilouak o Rei do Limo da Extensão de Paratioalaouakak, com um sorrisinho secreto de prazer élfico no rosto; e mais tarde, atravessando alguma cidade na volta e com vontade de tomar uma casquinha de sorvete, caminhávamos pela rua principal (tínhamos percorrido a rodovia de carona, carregando ancinhos e baldes) com casquinhas de sorvete nas mãos esbarrando nas pessoas sobre as calçadas estreitas igual a uma dupla de comediantes de filmes mudos de Hollywood de antigamente, com baldes de cal e tudo. De todo modo, era uma pessoa extremamente estranha, em qualquer caso, de qualquer maneira que se examinasse a situação, e então estava nos levando de carro em direção a Tracy pela autoestrada movimentada de quatro pistas e ia falando a maior parte do tempo, para cada coisa que Japhy dizia ele tinha doze comentários a fazer, e foi assim: Japhy dizia algo como "Por Deus, ultimamente tenho tido muita vontade de estudar mesmo, acho que vou ler um pouco sobre ornitologia na semana que vem". E Morley respondia: “Quem não teria vontade de estudar sendo que não tem para si uma garota com um bronzeado da Riviera?”.

Cada vez que ele falava algo, virava-se e olhava para Japhy e despejava uma idiotice brilhante dessas com a maior cara de pau; eu não conseguia entender o que esse tipo de palhaço erudito secreto e estranho estava de fato fazendo sob o céu da Califórnia. Ou então Japhy dizia algo a respeito de sacos de dormir, e Morley já se intrometia com: “Serei o possuidor de um saco de dormir francês azul claro, peso leve, de pena de ganso, acho que é uma boa compra, encontrei em Vancouver – serve para a Violeta*. Completamente errado para o Canadá. Todo mundo quer saber se o avô dela foi um explorador que conheceu um esquimó. Eu pessoalmente sou do Polo Norte.”

“Do que é que ele está falando?”, eu perguntava do banco de trás, e Japhy: “Ele não passa de um gravador de fita interessante”.

Contei aos rapazes que sofria de uma leve tromboflebite, coágulos de sangue nas veias dos pés, e estava temeroso a respeito da escalada de amanhã, não que fosse me fazer mancar, mas ficaria pior quando a gente descesse. Morley disse: “Tromboflebite é um nome bonito para bebedeira?”. Ou eu falava alguma coisa a respeito dos ocidentais e ele dizia: “Sou um ocidental burro... olha só o que o preconceito fez com a Inglaterra”.

“Você é louco, Morley.”

“Sei lá, talvez seja, mas se sou, vou deixar um testamento adorável de qualquer jeito.” E aí, do nada, ele dizia: “Bom, estou muito contente de ir escalar uma montanha com vocês dois, poetas, vou eu mesmo escrever um livro, vai ser sobre Ragusa, uma república cidade-estado marítima do fim da Idade Média que resolveu o problema de classes, ofereceu o secretariado para Maquiavel e durante

* Violeta: personagem de gibi, uma loira muito bonita casada com o caipirão Ferdinando, criado por Al Capp em 1934. (N. T.)

uma geração teve sua linguagem usada como a linguagem diplomática para o Levante. E isso aconteceu por causa da influência dos turcos, claro".

"Claro que sim", respondíamos.

Então ele fazia a pergunta para si mesmo em voz alta: "Dá para garantir o Natal, agora que só faltam aproximadamente dezoito milhões de segundos para chegarmos à velha lareira vermelha velha original?".

"Claro", responde Japhy, rindo.

"Claro", diz Morley, virando o carro em curvas abertas, "reservaram umas renas da companhia de ônibus especialmente para a Conferência de Alegria da pré-temporada de coração a coração no meio do mato em Sierra a nove mil seiscentos e cinquenta e seis metros de um motel primitivo. É mais novo do que a análise e ilusoriamente simples. Se você perder o bilhete da viagem de ida e volta, pode se transformar em um gnomo, as fantasias são fofas e há um rumor de que as convenções pela Igualdade dos Atores recebem o excesso de contingente da Legião. De qualquer modo, é claro, Smith" (voltando-se para mim no banco de trás), "que ao encontrar seu caminho de volta à selvageria emocional você estará propenso a receber um presente de... alguém. Um pouco de xarope de bordo fará com que se sinta melhor?"

"Com certeza, Henry."

E assim era Morley. Nesse ínterim o carro começou a subir através dos sopés das montanhas de um lugar qualquer e deparamos com cidadezinhas variadas e tristonhas onde paramos para encher o tanque e nada além de Elvis Presleys de calças jeans na estrada, esperando para surrar alguém, mas além deles, lá embaixo, o murmúrio de riachos frescos e a sensação das montanhas altas não muito longe. Uma noite pura e agradável, e finalmente chegamos a uma pequena estrada vicinal de piche bem estreita e que se dirigia para a montanha com certeza. Pinheiros altos começaram a aparecer no acostamento da estrada em ocasionais encostas de pedra. O ar parecia magnífico e estimulante. Por acaso esta também era véspera do início da temporada de caça e em um bar onde paramos para beber algo havia vários caçadores com bonés vermelhos e camisas de lã com ar de tolos enchendo a cara, com todo seu arsenal de armas e munição no carro e perguntando ansiosamente se tínhamos visto algum cervo ou não. Tínhamos, certamente, visto um cervo, logo antes de entrar no bar. Morley dirigia e falava, dizendo: "Bom, Ryder, talvez você venha a ser o Alfred Lord Tennyson do nosso grupinho de tênis aqui na Costa, o pessoal vai te chamar de Novo Boêmio e vai te comparar aos Cavaleiros da Távola Redonda menos o Grande Amadis e os esplendores extraordinários do pequeno reinado mouro que foi revendido à Etiópia por dezessete mil camelos e mil e seiscentos soldados a pé quando César ainda mamava na teta da mamãe", e de repente lá estava o cervo na estrada, olhando para os nossos faróis, petrificado, antes de pular para o meio da vegetação rasteira depois do acostamento, e desapareceu no repentino vasto silêncio de diamante da floresta (que ouvimos assim que Morley desligou o motor) e só as batidas abafadas dos cascos dele correndo para o paraíso do peixe cru indígena lá na neblina. Estávamos no interior mesmo, Morley disse que a uns novecentos metros de altitude. Dava para ouvir riachos correndo gelados lá embaixo sobre rochas iluminadas pelas estrelas sem poder vê-los. "Ei, veadinho", gritei para o animal. "Não se preocupe, não vamos atirar em você." Já no bar, onde paramos devido à minha insistência ("Nesse tipo de lugar ermo montanhoso do Norte, não há nada melhor para a alma de um homem à meia-noite do que uma boa e quente taça de porto tinto para aquecer, pesado como os elixires de Sir Arthur")...

"Tudo bem, Smith", disse Japhy, "mas a mim parece que não deveríamos beber em uma viagem de caminhada pelo mato."

"Ah, e quem se importa?"

“Tudo bem, mas veja só todo o dinheiro que economizamos trazendo só comida desidratada barata para o fim de semana e agora você vai simplesmente gastar tudo com bebida.”

“É a história da minha vida, rico ou pobre e na maior parte do tempo pobre e verdadeiramente pobre.” Entramos no bar, que era uma estalagem toda decorada ao estilo montanhês do interior, como um chalé suíço, com cabeças de alce e desenhos de cervo nos reservados e as pessoas que frequentavam o bar eram um verdadeiro anúncio para a temporada de caça, mas todas estavam chumbadas, uma massa de sombras entrelaçadas no bar pouco iluminado quando entramos e nos sentamos em três banquetas e pedimos vinho do porto. Pedir um porto era uma coisa estranha na terra do uísque dos caçadores, mas o barman desencavou uma garrafa eventual de porto Christian Brothers e nos serviu duas doses em copos de vinho largos (Morley completamente abstêmio, aliás) e Japhy e eu bebemos e nos sentimos bem.

“Ah”, disse Japhy aquecendo-se com o vinho e a meia-noite, “logo volto para o Norte para visitar a mata úmida e as montanhas enevoadas da minha infância e meus velhos amigos intelectuais amargos e meus velhos amigos lenhadores bêbados, por Deus, Ray, você não terá vivido até ir lá comigo, ou sozinho. E daí eu vou para o Japão e vou caminhar por todo aquele país montanhoso para encontrar templozinhos antigos escondidos e esquecidos nas montanhas e velhos sábios de cento e nove anos rezando para Kwannon em cabanas e meditando tanto que quando saem da meditação riem de tudo que se mexe. Mas isso não quer dizer que eu não ame a América, por Deus, apesar de eu detestar essas porcarias desses caçadores, eles só desejam apontar uma arma para um ser senciente indefeso e assassiná-lo, e para cada ser senciente ou criatura viva que esses verdadeiros canalhas matarem, renascerão mil vezes para sofrer os horrores do samsara e será bem feito mesmo para eles.”

"Ouça isso, Morley, Henry, o que você acha?"

"Meu budismo não passa de um leve interesse infeliz por algumas das imagens que eles desenharam, mas devo dizer que às vezes o Cacoethes solta uma nota budista maluca nos poemas de escalada dele apesar de eu não me interessar muito pela parte da crença dele." Na verdade, não fazia nenhuma porcaria de diferença para ele. "Sou neutro", disse ele, rindo alegremente com um tipo de olhar de viés ávido e saciado, e Japhy gritou:

"Mas o budismo é exatamente neutro!"

"Bom, esse porto vai fazer com que você seja obrigado a renunciar ao iogurte. Você sabe que eu estou decepcionado *a fortiori* porque não há nenhum vinho beneditino nem trapista, só águas-bentas e aguardentes dos Christian Brothers* por aqui. Não que eu me sinta muito efusivo de estar aqui neste bar curioso, de qualquer maneira, isto parece um prato cheio para escritores como Ciardi e Bread Loaf, todos eles quitandeiros armênios, protestantes desajeitados e bem-intencionados participando de uma excursão para cair na farra e querem mas não sabem como colocar o contraceptivo. Devem ser todos uns otários", concluiu com uma repentina e direta revelação. "O leite por aqui deve ser bom, mas há mais vacas do que gente. Deve haver uma raça diferente de anglo por aqui, eu não me animo muito com a aparência deles. Os garotos velozes daqui devem andar a cinquenta e quatro quilômetros por hora. Bom, Japhy", disse ele, arrematando, "se algum dia você conseguir um emprego oficial, espero que compre um terno da Brooks Brothers... espero que não acabe em festas decorativas onde seria... Veja", quando algumas moças entraram, "jovens caçadoras... deve ser por isso que as alas de bebês funcionam o ano inteiro."

Mas os caçadores não gostaram muito de nos ver ali bem juntinhos conversando íntima e amigavelmente em voz

* Christian Brothers: Irmãos Cristãos. (N. T.)

baixa sobre diversos assuntos particulares e se juntaram a nós e logo a coisa virou um longo discurso engraçado por todo o bar oval a respeito dos cervos da localidade, aonde ir para escalar, o que fazer, e quando souberam que estávamos por lá não para matar animais mas simplesmente para escalar montanhas, nos tomaram por excêntricos irremediáveis e nos deixaram em paz. Japhy e eu bebemos duas taças cada e nos sentimos bem e voltamos para o carro com Morley e fomos embora, cada vez mais alto, as árvores maiores, o ar mais frio, subindo, até que finalmente eram quase duas da manhã e disseram que ainda faltava muito para Bridgeport e o início da trilha de modo que seria melhor dormir por ali mesmo no meio do mato em nossos sacos de dormir e encerrar o dia.

"Vamos acordar ao amanhecer e partir. Até lá, temos este bom pão integral e queijo também", disse Japhy, mostrando os alimentos, pão integral e queijo que ele tinha enfiado na mochila no último instante no barraquinho dele. "Será um ótimo café da manhã e assim economizamos o bulgur e o resto para o café da manhã de amanhã a três mil metros de altitude." Ótimo. Sem parar de falar nem nada, Morley passou com o carro sobre algumas pinhas em meio a uma imensa extensão de pinheiros naturais de um parque, abetos e coníferas, algumas com trinta metros de altura, um bosque maravilhoso e calmo iluminado pelas estrelas com o chão coberto de geada e um silêncio sepulcral, a não ser pelos estalinhos ocasionais no mato fechado onde talvez um coelho estivesse petrificado de nos ouvir. Peguei meu saco de dormir e o abri e tirei os sapatos e bem quando dava um suspiro feliz e enfiava os pés com meias dentro do saco de dormir e olhava em volta contente para as árvores altas pensando "Ah, que noite de verdadeiro sono bom e tranquilo esta será, quantas meditações poderei alcançar neste silêncio intenso do meio do nada" Japhy gritou para mim do carro: "Olha, parece que o Sr. Morley esqueceu de trazer o saco de dormir!".

"O quê… bom, e agora?"

Discutiram durante um tempo, mexendo o facho das lanternas sobre a geada de um lado para o outro e daí Japhy veio até mim e disse: "Você vai ter que sair daí Smith, agora só temos dois sacos de dormir e vamos ter de abrir e esticar eles para fazer um cobertor para três, caramba, vai ficar frio".

"O quê? O frio vai entrar por baixo!"

"Bom, Henry não pode dormir no carro, vai morrer congelado, não tem aquecimento."

"Mas caramba, eu estava pronto para aproveitar tanto isto aqui...", choraminguei enquanto saía e calçava os sapatos e logo Japhy já tinha arranjado os dois sacos de dormir em cima de ponchos e já estava pronto para dormir e tiramos na sorte e sobrou para mim ficar no meio, agora a temperatura já estava bem abaixo de zero, e as estrelas eram estalactites de gelo zombeteiras. Entrei e me deitei e Morley, dava para ouvir aquele maníaco soprando o colchão de ar ridículo para que pudesse se deitar ao meu lado, mas no instante que o fez, começou a se revirar e puxar e suspirar, e virava-se para o outro lado, e voltava para perto de mim, e virava-se para o outro lado, tudo isso sob as estrelas adoravelmente geladas e aquele cenário adorável, enquanto Japhy roncava, Japhy que não estava sujeito a toda aquela agitação maluca. Afinal Morley resolveu que não conseguia dormir mesmo e se levantou e foi para o carro provavelmente para conversar consigo mesmo daquele jeito louco dele e eu consegui dormir um pouquinho, mas alguns minutos depois ele já estava de volta, congelando, e entrou embaixo do cobertor do saco de dormir mas começou a se virar e se revirar de novo, até falava um palavrão de vez em quando, ou suspirava, e isso se prolongou pelo que pareceu ser uma eternidade e quando percebi a Aurora já estava empalidecendo as barras do leste de Amida e logo teríamos que nos levantar de qualquer modo. Aquele louco do Morley! E isso era só o começo das desventuras daquele homem tão notável (como se verá a seguir), aquele homem tão notável que era provavelmente o único alpinista da história do mundo que esquecera de carregar um saco de dormir. "Jesus", pensei, "por que em vez disso ele simplesmente não esqueceu aquela desgraça do colchão de ar?"

7

Desde o primeiro instante em que nos encontramos com Morley, ele passou a dar gritos montanheses repentinos, para acompanhar nossa empreitada. Era um simples "Yodelê-i-ê", mas surgia nos momentos e nas circunstâncias mais estranhas possíveis, como várias vezes enquanto o amigo chinês e o alemão ainda estavam por lá, depois mais tarde no carro, com nós três fechados dentro, "Yodelê-i-ê!", e depois quando saímos do carro para entrar no bar, "Yodelê-i-ê!". Quando Japhy acordou e viu que já estava amanhecendo e pulou para fora dos sacos de dormir e saiu correndo para juntar gravetos e estremeceu sobre um foguinho preliminar, Morley acordou de seu curto sono nervoso do amanhecer, bocejou e gritou um "Yodelê-i-ê!" que ecoou na direção dos vales à distância. Levantei-me também; era a única coisa que eu podia fazer para me aguentar; tinha que ficar pulando de um lado para o outro agitando os braços, como eu e meu vagabundo triste no vagão de carga no litoral sul. Mas logo Japhy colocou mais lenha na fogueira e um pouco depois estávamos de costas para as labaredas que estalavam enquanto gritávamos e conversávamos. Uma bela manhã – feixes de sol vermelho imaculado passando sobre a encosta e deslizando por entre as árvores frias lá embaixo como a luz de uma catedral, e a névoa levantando para se encontrar com o sol, e por toda a nossa volta o murmúrio gigantesco e secreto de riachos que desciam as encostas provavelmente com películas de gelo nos lugares em que a água formava um laguinho. Uma ótima região para a pesca. Logo eu mesmo já estava gritando "Yodelê-i-ê!", mas quando Japhy foi buscar mais lenha e ficamos sem vê-lo por um bom tempo e Morley gritou "Yodelê-i-ê!" Japhy respondeu com um "uh-u" simples que ele disse ser o modo indígena de chamar alguém nas montanhas e muito mais legal. De modo que eu próprio comecei a gritar "uhHu".

Daí entramos no carro e seguimos em frente. Comemos o pão e o queijo. Nenhuma diferença entre o Morley daquela manhã e o Morley da noite anterior, a não ser que a voz dele enquanto tagarelava sem parar daquele jeito debochado e culto soava um tanto meiga com o frescor da manhã, como a voz de alguém que acordou bem cedinho, com um toque levemente melancólico e rouco e ávido, pronto para um novo dia. Logo o sol estava quente. O pão integral estava bom, tinha sido assado pela mulher de Sean Monahan, Sean que tinha um barraco em Corte Madera que todos nós poderíamos usar para morar algum dia sem pagar aluguel. O queijo era um cheddar forte. Mas não me deixou muito satisfeito e quando chegamos ao descampado sem nenhuma casa à vista nem nada comecei a desejar um bom e velho café da manhã quente e repentinamente depois de passarmos por uma pontezinha sobre um riacho vimos um alegre chalezinho ao lado da estrada sob imensos zimbros, com fumaça saindo da chaminé e luminosos de néon do lado de fora e um cartaz na janela anunciando panquecas e café quente.

"Vamos entrar ali, por Deus, precisamos de um café da manhã de gente se é que pretendemos passar o dia inteiro escalando."

Ninguém reclamou da minha ideia e todos entramos, e nos acomodamos em um reservado e uma moça simpática anotou nosso pedido com aquela loquacidade jovial dos interioranos. "Então, rapazes, estão saindo para caçar nesta manhã?"

"Não", disse Japhy. "Só vamos escalar o Matterhorn."

"*Matterhorn*, nossa, eu não faria isso nem se me dessem mil dólares!"

Nesse meio tempo fui até o toalete de madeira do lado de fora, nos fundos do restaurante, e me lavei com a água da torneira que estava deliciosamente fria e fez meu rosto formigar, daí bebi um pouco dela e parecia gelo líquido no meu estômago e se acomodou ali muito bem, e tomei mais. Cães com o pelo desgrenhado latiam iluminados pela luz dourada que incidia através dos galhos de trinta metros dos abetos e das coníferas. Dava para ver montanhas com os picos cobertos de neve reluzindo à distância. Uma delas era o Matterhorn. Entrei e as panquecas estavam prontas, quentes e fumegantes, e derramei calda sobre meus três disquinhos de manteiga e os fatiei e sorvi café quente e comi. Henry e Japhy fizeram igual – um intervalo sem conversa. Então arrematamos com aquela água gelada incomparável quando chegaram uns caçadores com suas botas e camisas de lã mas nada de caçadores inconsequentes bêbados mas caçadores sérios prontos para sair a campo depois do café da manhã. Havia um bar adjacente mas ninguém dava a mínima para álcool naquela manhã.

Entramos no carro, cruzamos outra ponte sobre um riacho, cruzamos uma pradaria com algumas vacas e cabanas de madeira, e saímos em uma planície de onde dava para ver claramente o Matterhorn erguendo seus picos dentados mais altos e de aparência mais aterradora do lado sul. "Lá está ele", disse Morley todo orgulhoso. "Não é bonito, não faz a gente pensar nos Alpes? Tenho uma coleção de fotos de montanhas cobertas de neve que vocês precisam ver um dia desses."

"Já eu gosto da coisa de verdade", disse Japhy, olhando todo sério para as montanhas e naquele olhar distante, naquela autovisão secreta, percebi que ele estava mais uma vez em casa. Bridgeport é uma cidadezinha dorminhoca, curiosamente ao estilo da Nova Inglaterra, naquela planície. Dois restaurantes, dois postos de gasolina, uma escola, tudo beirando a Rodovia 395, que sai de Bishop, passa por lá e segue até Carson City, no estado de Nevada.

8

Então Sr. Morley causou mais um atraso incrível quando resolveu checar se havia alguma loja aberta em Bridgeport para comprar um saco de dormir ou pelo menos uma coberta de lona ou alguma espécie de oleado para dormir aquela noite a dois mil e setecentos metros de altitude e julgando pela noite anterior a mil e duzentos metros havia probabilidade de fazer bastante frio. Enquanto isso, Japhy e eu ficamos esperando, sentados no sol quente das dez horas no gramado da escola, observando o lacônico trânsito ocasional passar na estrada nada movimentada e conferindo a sorte de um jovem índio que pedia carona para ir para o norte. Discutimos o caso dele acaloradamente. "É disso que eu gosto, de ficar pedindo carona por aí, sentindo-me livre, mas imagine só como deve ser para fazer tudo isso se você for índio. Caramba, Smith, vamos lá falar com ele e desejar-lhe sorte." O índio não era de muita conversa mas também não era antipático e nos disse que as coisas estavam bem devagar ali na 395. Desejamos sorte a ele. Enquanto isso, na cidadezinha minúscula não se avistava Morley em lugar nenhum.

"O que será que ele está fazendo, será que foi acordar algum lojista e tirá-lo da cama, lá atrás?"

Afinal Morley voltou e disse que não havia nada disponível e que a única coisa a fazer era pegar uns cobertores emprestados no albergue do lago. Entramos no carro, voltamos algumas centenas de metros pela rodovia e viramos para o sul na direção das neves imaculadas e resplandecentes lá no alto, no ar azul. Acompanhamos as margens dos lindos lagos

Twins e chegamos ao albergue do lago, que era uma grande pousada em uma casa pré-fabricada branca. Morley entrou e fez uma caução de cinco dólares para usar dois cobertores durante uma noite. Uma mulher estava parada na porta com as mãos na cintura, cachorros latiam. A estrada era poeirenta, uma estrada suja, mas o lago era de um cerúleo puro. Nele os reflexos das encostas e dos sopés das montanhas apareciam com perfeição. Mas a estrada estava em obras e dava para ver poeira amarela subindo logo à frente onde teríamos que caminhar um pouco ao longo do lago antes de atravessar um riacho no final dele e subir pelo meio da vegetação rasteira para chegar ao início da trilha.

Estacionamos o carro e descarregamos todo o equipamento e o organizamos sob o sol quente. Japhy colocou coisas na minha mochila e disse que eu tinha de carregar ou pular no lago. Estava muito sério e agia como líder e aquilo me agradou mais do que qualquer outra coisa. Daí, com a mesma gravidade marota, foi até a poeira da estrada com a picareta e fez um círculo grande e começou a desenhar coisas dentro do círculo.

"O que é isso?"

"Estou fazendo uma mandala mágica que não só vai nos ajudar na escalada como também, depois de mais algumas marcas e cantos, vai permitir que eu determine o futuro a partir dela."

"O que é uma mandala?"

"São os desenhos budistas que são sempre círculos cheios de coisas, o círculo representa o vazio e as coisas a ilusão, veja. Às vezes a gente vê uma mandala pintada em cima da cabeça de um bodisatva e pode contar a história dele a partir do estudo da figura. A origem é tibetana."

Eu já tinha calçado os tênis e dei uma limpada no chapéu que usaria naquele dia de escalada, que Japhy me emprestara, e que era uma pequena boina francesa preta, que ajustei na cabeça em um ângulo enviesado e coloquei a mochila nas costas e estava pronto para começar. De tênis e boina eu me sentia mais pintor boêmio do que alpinista. Mas Japhy calçava suas ótimas botas e usava seu chapeuzinho suíço verde com uma pena, e tinha um ar élfico, apesar de rude. Vejo a imagem dele sozinho nas montanhas com aquela roupa. A visão: é uma manhã pura no alto seco das Sierras, à distância avistam-se abetos bem delineados que fazem sombra sobre as encostas pedregosas das colinas, mais longe ainda picos cobertos de neve, mais próximo grandes formas frondosas de pinheiros e lá está Japhy com seu chapeuzinho com uma enorme mochila nas costas, caminhando pesadamente, mas carregando uma flor na mão esquerda que está enganchada na alça da mochila na altura do peito; o mato cresce entre as pedras e os pedregulhos empilhados; porções de pedrinhas distantes parecem ter sido varridas, criando cortes pelas laterais da manhã, os olhos dele brilham de satisfação, ele está a caminho, seus heróis são John Muir e Han Shan e Shin-te e Li po e John Burroughs* e Paul Bunyan** e Kropotkin***; ele é pequeno e tem um tipo esquisito de barriga que salta quando ele caminha, mas não porque é barrigudo, mas porque sua coluna se curva um pouco, o que é compensado pelos passos largos e vigorosos que dá, aliás, os passos largos de um homem alto (como descobri ao segui-lo na trilha montanha acima), e o peito é fundo e os ombros são largos.

"Caramba, Japhy, eu me sinto ótimo hoje", eu disse quando trancamos o carro e nós três começamos a nos balançar pela estrada do lago com nossas mochilas, afastando-nos um pouco e ocupando um lado e o meio e o outro lado da estrada como soldados de infantaria dispersos. "Isto aqui

---

* John Burroughs: naturalista e escritor americano, viveu entre 1837 e 1921. (N. T.)

** Paul Bunyan: escritor e pastor britânico que viveu de 1628 a 1688. (N. T.)

*** Pyotr Alexeyevich Kropotkin: revolucionário russo que realizou estudos geográficos e zoológicos na Sibéria, viveu de 1842 a 1921. (N. T.)

não é muito melhor do que o The Place? Ficar lá bebendo em uma manhã de sábado fresca como esta, todo confuso e enjoado, e aqui estamos nós ao lado do lago fresco e puro caminhando neste ar ótimo, por Deus, isto sozinho já é um haicai."

"Comparações são odiosas, Smith", ele devolveu na lata para mim, citando Cervantes e fazendo uma observação zen-budista de lambuja. "Não faz a menor porcaria de diferença se você está no The Place ou escalando o Matterhorn, é tudo o mesmo vazio, rapaz." E eu fiquei pensando a respeito daquilo e percebi que ele tinha razão, comparações *são mesmo* odiosas, é tudo a mesma coisa, mas com certeza aquilo estava uma delícia e de repente percebi que me faria bem (apesar das veias dos pés inchadas) e me afastaria da bebida e talvez fizesse com que eu passasse a apreciar um modo completamente diferente de viver.

"Japhy, fico contente de ter conhecido você. Vou aprender tudo a respeito de arrumar mochilas e o que fazer para me esconder nestas montanhas quando me enjoar da civilização. Na verdade, sou grato por ter conhecido você."

"Bom, Smith, eu também sou grato por ter conhecido você, por aprender como se escreve de maneira espontânea e tudo o mais."

"Ah, isso não é nada."

"Para mim é muita coisa. Vamos lá, rapazes, um pouco mais rápido, não temos tempo a perder."

Pouco a pouco alcançamos a poeira amarela em ebulição onde escavadeiras se movimentavam de um lado para o outro e operadores de máquinas grandes, gordos e suarentos que nem mesmo olharam para nós xingavam e amaldiçoavam o trabalho. Para que eles escalassem uma montanha, alguém teria que lhes pagar a hora de trabalho em dobro; como era sábado, teriam que receber o quádruplo.

Japhy e eu rimos ao pensar nisso. Senti-me um pouco envergonhado pela minha boina tola, mas os operadores das escavadeiras nem olharam e logo eles ficaram para trás e já nos aproximávamos do último sobradinho que servia de mercado no início da trilha. Era uma cabana de madeira, localizada bem no fim do lago e encalacrada no meio de um V de belos sopés de montanha. Ali paramos e descansamos um pouco nos degraus, tínhamos caminhado uns seis quilômetros, mas em uma boa estrada plana, e entramos e compramos balas e bolachas de água e sal e coca-colas e coisas assim. Daí de repente Morley, que não tinha ficado quieto durante o trajeto de seis quilômetros, e estava engraçado com a roupa que usava carregando aquela imensa mala de espaldar rígido com colchão de ar (agora vazio) e tudo o mais e sem chapéu nenhum, de modo que estava com a mesma cara de quando estava na biblioteca, mas com uma espécie de calça larga, Morley de repente lembrou que tinha se esquecido de tirar o óleo do cárter.

"Então ele se esqueceu de tirar o óleo do cárter", eu disse, notando a consternação deles e sem conhecer muito a respeito de carros. "Então ele esqueceu, e daí?"

"Não, isso quer dizer que se a temperatura cair abaixo de zero durante a noite a porcaria do radiador vai explodir e não poderemos voltar para casa e vamos ter que andar 20 quilômetros até Bridgeport e tudo e vamos ficar presos aqui."

"Bom, talvez não faça assim tanto frio hoje à noite."

"Não dá para arriscar", disse Morley e àquela altura eu já estava bem bravo com ele por encontrar mais maneiras do que seria possível para esquecer as coisas, dar mancadas, atrapalhar, atrasar e fazer com que essa viagem de escalada relativamente simples que tínhamos começado avançasse em uma trajetória circular.

"O que você vai fazer? O que nós vamos fazer, voltar estes seis quilômetros?"

"A única coisa que resta a fazer: volto sozinho, esvazio o cárter, volto aqui e sigo vocês trilha acima e a gente se encontra à noite no acampamento."

“E daí eu acendo uma fogueirona”, disse Japhy. “E quando você vir o clarão, solta um daqueles seus gritos montanheses e nós o direcionaremos.”

“Muito simples.”

“Mas você precisa se apressar se quiser chegar ao acampamento ao anoitecer.”

“Pode deixar, estou indo agora mesmo.”

Mas daí eu fiquei com pena do pobre-coitado azarado e engraçado do Henry e disse: “Ah, diabos, quer dizer que você não vai escalar com a gente hoje? Dane-se o cárter, venha conosco”.

“Vai custar caro demais se aquele treco congelar hoje à noite, Smith, não, acho melhor voltar. Tenho um monte de pensamentos interessantes para me entreter provavelmente sobre a mesma coisa que vocês vão ficar conversando o dia inteiro, ai, diabos, vou voltar agora mesmo. Assegurem-se de não berrar para as abelhas e não machuquem o traseiro e se o grupo de tênis aparecer e todo mundo estiver sem camisa, não olhem direto para o refletor ou o sol vai chutar o traseiro de uma moça bem para cima de você, com gatos e tudo o mais e caixas de frutas e de laranjas junto”, e com tal declaração e sem mais demora nem cerimônia ele voltou pela estrada fazendo um leve aceno de mão, murmurando e falando sozinho, de modo que tivemos de gritar: “Bom, então até logo, Henry, apresse-se”, e ele não respondeu, só seguiu andando e dando de ombros.

“Sabe”, eu disse, “acho que não faz mesmo a menor diferença para ele. Ele fica contente só de vagar por aí e se esquecer das coisas.”

“E dá tapinhas na própria barriga e olha para as coisas como elas são, mais ou menos como Chuang Tsé”, e Japhy e eu rimos bastante olhando o coitado do Henry cambaleando todo o caminho de volta que tínhamos acabado de vencer, sozinho e louco.

“Bom, aqui vamos nós”, disse Japhy. “Quando eu me cansar desta mochilona, a gente troca.”

"Estou pronto agora. Cara, vamos lá, me dê aqui agora, estou a fim de carregar alguma coisa pesada. Você não faz ideia de como eu me sinto *bem*, cara, vamos lá!" Então trocamos de mochila e iniciamos nosso percurso.

Nós dois nos sentíamos bem e falávamos sem parar, sobre qualquer coisa, literatura, as montanhas, mulheres, Princess, os poetas, o Japão, as aventuras que já vivemos, e de repente percebemos que o fato de Morley ter esquecido de esvaziar o cárter fora uma bênção disfarçada, se não Japhy não teria sido capaz de proferir nenhuma palavra durante todo aquele dia abençoado e assim eu tive a oportunidade de ouvir as ideias dele. A maneira como ele fazia as coisas, andando pelo mato, me fez lembrar do meu amigo de infância Mike que também adorava ir na frente para mostrar o caminho, sério mesmo como Buck Jones, olhos no horizonte distante, como Natty Bumppo, chamando a minha atenção para que não quebrasse galhos ou "Aqui é muito fundo, vamos descer o riacho para conseguir vará-lo", ou "Vai ter lama ali naquela baixada, é melhor contornarmos", todo sério e contente. Pela maneira como ele fazia tudo aqui, enxerguei toda a infância de Japhy nas florestas do Leste do Oregon. Ele caminhava da mesma maneira que falava, de trás dava para ver que os dedos do pé dele apontavam levemente para dentro, como os meus fazem, em vez de apontar para fora; mas quando chegava a hora de escalar ele apontava os dedos dos pés para fora, como Carlitos, para fazer um tipo de apoio que facilitasse seu avanço. Atravessamos uma espécie de leito de rio lamacento através da vegetação rasteira densa e alguns chorões e saímos do outro lado um pouco molhados e começamos a seguir a trilha, que estava claramente marcada e nomeada e tinha sido recentemente recondicionada por equipes de conservação de trilhas, mas quando chegávamos a uma parte onde uma pedra havia deslizado sobre a trilha ele a jogava longe com muito cuidado e dizia: "Eu costumava trabalhar em equipes de conservação de trilhas, não consigo olhar para uma trilha como se não tivesse nada a ver comigo, Smith". Na medida em que subíamos, o lago ia aparecendo lá embaixo e de repente na água azul cristalina vimos os buracos profundos onde ficavam as nascentes dele, como poços negros, e dava para enxergar cardumes de peixes se sacudindo na água.

"Ah, isto aqui é como uma manhã bem cedo na China e eu tenho cinco anos de idade no tempo que não tem início!", cantei e senti vontade de me sentar ao lado da trilha e sacar meu bloco de notas e escrever esboços a respeito daquilo.

"Olhe para lá", entoou Japhy, "álamos amarelos. Simplesmente faça com que eu entre no clima de um haicai... 'Falando sobre a vida literária – os álamos amarelos'." Caminhando por essa região dava para compreender as gemas perfeitas dos haicais que os poetas orientais escreveram, sem nunca se embebedar nas montanhas nem nada, mas simplesmente avançando tão puros quanto crianças que anotam o que veem sem ferramentas literárias nem expressões rebuscadas. Íamos compondo haicais na medida em que subíamos, cada vez mais alto, pelas encostas cobertas de arbustos.

"Pedras nas laterais da encosta", eu disse, "por que não saem rolando?"

"Talvez seja um haicai, talvez não, pode ser um pouco complicado demais", disse Japhy. "Um verdadeiro haicai tem que ser tão simples quanto mingau e ainda assim fazer com que você enxergue a coisa como ela é, como o melhor deles, provavelmente, aquele que diz: 'O pardal saltita pela varanda, com as patas molhadas'. De Shiki. Dá para enxergar as pegadas molhadas como uma visão na mente e ainda assim naquelas poucas palavras também dá para ver toda a chuva que caiu naquele dia e quase sentir o cheiro das pinhas úmidas."

"Vamos fazer mais um."

"Eu vou inventar um desta vez, vejamos, 'Lago lá embaixo... os buracos negros poços formam', não, isso não é haicai nenhum, caramba, todo cuidado é pouco com um haicai."

"O que você acha de compô-los super-rápido à medida que a gente vai avançando, espontaneamente?"

"Olhe aqui", ele exclamou alegremente, "lupino da montanha, veja a cor azul delicada que aquelas florzinhas têm. E lá estão algumas papoulas vermelhas da Califórnia. Toda a campina está salpicada de cores! Ali em cima, ao lado do caminho, há um pinheiro branco da Califórnia, a gente não vê mais muitos desses por aí."

"Você sabe mesmo bastante coisa a respeito de pássaros e árvores e todas essas coisas."

"Estudei isso a vida inteira." E então, enquanto seguíamos nossa escalada, fomos ficando mais soltos e falando de coisas mais engraçadas e mais tolas e logo chegamos a uma curva na trilha onde de repente apareceu uma espécie de clareira ensombreada e um tremendo riacho em catarata que se debatia e espumava contra pedras limosas ia sempre descendo, e sobre o riacho havia uma ponte perfeita formada por um tronco caído, nós subimos nele e deitamos de barriga para baixo e enfiamos a cabeça na água, cabelo molhado, e bebemos profundamente conforme a água batia no rosto, era como enfiar a cabeça no jato de uma represa. Fiquei lá deitado um bom longo minuto aproveitando o frescor repentino.

"Isto aqui até parece um anúncio de refrigerante!", berrou Japhy.

"Vamos nos sentar um pouco e aproveitar."

"Rapaz, você não faz ideia de quanto a gente ainda vai ter que caminhar!"

"Bom, eu não estou cansado!"

"Bom, você vai ficar, valentão."

9

Seguimos em frente, e me senti imensamente feliz pelo fato de a trilha ter uma espécie de aparência imortal, naquele já começo de tarde, pelo modo como a encosta coberta de capim da colina parecia estar imersa em uma nuvem de pó de ouro antigo, e os insetos se agitavam sobre as pedras e o vento suspirava em passos de dança brilhantes sobre as rochas aquecidas, e pela maneira como a trilha de repente entrava em uma parte fresca e sombreada com árvores altas que se erguiam, e ali a luz era mais profunda. E pela maneira como o lago lá embaixo logo se transformou em um lago de brinquedo com aqueles poços negros ainda perfeitamente visíveis, e as gigantescas sombras de nuvens sobre o lago, e a estradinha trágica que serpenteava lá para trás, por onde o coitado do Morley estava voltando.

"Você consegue ver o Morl lá para trás?"

Japhy deu uma longa olhada. "Estou vendo uma nuvenzinha de poeira, talvez seja ele que já vem vindo." Mas parecia que eu tinha visto a tarde de antigamente daquela trilha, de pedras da pradaria e florzinhas de lupino, a repentinos reencontros com o riacho gorgolejante com suas pontes de troncos caídos salpicados pela água e seu verde do fundo do mar, havia um peso inexplicável no meu coração como se eu já tivesse vivido antes e já tivesse caminhado por aquela trilha em circunstâncias parecidas com um companheiro bodisatva, mas talvez em uma missão mais importante, tive vontade de deitar-me ao lado da trilha e me lembrar de tudo aquilo. Quando a gente está no mato, fica com essa sensação: sempre parece que você já conhece aquele lugar, há muito esquecido, como o rosto de um parente morto há muito tempo, como um sonho antigo, como o trecho de uma canção esquecida que está à deriva sobre a água, mas acima de tudo como eternidades douradas de infância passada ou de vida adulta passada e todos os vivos e os que estão à beira da morte e o coração que bateu ali há um milhão de anos e as nuvens que vão passando lá em cima parecem servir de testemunha dessa sensação (devido à sua própria familiaridade solitária). Êxtase, até, senti, com lampejos repentinos de lembranças, e me sentindo suado e sonolento, tive vontade de dormir e sonhar na relva. À medida que subíamos, íamos ficando mais cansados e àquela altura, como dois verdadeiros alpinistas, já não conversávamos mais e não precisávamos conversar, ainda bem, aliás Japhy mencionou a questão depois de meia hora de silêncio, quando se virou para mim e disse: "É assim que eu gosto, quando se avança simplesmente não há necessidade de conversar, como se fôssemos animais e nos comunicássemos por meio de telepatia silenciosa". Portanto, absortos em nossos próprios pensamentos, seguíamos em frente, Japhy com aquele passo esquisito que já mencionei, e eu descobrindo o meu verdadeiro ritmo, que consistia de passos curtos que subiam a montanha lenta e pacientemente a um quilômetro por hora, de modo que estava sempre trinta metros atrás dele e quando tínhamos algum haicai, gritávamos as palavras um para o outro. Logo chegamos ao alto daquela parte da trilha, e daí para a frente não havia mais trilha, à incomparável pradaria fantástica, que continha um lindo laguinho, e em seguida havia pedregulhos e mais nada além de pedregulhos.

"A única coisa que vai nos mostrar o caminho a seguir daqui para a frente são os patos."

"Que patos?"

"Está vendo aquelas pedras ali?"

"Estou vendo aquelas pedras ali! Caramba, estou vendo oito quilômetros de pedras montanha acima."

"Está vendo aquele montinho de pedregulhos ali em cima daquela pedra mais próxima, ao lado do pinheiro?

Aquilo é um pato, arranjado por outros alpinistas, talvez eu mesmo o tenha posto ali em 54, não tenho certeza. A partir de agora, a gente vai de pedra em pedra, prestando atenção para enxergar os patos e assim ter uma ideia genérica do caminho que devemos seguir. Apesar de, claro, sabermos para onde estamos indo... o nosso platô fica naquela grande encosta ali na frente."

"Platô? Meu Deus, você está dizendo que aquilo não é o topo da montanha?"

"Claro que não, depois disso tem um platô e daí uma encosta coberta de pedrinhas soltas e daí mais pedras e daí chegamos a um último lago alpino que não é maior do que este aqui e daí chega a escalada final de mais de trezentos metros em uma subida praticamente direta até o topo do mundo, rapaz, de onde vai dar para ver a Califórnia inteira e mais umas partes de Nevada e o vento vai atravessar as suas calças."

"Ah... E quanto tempo tudo isso demora?"

"Bom, a única coisa que dá para planejar é acampar hoje à noite ali naquele platô. Eu chamo de platô, mas não tem nada a ver com isso, é uma prateleira entre altitudes."

Mas o alto e o fim da trilha era um local tão bonito que eu disse: "Rapaz, olhe só para isso...". Uma pradaria fantástica, pinheiros em uma ponta, o laguinho, o ar fresco e puro, as nuvens da tarde adquirindo um tom dourado... "Por que a gente simplesmente não dorme aqui hoje, acho que nunca vi um parque tão bonito."

"Ah, isto aqui não é nada. É lindo, claro, mas podemos acordar amanhã e deparar com três dúzias de professoras montadas a cavalo fritando bacon no nosso quintal. No lugar para onde vamos, pode apostar o seu traseiro como não vai ter nenhum ser humano, e se tiver, eu sou o traseiro malhado de um cavalo. Ou talvez haja um alpinista, ou dois, mas acho que não, nesta época do ano. Sabe que a partir de agora pode nevar a qualquer instante. Se isso acontecer hoje, tchauzinho para mim e para você."

"Bom, tchauzinho, Japhy. Mas vamos descansar aqui e beber um pouco de água e admirar a paisagem." Nós nos sentíamos cansados e muito bem. Deitamos sobre a relva e descansamos e trocamos as mochilas e as acomodamos nas costas e estávamos prontos para seguir em frente. Quase instantaneamente, a vegetação terminou e os penedos começaram; subimos no primeiro e dali para a frente era só uma questão de ficar pulando de um para outro, subindo e subindo gradualmente, oito quilômetros acima em um vale de penedos que ia ficando cada vez mais íngreme, com rochedos imensos de ambos os lados que formavam as paredes do vale, até que, perto da face da penha, parecia que precisaríamos nos arrastar pelas pedras.

"E o que é que fica atrás daquela face?"

"Tem capim alto lá, uns arbustos, pedras espalhadas, lindos riachos serpenteantes que têm partes congeladas até mesmo à tarde, pontos de neve, árvores tremendas e uma pedra com mais ou menos o tamanho de dois chalés iguais ao do Alvah empilhados um sobre o outro que se inclina para a frente formando uma espécie de caverna côncava para acamparmos, fazendo uma fogueira grande ali que jogue o calor contra a parede. E depois disso, o capim alto e as árvores terminam. Lá, estaremos a uns dois mil e setecentos metros."

De tênis, era bolinho dançar agilmente de uma pedra para a outra, mas depois de um tempo reparei como Japhy o fazia de maneira graciosa e ele simplesmente passava de uma pedra para a outra, às vezes fazendo uma espécie de dança deliberada, com as pernas cruzando da direita para a esquerda, da direita para a esquerda, e durante um tempo segui cada passo que ele dava, mas acabei compreendendo que era melhor simplesmente escolher minhas próprias pedras espontaneamente e criar minha própria dança irregular.

"O segredo desse tipo de escalada", disse Japhy, "é como o zen. Não pense. Simplesmente dance de acordo com o ritmo. É a coisa mais fácil do mundo, aliás, é mais fácil do que andar em terreno plano, que é monótono. Probleminhas meigos se apresentam a cada passo e no entanto a gente nunca hesita e se vê em outra pedra escolhida sem nenhuma razão especial, igualzinho ao zen." O que era mesmo.

Já não falávamos muito. Ficou cansativo para os músculos das pernas. Passamos horas, umas três, subindo aquele longo, longo vale. Foi quando o dia se transformou em fim de tarde e a luz foi ficando cada vez mais amarelada e as sombras caíam de modo agourento sobre o vale de pedras áridas mas, em vez de assustar, traziam de volta aquela sensação imortal. Os patos todos estavam dispostos de maneira a ser fácil enxergá-los: ficava-se parado em cima de uma pedra, olhava-se para a frente, avistava-se um pato (geralmente só duas pedras chatas colocadas uma em cima da outra, às vezes com uma redondinha em cima para enfeitar) e se encaminhava para aquela direção de modo geral. A função desses patos, colocados ali por alpinistas anteriores, era economizar dois ou três quilômetros de caminhada inútil pelo vale imenso. Enquanto isso, nosso riacho gorgolejante continuava a gorgolejar, mas agora era mais estreito e mais silencioso, correndo da face da encosta a um dois quilômetros vale acima, em uma grande mancha escura que dava para ver contra a rocha cinzenta.

Pular de uma pedra para a outra sem nunca cair, com uma mochila pesada nas costas, é mais fácil do que parece; é impossível cair quando se entra no ritmo da dança. Às vezes eu olhava lá para baixo do vale e me surpreendia de ver o quanto tínhamos subido, e de então enxergar horizontes montanhosos mais distantes naquela direção. Nosso lindo parque no alto da trilha era como um valezinho estreito na floresta de Arden. Então a escalada ficou mais íngreme, o sol ficou mais vermelho, e logo comecei a ver manchas de neve à sombra de algumas pedras. Chegamos ao local onde a face da encosta parecia se avultar sobre nós. A certa altura vi Japhy pousar a mochila e fui dançando até alcançá-lo.

"Bom, é aqui que vamos largar nosso equipamento e subir essas últimas dezenas de metros pela encosta daquele penhasco, ali onde dá para ver que é mais raso, e achar o local do acampamento. Eu me lembro dele. Aliás, você pode ficar sentado aqui e descansar ou descabelar o palhaço enquanto eu vou lá dar uma olhada no terreno, eu gosto de fazer isso sozinho."

Certo. Então eu me sentei e troquei as meias úmidas e a camiseta de baixo empapada por uma seca e cruzei as pernas e descansei e assobiei durante uma meia hora, uma ocupação muito agradável, e Japhy voltou e disse que tinha encontrado o acampamento. Achei que seria uma caminhada curta para chegar ao local de descanso mas demorou quase mais uma hora para pular sobre os penedos íngremes, contornar alguns deles, chegar ao platô da face da penha, e ali, sobre capim mais ou menos baixo, caminhar uns duzentos metros até o local onde uma enorme pedra cinzenta surgia no meio dos pinheiros. Ali a terra era algo esplendoroso – neve pelo chão, em porções que iam se derretendo sobre a relva, e riachos gorgolejantes, e as enormes montanhas de pedras silenciosas dos dois lados, e o vento soprando, e o cheiro de arbustos. Atravessamos um riachinho adorável, de um palmo de profundidade, água perolada pura e translúcida, e chegamos à enorme pedra. Ali havia pedaços de lenha carbonizada onde outros alpinistas tinham acampado.

"E onde é que fica a montanha Matterhorn?

"Não dá para ver daqui, mas" – apontou para o extenso platô mais adiante e para uma garganta coberta de pedregulhos que serpenteava à direita – "ali naquele contorno, uns três quilômetros para cima, e chegaremos ao sopé dela."

"Uau, caramba, nossa, vai demorar mais um dia inteiro!"

"Não se você estiver viajando comigo, Smith."

"Bom, Ryderee, por mim, tudo bem."

"Tudo bem, Smithee, e agora o que você acha de relaxar e aproveitar e preparar um jantar e esperar o velho Morleree?"

Então tiramos as coisas das mochilas e arranjamos tudo e fumamos e nos refestelamos. As montanhas já estavam adquirindo aquele tom rosado, estou falando das rochas, não passavam de rocha sólida coberta pelos átomos da poeira acumulada ali desde o tempo que não tem início. Para falar a verdade, eu tinha medo de todas aquelas monstruosidades escarpadas que nos rodeavam e pairavam sobre nós.

"São tão silenciosas!", eu disse.

"É, cara, sabe que para mim uma montanha é um Buda. Pense na paciência, centenas de milhares de anos só paradas ali perfeitamente silenciosas e como se estivessem rezando por todas as criaturas vivas naquele silêncio e só esperando que a gente acabasse com toda a nossa complicação e nossas bobagens." Japhy pegou o chá, chá chinês, e colocou algumas pitadas dentro de um bule de lata, e já tinha acendido a fogueira àquela altura, uma fogueira pequena para começar, o sol ainda brilhava sobre nós, e enfiou um galho comprido firmemente embaixo de algumas pedras grandes, fazendo um apetrecho para pendurar o bule de chá e logo a água já estava fervendo e ele a derramou fumegante dentro do bule e tomamos chá em nossas xícaras de lata. Eu próprio tinha ido buscar a água no riacho, que era fria e pura como a neve e como os olhos com pálpebras de cristal dos céus. Portanto, aquele chá foi de longe o mais puro e o que mais matou minha sede em toda a minha vida, deu vontade de beber mais, mais e mais, matava mesmo a sede e é claro que ficava nadando quentinho dentro da barriga.

"Agora você entendeu a paixão que os orientais têm pelo chá", disse Japhy. "Lembra aquele livro que eu mencionei, dizendo que o primeiro gole é satisfação, o segundo, alegria, o terceiro, serenidade, o quarto, loucura, o quinto, êxtase."

"Estou prestes a entender, amigão."

A pedra contra a qual acampamos era uma maravilha. Tinha dez metros de altura e dez de base, quase um quadrado perfeito, e árvores retorcidas inclinavam-se sobre ela para olhar para nós lá embaixo. A partir da base, projetava-se para a frente, formando um côncavo, de modo que se chovesse estaríamos parcialmente cobertos. "Como foi que essa filhadaputa imensa conseguiu chegar até aqui?"

"Provavelmente foi deixada por uma geleira que se retraiu. Está vendo aquele campo ali coberto de neve?"

"Estou."

"É o que sobrou da geleira. Ou isso ou esta pedra rolou até aqui de montanhas pré-históricas incríveis que não temos condição de entender, ou talvez tenha vindo parar aqui quando a porra da cadeia de montanhas emergiu do solo na sublevação da costa do período Jurássico. Ray, quando você está aqui você não está acomodado em uma casa de chá de Berkeley. O começo e o fim do mundo estão bem aqui. Olhe só para todos estes budas cheios de paciência nos observando sem dizer nada."

"E você costuma vir aqui sozinho..."

"Passo semanas a fio aqui, igualzinho a John Muir, escalo as montanhas sozinho, seguindo filões de quartzo ou transformando campos floridos em acampamento, ou simplesmente caminhando por aí nu e cantando, e preparo meu jantar e rio."

"Japhy, preciso tirar o chapéu para você, você é o carinha mais feliz do mundo, e também o maior, por Deus, é sim. Com certeza me sinto contente de aprender tudo isto. Este lugar também faz com que eu me sinta devoto, quer dizer, você sabia que eu tenho uma reza, você conhece a minha reza?"

"Qual?"

"Eu me sento e falo, e listo todos os meus amigos e parentes e inimigos um por um, sem me prender a nenhuma raiva ou gratidão nem nada, e digo assim 'Japhy Ryder, igualmente vazio, a ser amado igualmente, igualmente um Buda que está por vir', e continuo, digo, a 'David O. Selznick, igualmente vazio, a ser amado igualmente, igualmente um Buda que está por vir', apesar de não usar nomes como David O. Selznick, só falo de gente que eu conheço porque quando digo 'igualmente um Buda que está por vir' quero visualizar os olhos da pessoa em questão, como por exemplo Morley, os olhos azuis que ele tem atrás daqueles óculos, quando você pensa 'igualmente um Buda que está por vir' você está pensando naqueles olhos e de repente você vê mesmo a serenidade secreta e a verdade sobre a transformação dele em Buda. E daí você pensa nos olhos dos seus inimigos."

"Isso é ótimo, Ray", e Japhy pegou seu caderninho e escreveu a reza, e sacudiu a cabeça, pensativo. "É ótimo mesmo. Vou ensinar esta reza para os monges que eu conhecer no Japão. Não há nada de errado com você, Ray, seu único problema é nunca ter aprendido a visitar lugares assim, você permitiu que o mundo o afundasse no esterco e fizesse com que você sentisse vergonha... apesar de eu sempre dizer que comparações são odiosas, o que estamos dizendo agora é verdade."

Pegou o trigo bulgur moído grosseiramente e misturou com alguns pacotes de verduras desidratadas e colocou tudo na panela, pronto para cozinhar ao anoitecer. Começamos a prestar atenção para ver se ouvíamos os gritos montanheses de Henry Morley, mas eles não apareceram. Começamos a ficar preocupados com ele.

"O problema disso, caramba, é que se ele caiu de uma pedra e quebrou a perna, não vai ter ninguém para ajudá-lo.

É perigoso... eu faço isso sozinho, mas sou bom. Sou um cabrito montanhês."

"Estou ficando com fome."

"Eu também, caramba, espero que ele chegue logo. Vamos dar uma volta e comer umas bolas de neve e beber água e esperar."

Foi o que fizemos, examinando a ponta mais alta do platô, e voltamos. A essa altura o sol já estava atrás da parede oeste do nosso vale e estava ficando cada vez mais escuro, mais cor-de-rosa, mais frio, mais tons de roxo começavam a tomar as escarpas. O céu estava profundo. Até começamos a enxergar estrelas pálidas, pelo menos uma ou duas. De repente ouvimos um "Yodelê-i-ê" distante e Japhy deu um salto e postou-se sobre uma pedra e gritou: "Hu hu hu!". O Yodelê-i-ê retornou.

"Ele está muito longe?"

"Meu Deus, pelo jeito ele mal começou. Ainda nem chegou ao início do vale das pedras. Não vai conseguir chegar hoje à noite de jeito nenhum."

"O que faremos?"

"Vamos ficar ali na beira da encosta de pedra e chamá-lo durante uma hora. Vamos levar estes amendoins e estas passas e comê-los enquanto esperamos. Talvez ele não esteja assim tão longe quanto estou achando."

Fomos até o promontório de onde dava para ver o vale inteiro e Japhy sentou-se na posição de lótus completa com as pernas cruzadas sobre uma pedra e pegou suas contas místicas de madeira e rezou. Quer dizer, ele só ficou lá com as contas na mão, as mãos com as palmas voltadas para cima e os polegares juntos, olhando fixamente para a frente, sem mover um músculo. Acomodei-me da melhor maneira possível em outra pedra e ficamos lá sem dizer nada, meditando. Só que eu meditava de olhos fechados. O silêncio era um bramido intenso. Do lugar onde estávamos, o som do riacho, o gorgolejar e os estalos da água eram bloqueados pelas pedras. Ouvimos vários outros Yodelê-i-ês melancólicos e os respondemos, mas cada vez pareciam vir de mais longe. Cada vez que abria os olhos, o cor-de-rosa estava mais roxo. As estrelas começaram a brilhar. Caí em profunda meditação, senti que as montanhas eram budas e nossas amigas de fato, e tive a sensação esquisita de que era estranho haver apenas três homens naquele vale inteiro tão imenso: o número três místico. Nirmanakaya, Sambhogakaya e Dharmakaya. Rezei pela segurança e, na verdade, a felicidade eterna do coitado do Morley. Uma vez abri os olhos e vi Japhy sentado ali, rígido como uma pedra, e tive vontade de rir porque ele estava mesmo engraçado. Mas as montanhas eram poderosas e solenes, assim como Japhy, e portanto eu também o era, e na verdade o riso é solene.

Foi lindo. O tom rosado desapareceu e então um anoitecer arroxeado se impôs e o bramir do silêncio parecia o murmúrio de uma maré de diamantes que atravessava as camadas líquidas dos nossos ouvidos, suficientes para acalmar um homem durante mil anos. Rezei por Japhy, por sua segurança e felicidade futuras e para que ele se tornasse um Buda no final. Tudo aquilo era completamente sério, tudo completamente alucinado, tudo completamente feliz.

"Pedras são espaço", pensei, "e espaço é ilusão". Um milhão de pensamentos passavam pela minha cabeça. Japhy tinha os dele. Fiquei impressionado pela maneira como ele meditava de olhos abertos. E principalmente fiquei humanamente impressionado como esse carinha incrível que estudava poesia oriental e antropologia e ornitologia e tudo o mais que existe nos livros com tanta avidez que era um aventureirozinho tão corajoso de trilhas e montanhas pudesse de repente sacar suas lindas contas de oração de madeira de dar dó e rezar ali solenemente, certamente como um santo do deserto das antigas, mas o mais impressionante era ver aquilo no meio da América, com seus moinhos de aço e seus campos de pouso. O mundo não é tão ruim assim quando se tem Japhys, pensei, e me senti contente. Todos os músculos doloridos e a fome na minha barriga já estavam bem ruins, e as pedras escuras que nos rodeavam, o fato de que não havia nada ali para acalmar você com beijos e palavras gentis, mas bastava estar ali meditando e orando pelo mundo acompanhado de outro jovem intenso – já estava bom demais ter nascido só para morrer, como todos nós. Algo resultará disso nas vias lácteas da eternidade que se estendem à frente de nossos olhos espectrais nada amarelados, meus amigos. Tive vontade de dizer a Japhy tudo que estava pensando mas sabia que não fazia diferença e além disso ele já sabia mesmo e o silêncio é a montanha dourada.

"Yodelê-i-ê", entoou Morley, e aí já estava escuro, e Japhy disse: "Bom, pelo jeito ele ainda está longe. Ele tem juízo suficiente para montar acampamento por lá nesta noite, então vamos voltar para o nosso acampamento e preparar o jantar".

"Tudo bem." E berramos "Hu" algumas vezes, de maneira assertiva, e desistimos do coitado do Morley naquela noite. Ele tinha mesmo juízo suficiente, nós sabíamos. E revelou-se que tinha mesmo, ele montou o acampamento dele, enrolando-se nos dois cobertores sobre o colchão de ar, e dormiu a noite toda naquela campina incomparavelmente alegre com o laguinho e os pinheiros, e nos contou tudo quando afinal nos alcançou no dia seguinte.

10

Arrastei-me pelos arredores e trouxe um monte de pedacinhos de madeira que serviriam para atear o fogo, depois saí para recolher pedaços maiores e no fim já estava juntando toras enormes, fáceis de encontrar por todos os lados. Fizemos uma fogueira que Morley poderia ter enxergado a oito quilômetros de distância, só que estávamos bem atrás da face da penha, fora do campo de visão dele. Ela lançava poderosas ondas de calor contra a encosta, e a encosta as absorvia e as lançava de volta, estávamos em um local aquecido só que a ponta do nariz formigava porque tínhamos saído de lá para pegar lenha e água. Japhy colocou o bulgur na panela com água e fez com que fervesse e ficou mexendo a mistura e enquanto isso se ocupou com a preparação do pudim de chocolate e começou a ferver essa receita em outra panela menor que tirou da minha mochila. Também preparou um bule fresco de chá. Daí pegou seu conjunto duplo de pauzinhos e logo o nosso jantar estava pronto e nós ríamos de alegria por causa dele. Foi o jantar mais delicioso de todos os tempos. Lá em cima, longe do brilho alaranjado da nossa fogueira, dava para ver sistemas imensos de estrelas incontáveis, tanto como resplandecências individuais, ou como pingentes baixos de Vênus, ou vias lácteas vastas e incomensuráveis à compreensão humana, bem frias, azuis, prateadas, mas o alimento e o fogo eram rosados e apetitosos. E de acordo com o que Japhy previra, eu não tinha absolutamente a mínima vontade de beber álcool, já tinha esquecido de sua existência, a altitude era elevada demais, o exercício, pesado demais, o ar, cortante demais, só o ar já era bastante para deixar seu traseiro bêbado bem bêbado. Foi um tremendo jantar, a comida sempre parece melhor quando ingerida em bocadinhos penosos, da ponta de pauzinhos, sem voracidade, a razão por que a lei de sobrevivência de Darwin se aplica melhor à China: se você não souber manusear pauzinhos e tentar usá-los como uma colher, vai morrer de fome. Mas, de qualquer modo, acabei ajudando com o indicador.

Jantar terminado, Japhy começou a raspar as panelas meticulosamente com um raspador de arame e pediu que eu trouxesse água, e usei uma lata deixada ali por outros campistas para fazê-lo, naquela piscina de fogo estrelado, e voltei com uma bola de neve para derreter, e Japhy lavou os utensílios com água pré-fervida. "Normalmente não lavo as panelas, simplesmente as enrolo na bandana azul, porque na verdade não faz diferença... só que ninguém aprecia muito essa gota de sabedoria lá no prédio empoeirado de sabão de cavalo na avenida Madison, como é que chama mesmo, aquela empresa inglesa, Urber e Urber, sei lá, que diabo, eu sou um rapaz desviado e maluco se não tiver vontade de pegar meu mapa celeste para ver como está a disposição das constelações nesta noite. Aquele aglomerado ali em cima é mais incontável do que todos os nossos sutras Surangamy preferidos, rapaz." E então ele saca seu mapa celeste e o vira um pouco, e ajusta, e olha, e diz: "São exatamente 20h48min".

"Como é que você sabe?"

"Sírio não estaria onde Sírio está se não fossem 20h48min... Sabe o que eu gosto em você, Ray, é que você me despertou para a verdadeira linguagem deste país que é a linguagem dos trabalhadores, dos ferroviários, dos lenhadores. Você já ouviu esses caras falando?"

"Claro que sim. Tinha um cara, motorista de caminhão-tanque, que me pegou em Houston, no Texas, certa noite, por volta da meia-noite, depois de uma bichinha que era dona de pousada chamada, entre todos os nomes que ele podia escolher e bem apropriadamente, meu caro, Dandy Courts, ter me largado ali e dito que se eu não arrumasse carona podia ir dormir no chão dele, então fiquei cerca de uma hora esperando na estrada vazia e lá vem aquele caminhão dirigido por um cherokee, como disse que era, mas o nome dele era Jonhson ou Ally Reynolds ou qualquer porcaria assim e ele falava começando cada frase com um discurso tipo: 'Bom, rapaz, abandonei a cabana da minha mãe antes de você conhecer o cheiro do rio e vim para o Oeste para me enlouquecer nos campos de petróleo do Leste do Texas', e um monte de conversa cheia de ritmo e em cada marcação do ritmo ele trocava de marcha, entre as muitas disponíveis, e dava um solavanco no caminhão e fazia o veículo rugir pela estrada a uns cento e dez quilômetros por hora e começava a correr com suavidade só quando a história dele engrenava, magnífica, e é isso que eu chamo de poesia."

"É disso que estou falando. Você precisa ouvir o velho Burnie Byers falando aquela fala dele lá na região do Skagit, Ray, você precisa mesmo ir lá."

"Certo, eu vou."

Japhy, ajoelhado ali para estudar sua carta de estrelas, inclinando o corpo um pouco para a frente para espiar através das árvores retorcidas que se dependuravam por cima de nós nas pedras, com aquele cavanhaque dele e tudo, parecia, com aquela pedra poderosa e acinzentada atrás dele, exatamente, a visão que eu tinha dos antigos mestres zen da China no meio do mato. Ele se inclinava para a frente, ajoelhado, olhando para cima, como se tivesse um sutra sagrado nas mãos. Logo foi até o banco de neve e trouxe o pudim de chocolate que já estava bem gelado e absolutamente delicioso, além das palavras. Comemos tudo.

"Acho que a gente devia deixar um pouco para o Morley."

"Ah, não vai aguentar até lá, vai derreter com o sol da manhã."

Na medida em que o fogo ia parando de estalar e se transformava em brasas, mas brasas bem grandes, de quase dois metros de comprimento, a noite ia interpondo cada vez mais sua sensação gelada cristalina, mas com o aroma das toras fumegantes aquilo era tão delicioso quanto pudim de chocolate. Saí para dar um breve passeio sozinho, perto do riacho raso congelado, e sentei para meditar apoiado em um toco sujo e as enormes encostas das montanhas dos dois lados do nosso vale pareciam massas silenciosas. Frio demais para ficar assim mais do que um minuto. Quando voltei, a figueira alaranjada lançava seu brilho sobre a pedrona, e Japhy ajoelhado olhando para o céu, e tudo isso, três mil metros acima daquele mundo rabugento, era a imagem da paz e do bom senso. Um outro aspecto de Japhy me surpreendia: sua tremenda e delicada noção de caridade. Ele estava sempre dando coisas, praticando sempre o que os budistas chamam de Paramita de Dana, a perfeição da caridade.

Quando voltei e me sentei perto do fogo, ele disse: "Bom, Smith, já está na hora de você ter as suas contas místicas, e você pode ficar com estas", e me entregou as contas marrons de madeira presas umas às outras com um cordão forte, preto e brilhante, que saía da última conta grande, formando no final um laço bonito.

"Ah, você não pode me dar uma coisa dessas, essas coisas vêm do Japão, não é?"

"Eu tenho um outro conjunto preto. Smith, aquela reza que você fez para mim hoje vale esse conjunto de contas místicas, mas você pode ficar com ele de qualquer forma." Alguns minutos mais tarde, ele acabou com o resto do pudim de chocolate mas assegurou-se de que eu ficasse com a maior porção. Então, quando arranjou galhos sobre a pedra da clareira e estendeu o poncho por cima, assegurou-se de que o saco de dormir dele ficasse mais longe do fogo do que o meu, para que eu ficasse bem aquecido. Ele praticava caridade o tempo todo. Aliás ele me ensinou a fazer isso também, e uma semana depois eu lhe daria camisas de baixo bacanas e novas que tinha encontrado na loja de caridade. Ele retribuiria imediatamente, presenteando-me com uma vasilha plástica para guardar comida. De brincadeira, dei a ele uma flor enorme do quintal de Alvah. Solenemente, um dia depois, ele me traria um buquezinho de flores colhidas nas floreiras das ruas de Berkeley. "E você também pode ficar com os tênis", ele disse. "Tenho um outro par mais velho do que esse, mas tão bom quanto."

"Ah, não posso aceitar todas as suas coisas."

"Smith, você não percebe que é um privilégio praticar o ato de dar presentes aos outros." O modo como ele o fazia era encantador; não havia nada brilhante nem natalino naquilo, mas era quase triste, e às vezes os presentes dele eram coisas velhas e surradas mas tinham o charme da utilidade e a tristeza de seu ato de presentear.

Rolamos para dentro de nossos sacos de dormir, àquela altura fazia um frio congelante, por volta das onze horas, e conversamos um pouco mais, até que simplesmente não se ouviu mais resposta vinda de um dos travesseiros e logo estávamos dormindo. Enquanto ele roncava, eu acordei e fiquei lá deitado de barriga para cima com os olhos nas estrelas e agradeci a Deus por ter participado dessa escalada. Minhas pernas estavam melhores, meu corpo todo parecia forte. O estalar das brasas que iam arrefecendo pareciam Japhy fazendo pequenos comentários a respeito da minha felicidade. Olhei para ele, a cabeça enfiada dentro do saco de dormir de pena de pato. A forma do corpo dele enrodilhado era a única coisa que eu conseguia enxergar naqueles quilômetros de breu, tão densa e nítida com o ávido desejo de ser bondosa. Pensei: "Que coisa estranha é o homem... como diz a Bíblia, 'Quem conhece o espírito do homem que olha para cima?'. Este pobre rapaz, dez anos mais novo do que eu, está fazendo com que eu pareça um tolo que esqueceu, durante os recentes anos de bebedeira e decepção, todos os ideais e prazeres que conhecia anteriormente, ele não liga a mínima para o fato de não ter dinheiro nenhum: não precisa de dinheiro nenhum, tudo de que necessita está dentro de sua mochila com aqueles pacotinhos de comida desidratada e um bom par de sapatos e lá vai ele desfrutar dos privilégios de um milionário em um ambiente desses. Mas, de qualquer modo, que milionário doente conseguiria chegar a esse rochedo? Nós demoramos o dia inteiro para escalá-lo". E prometi a mim mesmo que começaria uma nova vida. "Vou vagar por todo o Oeste, as montanhas do leste e o deserto, com uma mochila nas costas e fazer a coisa do modo mais puro." Consegui pegar no sono depois de enfiar meu nariz dentro do saco de dormir e acordei mais ou menos ao amanhecer, tremendo, o frio do chão tinha se infiltrado no poncho e no saco de dormir e minhas costelas se apoiavam sobre uma umidade mais úmida do que a de uma cama fria. Minha respiração saía em forma de vapor. Rolei para as costelas do outro lado e dormi mais um pouco: meus sonhos eram sonhos frios e puros como água gelada, sonhos alegres, não pesadelos.

Quando acordei de novo, a luz do sol tinha assumido um tom alaranjado imaculado que atravessava as escarpas a leste e caía através dos galhos dos pinheiros aromáticos, e tive a mesma sensação de quando era menino e era hora de acordar para sair para brincar durante todo o sábado, com meu macacão de frio. Japhy já estava de pé cantando e soprando dentro das mãos em concha ao redor de uma fogueirinha. Havia geada branca sobre o chão. Ele deu uma corridinha até a beirada da encosta e gritou "Yodelê-i-ê" e, por Deus, ouvimos o grito voltar diretamente para nós, de Morley, bem mais próximo do que na noite anterior. "Agora ele está chegando. Acorde, Smith, e tome uma xícara de chá quente, vai lhe fazer bem!" Levantei-me e pesquei meus tênis para fora do saco de dormir, onde tinham ficado quentinhos a noite toda, e os calcei, e coloquei minha boina, e dei um salto e corri alguns quarteirões sobre o gramado. A superfície do riacho raso estava toda congelada, a não ser no meio, onde um fio corria tilintando. Deitei ali de barriga para baixo e tomei um gole profundo, molhando o rosto. Não há nenhuma sensação no mundo como lavar o rosto com água gelada em uma manhã na montanha. Então voltei e Japhy estava esquentando as sobras do jantar da noite anterior que continuavam boas. Então fomos até a ponta da encosta e gritamos "Hu" para Morley, e de repente o avistamos, uma pequena silhueta a três quilômetros de distância no vale de pedras, movendo-se como um pequeno ser animado naquele imenso vazio. "Aquele pontinho ali embaixo é o nosso espirituoso amigo Morley", disse Japhy com aquela voz retumbante e engraçada de lenhador.

Em cerca de duas horas, Morley estava a uma distância que já dava para conversar conosco e começou a falar sem parar enquanto tratava das últimas pedras, até chegar ao lugar onde estávamos sentados sob o sol já quente, esperando.

"A Sociedade de Auxílio das Senhoras disse que eu devia vir até aqui para ver se vocês, rapazes, gostariam de espetar fitas azuis na camisa, dizem que ainda sobrou um monte de limonada de limão-rosa e que Lord Mountbatten está ficando muito impaciente. É de se pensar que elas vão investigar a fonte dos problemas mais recentes do Oriente Médio, ou aprender a saborear melhor o café. Imagino que com um par de cavalheiros literatos como os senhores elas podiam aprender a prestar mais atenção aos modos...", e assim por diante etc. etc., sem razão nenhuma, tagarelando sob aquele céu azul matinal feliz sobre as pedras com aquele sorriso debochado dele, suando um pouco devido ao longo esforço matutino.

"Bom, Morley, está pronto para escalar o Matterhorn?"

"Estarei assim que trocar estas meias molhadas."

11

Partimos por volta do meio-dia, deixando nossas mochilonas no acampamento, onde era provável que ninguém fosse aparecer até pelo menos o ano seguinte, e subimos o vale de pedregulhos só com um pouco de comida e um kit de primeiros-socorros. O vale era mais comprido do que parecia. Em pouquíssimo tempo já eram duas horas e o sol já estava ganhando aquele tom dourado de fim de tarde e o vento aumentava e comecei a pensar: "Meu Deus, como é que a gente vai conseguir escalar aquela montanha hoje à noite?".

Expus minha preocupação a Japhy, que disse: "Você está certo, precisamos nos apressar".

"Por que não deixamos para lá e voltamos para casa?"

"Ah, vamos lá, Tigrão, vamos dar uma corrida até o topo daquela montanha e daí a gente volta." O vale era comprido e comprido e comprido. E no fim ficou muito íngreme e tive um pouco de medo de cair, as pedras eram pequenas e ficou escorregadio e minhas canelas já estavam doendo da estafa muscular do dia anterior. Mas Morley continuava caminhando e falando e notei a tremenda resistência que tinha. Japhy tirou as calças para ficar parecido com um índio, quer dizer, totalmente nu, a não ser por um suporte atlético, e caminhava quase meio quilômetro à nossa frente, às vezes parando um pouco, para que tivéssemos tempo de alcançá-lo, então seguia em frente, movimentando-se com rapidez, com intenção de escalar a montanha naquele dia. Morley vinha em segundo lugar, cerca de cinquenta metros à minha frente todo o tempo. Eu não tinha pressa. Então, quando chegou o fim da tarde, resolvi ir mais rápido e ultrapassar Morley e juntar-me a Japhy. Já estávamos a uns três mil e trezentos metros de altitude e fazia frio e havia muita neve e a leste dava para ver as enormes cordilheiras com picos nevados e uma infinidade de níveis de vales sob eles – já estávamos praticamente no topo da Califórnia. A certa altura precisei me arrastar, assim como os outros, por uma beirada estreita, contornando uma pedra enorme, e fiquei assustado de verdade: a queda tinha uns trinta metros, era suficiente para quebrar o pescoço, com uma outra beiradinha que permitiria ricochetear e fazer uma escala antes de uma bela queda de despedida de trezentos metros. Àquela altura, o vento chicoteava. E, no entanto, toda aquela tarde, ainda mais do que a anterior, estava cheia de antigas premonições ou memórias, como se eu já tivesse estado ali, escalando aquelas rochas, por outras razões mais ancestrais, mais sérias, mais simples. Finalmente chegamos à base do Matterhorn, onde havia o laguinho mais lindo, desconhecido aos olhos da maior parte dos homens neste mundo, avistado somente por um punhado de alpinistas, um laguinho a três mil, trezentos e tantos metros de altitude com neve nas beiradas e lindas flores e uma linda pradaria, uma pradaria alpina, plana e fantástica, sobre a qual eu imediatamente me joguei e tirei os sapatos. Japhy já estava lá havia meia hora quando cheguei, e fazia frio e ele estava vestido de novo. Morley chegou depois de nós com um sorriso nos lábios. Ficamos lá sentados olhando para a iminente subida íngreme coberta de pedregulhos, a última escarpa do Matterhorn.

"Não parece nada demais, a gente consegue!", eu disse, já cheio de satisfação.

"Não, Ray, é mais do que parece. Você percebe que são mais trezentos metros?"

"Tudo isso?"

"A menos que a gente vá correndo até o topo, em passo duplamente acelerado, nunca conseguiremos voltar ao acampamento antes do anoitecer e não conseguiremos chegar ao carro e ao albergue antes de amanhã de madrugada, digamos, à meia-noite."

"Puxa."

"Estou cansado", disse Morley. "Acho que não vou nem tentar."

"Bom, está certo", respondi. "A razão de fazer uma escalada para mim não é apenas mostrar que a gente conseguiu chegar ao topo, mas sim vir até esta região selvagem."

"Bom, eu vou", disse Japhy.

"Bom, se você vai, eu vou junto."

"Morley?"

"Acho que não consigo. Vou esperar aqui." E aquele vento estava forte, forte demais. Achei que depois de subirmos algumas dezenas de metros, aquilo podia atrapalhar nossa escalada.

Japhy pegou um pacotinho de amendoins e passas e disse: "Isto aqui será nosso combustível, rapaz. Você está pronto, Ray, para dar uma corrida em velocidade dobrada?".

"Pronto. O que eu diria para os rapazes no The Place se eu viesse até aqui só para desistir no último minuto?"

"Está tarde, vamos nos apressar." Japhy começou a subir, caminhando bem rápido, e às vezes até correndo quando a escalada incluía patamares à esquerda ou à direita na subida de pedregulhos. Esses pedregulhos alojavam-se sobre longas ladeiras de cascalho e areia, muito difíceis de escalar, sempre com pequenas avalanchas. A cada punhado de passos que dávamos, parecia que estávamos subindo cada vez mais alto em um elevador aterrorizante, engoli em seco quando me virei para olhar para trás e vi todo o estado da Califórnia que parecia se estender em três direções sob o imenso céu azul com enormes nuvens planetárias espaciais ameaçadoras e vistas amplas de vales distantes e até mesmo platôs e, até onde eu sabia, mais do que um estado inteiro de Nevada. Era aterrorizante olhar para baixo e ver Morley naquele lugarzinho fantástico com o laguinho à nossa espera. "Ah, por que eu não fiquei lá com o Henry?", pensei. Comecei a ficar com medo de subir mais, simplesmente pelo medo de estar alto demais. Comecei a ficar com medo de ser levado pelo vento. Todos os pesadelos que tivera na vida a respeito de cair de uma montanha ou de um prédio para um precipício passaram pela minha mente com clareza perfeita. Além disso, a cada vinte passos que subíamos, ficávamos completamente exaustos.

"Isso está acontecendo agora por causa da altitude elevada, Ray", Japhy explicou, sentado ao meu lado, arfando. "Coma alguns amendoins e passas e você verá como vai recuperar as forças." E a cada vez aquilo nos dava uma força tão tremenda que nos levantávamos de um pulo, sem dizer uma palavra, e dávamos mais uns vinte, trinta passos. Então nos sentávamos novamente, arfando, suando no meio daquele vento gelado, bem no topo do mundo, com o nariz escorrendo como o nariz de um garotinho jogando a última partida de um jogo qualquer no final da tarde de um sábado de inverno. Àquela altura, o vento começara a uivar como o vento dos filmes que falam das montanhas do Tibete. O terreno começou a ficar íngreme demais para mim; já estava com tanto medo que nem olhava mais para trás; dei uma espiadela: nem dava mais para distinguir Morley à beira do laguinho.

"Apresse-se!", gritava Japhy, uns trinta metros à frente. "Está ficando terrivelmente tarde." Olhei para o pico. Estava bem ali, eu o alcançaria em cinco minutos. "Só falta mais meia hora!", gritou Japhy. Não dava para acreditar. Depois de cinco minutos de escalada nervosa, caí por terra e olhei para cima e ele continuava exatamente à mesma distância. O que me desagradava naquele pico era que todas as nuvens do mundo estavam se projetando diretamente para ele, como se fossem neblina.

"De qualquer jeito, não vai dar para ver nada lá de cima", balbuciei. "Ah, por que é que eu fui me meter nisso?" Japhy já estava bem à minha frente então, tinha deixado os amendoins e as passas comigo, decidira se apressar até o topo com uma espécie de solenidade solitária, mesmo que aquilo o matasse. Não parou mais para descansar. Logo já estava um campo inteiro de futebol, uns cem metros à minha frente, ficando cada vez menor. Olhei para trás e foi a gota d'água. "*Isto aqui está alto demais!*", berrei para Japhy, em pânico. Ele não me ouviu. Corri mais uns poucos metros montanha acima e caí de barriga, exausto, escorregando para trás só um pouquinho. "*Isto aqui está alto demais!*", berrei. Estava assustado de verdade. E se eu começasse a escorregar montanha abaixo para valer? De qualquer modo, aquele cascalho poderia começar a deslizar a qualquer momento. Aquele danado bode montanhês do Japhy, dava para vê-lo saltando através do ar enevoado lá em cima, de uma pedra a outra, para cima e para cima, só um vislumbre da sola das botas dele. "Como é que eu poderia acompanhar um louco desses?" Mas, em um desespero louco, resolvi segui-lo. Afinal cheguei a uma espécie de beirada onde dava para sentar em ângulo reto em vez de ter que se agarrar a algo para não escorregar, e encolhi meu corpo todo dentro daquela reentrância para ficar lá bem firme, de modo que o vento não pudesse me desalojar, e olhei para baixo e à minha volta e pronto. "*Vou ficar por aqui!*", gritei para Japhy.

"Vamos lá, Smith, só mais cinco minutos. Para mim só faltam mais 30 metros!"

"*Vou ficar por aqui mesmo! Está alto demais!*"

Ele não disse nada e seguiu em frente. Vi quando caiu por terra, arfando, e quando se levantou novamente e voltou a correr.

Encolhi-me ainda mais na beirada e fechei os olhos e pensei: "Ah, que vida esta, para começo de conversa, para que nascer, só para submeter nossa pobre carne a horrores assim tão impossíveis quanto montanhas enormes e pedras e o espaço vazio", e com terror me lembrei do famoso ditado zen: "Quando chegar ao topo de uma montanha, continue escalando". O ditado fez meus pelos se arrepiarem; quando estava sentado sobre as belas esteiras de Alvah, aquilo soara como uma poesia encantadora. Naquele momento, bastava para fazer meu coração saltar dentro do peito e fazer meu coração sangrar pelo simples fato de ter nascido. "Na realidade, quando Japhy chegar ao topo daquela escarpa, ele *vai* continuar escalando, pelo jeito como o vento está soprando. Bom, este velho filósofo vai ficar aqui, bem aqui", e fechei os olhos. "Além disso", pensei, "descanse e seja gentil, você não precisa provar nada." De repente, ouvi um lindo grito montanhês falhado, de intensidade estranhamente musical e mística ao vento, e olhei para cima, e era Japhy em pé no topo do pico do Matterhorn, soltando sua canção de alegria de Buda Montanhês Arrasador, triunfante por ter conquistado a montanha. Foi lindo. Foi engraçado, também, ali no topo da Califórnia, que não era tão engraçado assim, e no meio daquela neblina agitada. Mas eu precisava tirar o chapéu para ele, quanta coragem, quanta resistência, quanto suor, e agora o homem louco cantava: a cereja em cima do sundae. Eu não tinha força bastante para responder ao grito de Japhy. Ele deu uma corridinha lá em cima e sumiu do meu campo de visão para explorar aquela espécie de topo plano (segundo ele) que se estendia alguns metros para o oeste e daí voltava a desabar lá para baixo, talvez até os pisos de serragem de Virginia City – e para mim não fazia a mínima diferença. Era insano. Dava para ouvir ele gritando na minha direção, mas eu só me encolhia mais na minha reentrância protetora, tremendo. Olhei lá para baixo, para o laguinho onde Morley estava deitado de barriga para cima com uma folha de capim na boca e falei alto: "Aqui está o carma destes três homens – Japhy Ryder chega a seu pico triunfante e o conquista; eu quase chego lá, mas preciso desistir e me encolher em uma porcaria de uma caverna; mas o mais inteligente de todos eles é aquele poeta dos poetas deitado lá embaixo com os joelhos cruzados olhando para o céu, mascando uma flor, sonhando à beira de uma *plage* gorgolejante, caramba, nunca mais vão me fazer subir até aqui".

12

Àquela altura, eu estava mesmo impressionado com a sabedoria de Morley: "Ele, com todas aquelas porcarias de fotos de picos nevados nos Alpes suíços", pensei.

Então, de repente, as coisas começaram a acontecer em ritmo de jazz – tudo se desenrolou em mais ou menos um segundo insano: olhei para cima e vi Japhy *correndo montanha abaixo* dando enormes saltos de seis metros cada um, correndo, saltando, aterrissando com os calcanhares das botas, ricocheteando mais ou menos um metro e meio, correndo, e depois enlouquecendo mais uma vez com um longo grito montanhês encosta abaixo, descendo do mundo, e naquele átimo percebi que *é impossível cair de uma montanha, seu tolo* e, com um grito montanhês meu mesmo, de repente me ergui e comecei a correr montanha abaixo atrás dele, exatamente com os mesmos saltos enormes, as mesmas corridas e pulos fantásticos, e no intervalo de cinco minutos acho que Japhy Ryder e eu (com meus tênis, enfiando os calcanhares na areia, na pedra, nos pedregulhos, eu já não me importava mais de tão ansioso que estava para chegar lá embaixo) fomos pulando e berrando como cabritos montanheses ou eu diria como lunáticos chineses de mil anos atrás, o suficiente para deixar os pelos de Morley arrepiados; ele estava meditando ao lado do lago, e disse ter erguido os olhos e nos visto voando abaixo e mal pôde acreditar. Aliás, com um dos maiores saltos e mais altos gritos de alegria eu cheguei voando à margem do lago e enfiei meus calcanhares de tênis na lama e simplesmente senti vontade de me sentar ali, todo contente. Japhy já descalçava os sapatos para retirar a areia e as pedrinhas. Foi maravilhoso. Descalcei os tênis e retirei de dentro alguns baldes de poeira de lava e disse: "Ah, Japhy, você me ensinou a lição mais definitiva de todas, que é impossível cair de uma montanha".

"E é exatamente isso que quer dizer, 'Quando chegar ao topo de uma montanha, continue escalando', Smith".

"Caramba, aquele grito montanhês de triunfo que você deu foi a coisa mais linda que eu ouvi na vida. Quem dera eu tivesse aqui um gravador para poder registrá-lo."

"Essas coisas não são feitas para as pessoas lá de baixo ouvirem", diz Japhy, todo sério.

"Por Deus, você está certo, todos aqueles vagabundos sedentários acomodados sobre almofadas não merecem ouvir o berro de um conquistador de montanhas triunfante. Mas quando olhei para cima e vi você descendo aquela montanha na maior corrida, de repente compreendi tudo."

"Ah, um pequeno satori para Smith hoje", diz Morley.

"O que você ficou fazendo aqui embaixo?"

"Dormindo, a maior parte do tempo."

"Bom, caramba, eu não cheguei ao topo. Estou envergonhado porque agora eu sei como *descer* a montanha e sei como *subir* a montanha e sei que nunca vou cair, mas agora é tarde demais."

"Voltaremos no próximo verão, Ray, e escalaremos de novo. Você percebeu, esta foi a primeira vez que escalou uma montanha e já deixou um veterano como o Morley bem para trás?"

"Claro", disse Morley. "Você acha, Japhy, que dariam a Smith o título de Tigre pelo que ele fez hoje?"

"Ah, claro", diz Japhy, e eu me senti orgulhoso de verdade. Eu era um Tigre.

"Ah, que se dane, eu serei um leão da próxima vez que subirmos aqui."

"Vamos lá, rapazes, ainda temos um longo caminho cascalho abaixo até chegar ao acampamento e temos que descer todo aquele vale de pedras e depois a trilha do lago, uau, duvido que consigamos chegar lá antes de que esteja escuro como breu."

"Não vai ter muito problema." Morley apontou para a fatia prateada de lua no céu azul cada vez mais escuro, que assumira um tom rosado. "Acho que ela vai iluminar nosso caminho."

"Vamos lá." Levantamo-nos e começamos o caminho de volta. Dessa vez, quando contornei aquela beirada que tinha me assustado, foi apenas divertido e cômico, e eu fiquei só lá pulando e dançando pelo caminho e tinha mesmo aprendido que é impossível cair de uma montanha. Se é mesmo *possível* ou não cair da montanha eu não sei, mas tinha aprendido que é impossível. Foi assim que a coisa me bateu.

Foi uma alegria, no entanto, chegar ao vale e perder de vista todo aquele céu aberto, embaixo de tudo e finalmente, quando as cinco horas já acinzentavam tudo, a uns trinta metros dos outros rapazes e caminhando sozinho, só para poder escolher meu caminho cantando e pensando, acompanhando os cocozinhos pretos dos cervos em uma trilha em meio às pedras, sem necessidade de pensar ou olhar para a frente ou me preocupar, apenas seguindo as bolinhas de cocô de cervo com os olhos voltados para baixo e aproveitando a vida. A certa altura ergui os olhos e vi o louco do Japhy que tinha subido em uma rampa nevada por diversão e depois deslizou como se estivesse esquiando até embaixo, por uns cem metros, com as botas, e os metros finais de costas, gritando todo contente. Não só isso, como ele também tinha tirado as calças de novo e as enrolara em volta do pescoço. Esse negócio das calças, ele dizia que era para se sentir confortável, o que é verdade, além de também não haver ninguém por ali para vê-lo, apesar de eu ter compreendido que quando ele escalava acompanhado de mulheres isto não fazia a menor diferença. Dava para ouvir Morley conversando com ele naquele enorme vale solitário: mesmo do outro lado das pedras dava para reconhecer a voz dele. Finalmente segui minha trilha de veados tão atentamente que me encontrei sozinho, subindo e descendo encostas, atravessando leitos de riachos, completamente fora do campo de visão deles, apesar de ouvi-los à distância, mas eu confiava no instinto dos meus amáveis veadinhos milenares, é bem verdade, quando começava a ficar escuro, a antiga trilha deles me levou diretamente para as margens daquele conhecido riachinho raso (onde têm parado para beber água nos últimos cinco mil anos) e lá estava o brilho da fogueira de Japhy alaranjando e alegrando a lateral da enorme pedra. A lua brilhava no céu.

"Bom, esta lua vai salvar a nossa pele, ainda temos treze quilômetros a percorrer montanha abaixo, rapazes."

Comemos um pouco e bebemos um monte de chá e arrumamos todas as nossas coisas. Nunca tinha vivido momentos mais felizes do que aqueles instantes solitários durante os quais acompanhei a trilha de veadinhos, e quando colocamos as mochilas nas costas e retomamos o caminho de volta virei-me para dar uma última olhada no local, já estava escuro, na esperança de ver alguns veadinhos meigos, nada à vista, e agradeci por tudo olhando naquela direção. Foi como quando a gente é criança e passou o dia inteiro vagando sozinha pelo mato e pelos campos e ao entardecer, quando volta para casa, faz o caminho só olhando para o chão, arrastando os pés, pensando, assobiando, do mesmo modo que os indiozinhos deviam se sentir quando seguiam o pai que caminhava a passos largos do rio Russian até Shasta duzentos anos atrás; como arabezinhos seguindo o pai, o rastro do pai; aquela solidãozinha monótona e agradável, nariz escorrendo, como uma garotinha puxando o irmão menor em cima de um trenó até em casa e os dois cantando musiquinhas inventadas por eles mesmos e fazendo caretas para o chão com toda espontaneidade antes de entrarem na cozinha e terem de assumir uma expressão grave frente ao mundo da seriedade. "No entanto, o que pode ser mais sério do que seguir uma trilha de cervos para chegar até a água?", pensei. Alcançamos o rochedo e começamos a descer o vale de pedras de oito quilômetros, agora iluminado pelo luar brilhante, era bem fácil ir dançando montanha abaixo de pedra em pedra, as pedras pareciam brancas como a neve, com porções de sombra escura como breu. Tudo parecia branco e limpo e bonito ao luar. Às vezes dava para ver o brilho prateado do riacho. Bem lá embaixo estavam os pinheiros da pradaria do parque e o lago.

A essa altura meus pés já não conseguiam mais avançar. Chamei Japhy e pedi desculpas. Não conseguia mais dar nenhum salto. Tinha bolhas não só na planta dos pés, mas também nas laterais, já que durante todo o dia anterior e o de hoje eu não os protegera. De modo que Japhy trocou comigo e deixou que eu calçasse suas botas.

Com aquelas botonas leves e protetoras eu sabia que poderia seguir em frente tranquilo. A sensação de poder pular de uma pedra à outra sem ter que sentir a dor que atravessava os tênis ralos era nova e ótima. Por outro lado, para Japhy, também foi um alívio de repente sentir-se com os pés leves e ele gostou da experiência. Descemos o vale em velocidade dupla. Mas, a cada passo que dávamos, nosso corpo se curvava, estávamos todos realmente cansados. Carregando as mochilas pesadas, era difícil controlar os músculos das coxas necessários para *descer* a montanha, o que às vezes é mais difícil do que subir. E ainda tínhamos que subir sobre as pedras, já que às vezes, ao caminhar pela areia, deparávamos com uma pedra bloqueando o caminho e precisávamos escalá-la e pular de uma em uma e de repente, quando não havia mais pedras, tínhamos que pular para a areia de novo. Às vezes a vegetação rasteira impenetrável nos impedia de avançar e precisávamos contorná-las ou tentar atravessá-las de qualquer jeito e às vezes eu ficava preso em um arbusto com a mochila, parado, praguejando sob aquele luar impossível. Nenhum de nós falava. Eu também estava bravo porque Japhy e Morley tinham medo de parar para descansar, disseram que era perigoso parar a essa altura.

"Qual é a diferença? A lua está brilhando, dá até para dormir."

"Não, precisamos chegar ao carro hoje à noite."

"Bom, vamos parar aqui um minuto. Minhas pernas não aguentam mais."

"Tudo bem, só um minuto."

Mas eu nunca descansava o suficiente e me parecia que eles estavam ficando histéricos. Até comecei a xingá-los e a certa altura passei a infernizar Japhy: "Qual é o sentido de se matar desta maneira, você acha divertido? Pfff". (Suas ideias são um monte de asneiras, concluí para mim mesmo.) Um pouco de cansaço muda várias coisas. Eternidades de rochas iluminadas pelo luar e arbustos e pedras e patos e aquele vale horroroso com uma parede de cada lado e afinal parecia que estávamos quase saindo dali, mas não, ainda não, e minhas pernas gritavam para parar, e eu xingava e partia galhos e me jogava no chão para descansar um minuto.

"Vamos lá, Ray, tudo acaba alguma hora." Na verdade, percebi que não tinha mesmo coragem nenhuma, o que eu já sabia havia muito tempo. Mas tenho alegria. Quando chegamos à pradaria alpina, estiquei-me de barriga para baixo e bebi água e aproveitei o momento em paz em silêncio enquanto eles conversavam e se preocupavam em descer o resto da trilha a tempo.

"Ah, não se preocupem, a noite está linda, vocês estão se esforçando demais. Bebam um pouco de água e deitem-se aqui uns cinco ou dez minutos, tudo dá certo no fim." Agora o filósofo era eu. Afinal, Japhy concordou comigo e descansamos em paz. Aquele bom e longo descanso deu força a meus ossos e eu consegui chegar bem ao lago. Foi bonito descer a trilha. O luar atravessava a folhagem espessa e formava manchas nas costas de Morley e Japhy, que caminhavam à minha frente. Com as mochilas, entramos em um bom ritmo de caminhada que nos agradou, dizíamos "hup hup" sempre que chegávamos a uma entradinha em ziguezague e íamos de um lado para o outro, sempre descendo, descendo, o ritmo balançante e agradável da trilha descendente. E aquele riacho gorgolejante era uma beleza sob o luar, com relances da água enluarada que corria, a espuma branca como a neve, as árvores escuras como breu, paraísos de elfos de sombra e luar. O ar começou a ficar mais agradável e mais quente e de fato achei que estava começando a sentir cheiro de gente de novo. Dava para sentir o bom cheiro rançoso das águas se movimentando no lago, e de flores, e da poeira macia lá embaixo. Lá em cima, tudo cheirava a gelo e a neve e a pedras pontudas desalmadas. Aqui embaixo, havia o cheiro de madeira aquecida pelo sol, de poeira ensolarada sob o luar, de lama do lago, de flores, de palha, de todas as coisas boas da terra. Foi divertido descer a trilha, mas mesmo assim a certa altura me senti cansado como nunca, mais do que naquele infinito vale de pedras, mas já dava para ver o albergue do lago lá embaixo, uma lampadazinha de luz meiga, então não fazia mal. Morley e Japhy falavam sem parar e a única coisa que tínhamos a fazer era alcançar o carro. Na verdade, de repente, como em um sonho alegre, com o repentino despertar de um pesadelo sem fim em que se vê que tudo acabou, caminhávamos pela estrada e havia casas e havia carros estacionados sob árvores e o carro de Morley estava bem ali.

"Pelo que estou percebendo no ar", disse Morley, debruçando-se sobre o carro depois de colocarmos as mochilas no chão, "parece que ontem à noite não esfriou muito mesmo, voltei e esvaziei o cárter para nada."

"Bom, talvez tenha feito bastante frio." Morley foi até o mercado do albergue para comprar óleo de motor e disseram a ele que a temperatura da noite não tinha sido de congelar, e sim que fora uma das noites mais quentes do ano.

"Toda aquela complicação maluca para nada", eu disse. Mas não fazia diferença. Estávamos famintos. Eu disse: "Vamos até Bridgeport e parar em uma daquelas lanchonetes, rapaz, para comer um hambúrguer e umas batatas e tomar um café quente". Percorremos a estradinha suja ao lado do lago ao luar, paramos na pousada, onde Morley devolveu os cobertores, e fomos até a cidadezinha e estacionamos na rodovia. Coitado do Japhy, foi só ali que eu finalmente descobri o calcanhar de Aquiles dele. Esse carinha tão durão, que não tinha medo de nada e era capaz de vagar sozinho pelas montanhas por semanas a fio e descê-las correndo, tinha medo de entrar em um restaurante porque as pessoas lá dentro se vestiam bem demais. Morley e eu rimos e dissemos: “Que diferença faz? A gente só vai entrar lá para comer”. Mas Japhy achou que o lugar que eu tinha escolhido parecia burguês demais e insistiu para que fôssemos a um restaurante que tinha mais cara de classe trabalhadora do outro lado da estrada. Entramos lá e era um lugar incoerente, com garçonetes preguiçosas que nos deixaram lá sentados durante cinco minutos sem nem mesmo trazer um cardápio. Fiquei louco da vida e disse: “Vamos lá naquele outro lugar. Do que é que você tem medo, Japhy, que diferença faz? Você pode entender tudo de montanhas, mas eu sei onde é bom comer”. Na verdade, ficamos um pouco desconfortáveis um com o outro e eu me senti mal. Mas ele nos acompanhou até o outro restaurante, que era o melhor dos dois, com um bar de um lado, vários caçadores bebendo no salão de bebidas mal-iluminado, e o restaurante em si era um longo balcão e várias mesas com famílias alegres inteiras comendo pratos bem variados. O cardápio era enorme e bom: truta da montanha e tudo o mais. Japhy, descobri, também tinha medo de gastar dez centavos a mais por um bom jantar. Fui até o bar e comprei um copo de vinho do porto e o levei até os bancos em que estávamos sentados, junto ao balcão (Japhy: “Tem certeza de que você pode fazer isto?”) e fiquei fazendo piadas com Japhy. Ele já estava se sentindo melhor. “O seu problema, Japhy, é que você é um velho anarquista que tem medo da sociedade. Que diferença faz? As comparações são odiosas.”

“Bom, Smith, é que me pareceu que este lugar estava cheio de velhos ricos e folgados e que os preços seriam altos demais, reconheço, tenho medo de toda essa riqueza americana, não passo de um velho bhikku e não tenho nada a ver com esse padrão de vida elevado, caramba, fui pobre a vida inteira e não consigo me acostumar com certas coisas.”

“Bom, suas fraquezas são admiráveis. Vou acreditar em você.” Nosso jantar foi delirante, com batatas assadas e costeletas de porco e salada e pãezinhos quentes e torta de mirtilo e todos os acompanhamentos. Estávamos tão honestamente famintos que tudo aquilo não foi nada estranho, mas honesto. Depois do jantar, fomos a uma loja de bebidas, onde comprei uma garrafa de vinho moscatel, e o velho dono e o velho amigo gordo dele olharam para nós e disseram: "Por onde vocês andaram, rapazes?".

"Escalamos o Matterhorn, aqui perto", eu disse , todo orgulhoso. Eles só ficaram lá olhando para nós, pasmos. Mas eu estava me sentindo ótimo e comprei um charuto e acendi e disse: "Descemos mais de três mil e seiscentos metros e chegamos aqui com tanto apetite e nos sentindo tão bem que este vinho vai bater certinho". Os velhos só olhavam. Também, estávamos todos queimados de sol e sujos e tínhamos um ar selvagem. Eles não falaram nada. Acharam que éramos loucos.

Entramos no carro e voltamos para São Francisco bebendo e rindo e contando histórias compridas e Morley realmente dirigiu muito bem naquela noite e nos conduziu silenciosamente através das ruas de Berkeley, que iam se acinzentando com o amanhecer, enquanto Japhy e eu dormíamos como pedras sobre o assento. A certa altura, acordei como se fosse uma criancinha e me informaram que eu tinha chegado em casa e saí do carro cambaleando e atravessei o gramado até o chalé e abri meus cobertores e me aninhei e dormi até o fim da tarde um sono lindo, completamente sem sonhos. Quando acordei no dia seguinte, as veias do meu pé estavam todas desobstruídas. Eu tinha feito com que os coágulos de sangue deixassem de existir. Me senti muito feliz.

13

Quando acordei no dia seguinte, não conseguia evitar um sorriso ao me lembrar de Japhy parado todo encolhido do lado de fora do restaurante, no meio da noite, imaginando se o deixariam entrar ou não. Foi a primeira vez que o vi ter medo de alguma coisa. Planejava conversar com ele a respeito dessas coisas, naquela noite, quando ele viria me visitar. Mas naquela noite aconteceu de tudo. Primeiro, Alvah saiu e se demorou algumas horas e eu estava sozinho lendo quando de repente ouvi uma bicicleta no quintal e olhei e era Princess.

"Cadê todo mundo?", diz ela.

"Quanto tempo você pode ficar?"

"Tenho que ir embora agora mesmo, a não ser que ligue para a minha mãe."

"Vamos ligar."

"Tudo bem."

Fomos até o telefone público do posto de gasolina da esquina, e ela disse que estaria em casa em duas horas, e quando caminhávamos de volta pela calçada coloquei o braço em volta da cintura dela, mas com os dedos fazendo cócegas em sua barriga e ela disse: "*Aaaah*, isso é demais para mim!", e quase caiu no chão sobre a calçada e mordeu minha camisa bem quando uma senhora vinha em nossa direção olhando para nós de cara feia e brava e depois que ela passou nos atracamos em um beijão louco e apaixonado sob as árvores do anoitecer. Corremos para o chalé onde ela passou literalmente uma hora rodopiando nos meus braços e Alvah chegou bem no meio dos nossos últimos ensinamentos de bodisatva. Tomamos nosso banho costumeiro juntos. Era ótimo ficar na banheira cheia de água quente conversando e ensaboando as costas um do outro. Coitada da Princess, ela falava tudo a sério. Eu realmente me sentia bem em relação a ela, e cheio de compaixão, e até a preveni: "Cuidado para não ficar louca e se enfiar em orgias com quinze caras no topo de uma montanha".

Japhy chegou depois que ela foi embora, e daí o Coughlin chegou e de repente (tomamos vinho) uma festa enlouquecida se instalou no chalé. Começou com Coughlin e eu, já bêbados, andando de braços dados pela rua principal da cidade carregando algum tipo de flor imensa, quase impossivelmente gigantesca, que tínhamos achado em um jardim qualquer, e um garrafão novo de vinho, gritando haicais e hus e satoris para qualquer um que passava pela rua e todo mundo sorria para nós. "Caminhei oito quilômetros carregando flor enorme", berrou Coughlin, e então passei a gostar dele, ele tinha aquela aparência nada a ver de bobalhão acadêmico gordinho, mas era um homem de verdade. Fomos visitar um professor do Departamento de Inglês da Universidade da Califórnia que já conhecíamos e Coughlin deixou os sapatos no gramado e entrou dançando na casa do professor estupefato, na verdade até o assustou um pouco, apesar de Coughlin àquela altura já ser um poeta bem conhecido. Descalços, carregando nossas flores enormes e nossos garrafões, voltamos para o chalé e já eram umas dez da noite. Eu tinha acabado de receber naquele dia algum dinheiro pelo correio, uma bolsa de estudos de trezentos paus, de modo que disse a Japhy: "Bom, agora eu já aprendi tudo, estou pronto. O que você acha de me levar até Oakland amanhã e me ajudar a comprar uma mochila e todo o equipamento para que eu possa partir para o deserto?".

"Boa, vou pegar o carro do Morley emprestado e venho te buscar de manhã bem cedo, mas agora, o que você acha de me dar um pouco de vinho?" Liguei a luminariazinha coberta com a bandana vermelha e servimos o vinho e nos acomodamos por ali e todos ficamos conversando. Foi uma ótima noite de conversas. Primeiro, Japhy começou a contar sua história de vida mais recente, tipo quando ele era da marinha mercante no porto de Nova York e andava com uma adaga na cintura, 1948, o que surpreendeu a Alvah e a mim, e depois a respeito da garota por quem ele era apaixonado que morava na Califórnia: "Eu tinha uma ereção de quase cinco mil quilômetros por ela, nossa!".

Então Coughlin disse: "Conte a ele sobre o Grande Ameixeira, Japh".

No mesmo instante, Japhy disse: "Perguntaram ao Grande Mestre Zen da Ameixeira qual era o significado maior do budismo, e ele respondeu florzinhas do campo, galhos de salgueiro, pontas de bambu, fios de linho, em outras palavras, segura firme, rapaz, o êxtase é generalizado, é isso que ele quer dizer, o êxtase da mente, o mundo não é nada além da mente e o que é a mente? A mente não é nada além do mundo, caramba. Então o Cavalo Ancestral disse: 'Esta mente é o Buda'. Ele também disse: 'Nenhuma mente é o Buda'. Então, quando finalmente foi falar a respeito do Grande Ameixeira, seu garoto: 'A ameixa está madura'".

"Bom, isso é muito interessante", disse Alvah. "Mais où sont les neiges d'antan*?"

"Bom, eu meio que concordo com você porque o problema é que essa gente enxergava as flores como se estivessem em um sonho, mas caramba!, o mundo todo é *real*, Smith e Goldbook e todo mundo age como se fosse um sonho, merda, como se todos eles próprios fossem sonhos ou pontos. Dor ou amor ou perigo fazem com que você volte a ser real, não é verdade, Ray, como quando você ficou assustado naquele penhasco?"

"Tudo era bem real, era sim."

"É por isso que os homens da fronteira são sempre heróis e sempre foram meus heróis de verdade e sempre serão. Estão constantemente em alerta quanto à realidade, que pode ser tanto real quanto irreal, que diferença faz, o Sutra do Diamante diz: 'Não forme concepções a respeito da realidade da existência nem sobre a irrealidade da existência', ou outras palavras assim. As algemas vão ficar macias e os cassetetes vão cair por terra, vamos em frente e sejamos livres de qualquer maneira."

"O presidente dos Estados Unidos de repente fica vesgo e sai flutuando!", eu grito.

---

* Em francês no original: "Onde estão as neves do passado?". (N. T.)

"E as anchovas vão se transformar em pó!", berra Coughlin.

"A ponte Golden Gate está rangendo com a ferrugem do pôr do sol", diz Alvah.

"E as anchovas vão se transformar em pó!", insiste Coughlin.

"Dá mais um gole desse garrafão. Uau! Ho! Hu!" Japhy pulando: "Tenho lido Whitman, sabe o que ele diz, *Cheer up slaves, and horrify foreign despots**, ele quer dizer que a atitude para o Bardo, o bardo zen-lunático dos antigos caminhos do deserto, vê a coisa toda como um mundo cheio de andarilhos de mochilas nas costas, Vagabundos do Darma que se recusam a concordar com a afirmação generalizada de que consomem a produção e portanto precisam trabalhar pelo privilégio de consumir, por toda aquela porcaria que não queriam, como refrigeradores, aparelhos de TV, carros, pelo menos os carros novos e chiques, certos óleos de cabelo e desodorante e bobagens em geral que a gente acaba vendo no lixo depois de uma semana, todos eles aprisionados em um sistema de trabalho, produção, consumo, trabalho, produção, consumo, tenho a visão de uma grande revolução de mochilas, milhares ou até mesmo milhões de jovens americanos vagando por aí com mochilas nas costas, subindo montanhas para rezar, fazendo as crianças rirem e deixando os velhos contentes, deixando meninas alegres e moças ainda mais alegres, todos esses zen-lunáticos que ficam aí escrevendo poemas que aparecem na cabeça deles sem razão nenhuma e também por serem gentis e também por atos estranhos inesperados vivem proporcionando visões de liberdade para todo mundo e todas as criaturas vivas, é disso que eu gosto em vocês, Goldbook e Smith, vocês são dois caras da Costa Leste que eu achei que estava morta."

"Nós achávamos que a Costa *Oeste* estava morta!"

---

* Alegrem-se escravos, e horrorizem os déspotas estrangeiros. (N. T.)

"Você trouxe mesmo uma aragem fresca para cá. Você percebe que o granito jurássico puro da Sierra Nevada com suas coníferas altas espalhadas que sobraram da última era glacial e lagos que acabamos de ver são uma das maiores expressões desta terra, pense como a América será verdadeiramente maravilhosa e sábia, se tiver toda esta energia e exuberância e espaço concentrados no Darma."

"Ah" – Alvah – "esse velho Darma cansado que se foda."

"Ho! Estamos precisando é de um zende flutuante, que um velho bodisatva possa usar para ir de um lugar a outro e sempre ter a certeza de encontrar um canto para dormir entre amigos e cozinhar seu grude."

"'Os rapazes ficaram felizes, e pediram mais, e Jack preparou o grude, em nome da porta'", recitei.

"O que é isso?"

"É um poema que escrevi. 'Os rapazes estavam sentados em um bosque, ouvindo Buddy explicar as chaves. Rapazes, diz ele, o Darma é uma porta... Vejamos... Rapazes, eu digo chaves, porque existe um monte de chaves, mas só uma porta, uma colmeia para as abelhas. Portanto me escutem, e vou tentar dizer tudo, como ouvi há muito tempo, no Salão da Terra Pura. Para vocês, meus bons rapazes, com dentes encharcados de vinho, que não conseguem entender estas palavras sentados sobre arbustos, vou deixar tudo mais simples, como uma garrafa de vinho, e uma boa fogueira, sob estrelas divinas. Agora, ouçam, e quando tiverem aprendido o Darma dos Budas do passado e assim desejarem, sentem-se com a verdade, sob uma árvore solitária, em Yuma, no Arizona, ou em qualquer lugar em que estejam, não me agradeçam por ter-lhes contado, o que me foi narrado, esta é a roda que eu estou girando, esta é a minha razão de ser: a Mente é o Criador, sem razão nenhuma, por toda esta criação, criada para ruir'."

"Ah, mas isso é pessimista demais e parece um sonho bobo", diz Alvah, "apesar de ter um bom ritmo".

"Vamos fazer um zende flutuante para os rapazes encharcados de vinho de Buddy para que eles se deitem lá e aprendam a beber chá como Ray aprendeu, aprendam a meditar como você deveria aprender, Alvah, e eu serei o monge superior de um zende com um pote cheio de grilos."

"Grilos?"

"Isso mesmo, é isso aí, uma série de mosteiros para que os camaradas possam entrar para mosteirar e para meditar, podemos construir grupos de barracos no alto das Sierras ou das Cascades ou como até Ray diz lá no México e formar enormes gangues selvagens de homens santos puros reunindo-se para beber e conversar e rezar, pense nas ondas de salvação que podem se originar em noites como essas, e finalmente convidar mulheres também, esposas, cabaninhas com famílias religiosas, como nos velhos tempos dos Puritanos. Quem é que vai dizer que os tiras da América e os Republicanos e os Democratas são aqueles que vão dizer para todo mundo o que eles devem fazer?"

"O que são os grilos?"

"Um potão cheio de grilos, me dá mais um gole, Coughlin, com dois centímetros e meio de comprimento com antenas brancas enormes e eu mesmo os encubaria, pequeninos seres sencientes em um jarro que cantarão realmente bem quando estiverem adultos. Quero nadar em rios e beber leite de cabra e conversar com sacerdotes e só ler livros chineses e perambular pelos vales conversando com os sitiantes e os filhos deles. Precisamos organizar semanas para recolher a mente nos nossos zendes, naqueles momentos em que a mente começa a se desmantelar igual a um brinquedo de montar e como um bom soldado você a reorganiza com os olhos fechados, mas claro que tudo isso está errado. Você ouviu meu último poema, Goldbook?"

"Não, o que tem?"

"Mãe dos filhos, irmã, filha do velho doente, virgem sua blusa está rasgada, faminta e de pernas nuas, eu também estou com fome, aceite estes poemas."

"Ótimo, ótimo."

"Quero andar de bicicleta no calor de uma tarde quente, usar sandálias paquistanesas de couro, gritar a plenos pulmões para monges zen amigos de pé com suas vestes finas de verão feitas de cânhamo e cabeças raspadas, quero morar em templos com pavilhões dourados, beber cerveja, dar adeus, ir a Yokohama, o grande porto movimentado da Ásia cheio de subalternos e submarinos, esperança, trabalhar por aí, voltar, ir, ir ao Japão, voltar aos EUA, ler Hakuin, ranger os dentes e disciplinar-me o tempo todo enquanto estiver indo a lugar nenhum e portanto aprendendo... aprender que o meu corpo e tudo o mais fica cansado e doente e caído e assim descobrir tudo que existe a respeito de Hakuyu."

"Quem é Hakuyu?"

"O nome dele significava Escuridão Branca, o nome dele significava aquele que vivia nas montanhas da Água-Branca-do-Norte, onde eu vou fazer escaladas, por Deus, deve estar cheio de gargantas íngremes de pinheiros e vales de bambus e pequenos rochedos."

"Eu vou com você!" (Eu.)

"Quero ler a respeito de Hakuin, que foi visitar um velho que morava em uma caverna, dormia com os cervos e comia castanhas e o velho disse a ele que parasse de meditar e que parasse de pensar a respeito de koans, como Ray diz, e em vez disso fosse aprender como dormir e acordar, ou seja, quando você vai dormir deve juntar as pernas e respirar profundamente e então concentrar sua mente em um ponto quatro centímetros abaixo do umbigo até que sinta o local se transformar em uma bola de força e então comece a respirar a partir dos calcanhares direto para cima e concentre-se dizendo a si mesmo que aquele centro bem aqui é a Terra Pura de Amida, o centro da mente, e quando você acordar deve começar respirando conscientemente e espreguiçar-se um pouco e pensar os mesmos pensamentos, percebe, o resto do tempo."

"É disso que eu gosto, percebe", diz Alvah, "essas verdadeiras placas de indicação para alguma coisa. O que mais?"

"O resto do tempo ele disse para não se preocupar em não pensar em nada, apenas alimentar-se bem, não demais, e dormir bem, e o velho Hakuyu disse que tinha absurdos trezentos anos de idade, caramba, e só então percebi que ele ainda ia durar mais uns quinhentos, por Deus, o que me faz pensar que ele ainda deve estar por lá se é mesmo que ele é alguém."

"Ou então o pastor chutou o cachorro", acrescenta Coughlin.

"Aposto que consigo encontrar essa caverna no Japão."

"Não dá para viver neste mundo, mas não há nenhum outro lugar para ir", ri Coughlin.

"O que isso quer dizer?", pergunto.

"Significa que a cadeira em que estou sentado é o trono de um leão e que o leão está andando, ele ruge."

"O que ele está dizendo?"

"Diz, Rahula! Rahula! Rosto da Glória! Universo mastigado e engolido!"

"Ah caralho!", grito.

"Vou para o condado de Marin daqui a algumas semanas", disse Japhy. "Vou dar umas cem voltas no Tamalpais e ajudar a purificar a atmosfera e acostumar os espíritos locais ao som do sutra. O que você acha, Alvah?"

"Acho que é uma alucinação adorável, mas eu meio que curti a ideia."

"Alvah, o seu problema é que você não pratica seu zazen noturno o bastante, principalmente quando faz frio lá fora, o que é muito melhor, além disso você deveria se casar e ter filhos mestiços, manuscritos, cobertores feitos em casa e leite materno sobre o seu tatame alegre e esfarrapado como este aqui. Arrume uma cabana para morar no mato não muito longe da cidade, gaste pouco para viver, enlouqueça em um bar de vez em quando, escreva e caminhe pelas montanhas e aprenda a serrar tábuas e converse com velhinhas, seu grande tolo, carregue muita madeira para elas, bata palmas em altares, consiga favores sobrenaturais, faça aulas de arranjos florais e plante crisântemos ao lado da porta, e se case pelamordedeus, arrume uma moça humana gentil, inteligente e sensível que não liga para os martinis toda noite nem para todo aquele maquinário branco na cozinha."

"Ah", diz Alvah, sentando-se todo contente. "O que mais?"

"Pense nas andorinhas do celeiro e nos falcões da noite enchendo os campos. Sabe, Ray, desde ontem traduzi mais uma estrofe de Han Shan, ouça: 'A montanha gelada é uma casa, sem pilastras nem paredes, as seis portas à esquerda e à direita estão abertas, o corredor é o céu azul, os quartos estão vagos e vazios, a parede leste bate na oeste, no meio não tem nada'. Pessoas que tomam coisas emprestadas não me incomodam, no frio armo uma fogueirinha, quando tenho fome cozinho algumas verduras, não tenho o que fazer com o cúlaque com seu celeiro e seu pasto extenso... ele só constrói uma prisão para si mesmo; uma vez lá dentro, não consegue mais sair, pense bem, isso pode acontecer com você."

Então Japhy pegou o violão e começou a tocar canções; finalmente eu peguei o violão e fui inventando uma canção à medida que dedilhava as cordas de qualquer jeito, na verdade eu batucava nelas com a ponta dos dedos, bate bate bate, e cantava a música do trem de carga Midnight Ghost. "A música fala do Midnight Ghost da Califórnia, mas sabe o que isso me lembrou, Smith? Calor, muito calor, bambu que cresce até doze metros na Índia e fica balançando de um lado para o outro à brisa e calor e um monte de monges fazendo comboios com suas flautas em algum lugar e quando recitam sutras com um bater de tambores contínuo de dança Kwakiutl e golpes nos sinos e paus é algo que se deve ouvir como um grande coiote pré-histórico entoando cânticos... Coisas guardadas em todos vocês, seus malucos, como essa volta ao tempo em que homens se casavam com ursos e conversavam com os búfalos, por Deus. Me dá mais um gole. Usem sempre meia, caramba, rapazes, e mantenham suas botas engraxadas."

Mas como se isso não fosse suficiente Coughlin diz bem calmo com as pernas cruzadas: "Aponte seus lápis, arrume a gravata, dê um brilho nos sapatos e feche a braguilha, escove os dentes, penteie o cabelo, varra o chão, como torta de mirtilo, abra os olhos...".

"Comer compota de mirtilo é bom", diz Alvah, dedilhando os lábios todo sério.

"Lembrando-se sempre de que eu me esforcei muito, mas a azaleia só é meio iluminada, e as formigas e as abelhas são comunistas e os bondes estão entediados."

"E os japonesinhos do vagão F vão cantando uma musiquinha de criança!", berro.

"E as montanhas vivem em ignorância total de modo que eu não desisto, tire os sapatos e coloque-os no bolso. Agora já respondi a todas as suas perguntas, que pena, me dá um gole, mauvais sujet*."

"Não pisa no pentelho!", berro, bêbado.

"Tente não pisar no tamanduá", diz Coughlin. "Não seja um pentelho a vida inteira, cala a boca, seu xarope. Está entendendo o que eu estou dizendo? Meu leão está alimentado, eu durmo ao lado dele."

"Ah", diz Alvah. "Gostaria de poder anotar tudo isto." E fiquei atônito, bem atônito, com o blablablá rápido e maravilhoso que zunia no meu cérebro sonolento. Todos ficamos zonzos e bêbados. Foi uma noite insana. Terminou com Coughlin e eu nos atracando e fazendo buracos na parede e quase derrubando o chalezinho: Alvah ficou bem bravo no dia seguinte. Durante a brincadeira de luta eu praticamente quebrei a perna do coitado do Coughlin; eu próprio acabei com uma lasca de madeira enfiada uns dois centímetros e meio na minha pele, que só foi sair quase um

* "Sujeito mau", em francês no original. (N. T.)

ano depois. Nesse meio tempo, Morley apareceu na porta como um fantasma carregando dois litros de iogurte e querendo saber se gostaríamos de tomar um pouco. Japhy foi embora por volta das duas horas dizendo que voltaria para me buscar de manhã para o grande dia de compras do meu equipamento completo. Não havia nenhum problema com os zen-lunáticos, a carrocinha dos loucos estava longe demais para nos escutar. Mas havia uma sabedoria naquilo tudo, como você perceberá se der um passeio à noite por uma rua suburbana e for passando na frente de uma casa depois da outra nos dois lados da rua, cada uma com o abajur da sala emitindo um brilho dourado, e lá dentro o quadradinho azul da televisão, todas as famílias vivas concentrando sua total atenção em provavelmente um só programa; ninguém conversando; silêncio no quintal; cães latindo para você porque você se locomove sobre pés humanos em vez de rodas. Você compreenderá o que eu quero dizer, quando começar a parecer que logo todo mundo vai pensar da mesma maneira e os zen-lunáticos tiverem há muito se juntado à poeira, risos em seus lábios empoeirados. Só vou dizer uma coisa para as pessoas que assistem à televisão, aos milhões e milhões do Olho Único: não estão machucando ninguém enquanto estão sentadas na frente daquele Olho. Mas Japhy também não estava... Vejo-o em anos futuros observando as cenas das ruas suburbanas com a mochila completa nas costas, passando pelas janelas das casas azuladas pela televisão, sozinho, seus pensamentos os únicos pensamentos que não foram eletrificados pelo Botão Mestre. No que diz respeito a mim, talvez a resposta estivesse na continuação do meu poeminha de Buddy: "'Quem pregou esta peça cruel, em um cara atrás do outro, agrupando-se como ratos, pela planície do deserto?', perguntou Montana Slim, gesticulando para ele, o amigo de todos os homens, nesta toca de leão. 'Será que Deus ficou louco, como o cafajeste indiano, que era só um doador, tortuoso como o rio? Deu-lhe um jardim, permitiu que ele se fortalecesse, daí veio a enchente, e o sangue que você perdeu? Suplico que nos diga, bom amigo, e não nos confunda, quem pregou esta peça, em Harry e Dick, e por que é tão maldosa, esta Cena Eterna, qual é o sentido, de toda essa coisa?'". Achei que talvez finalmente pudesse descobrir, com os Vagabundos do Darma.

14

Mas eu tinha minhas próprias ideias e elas não tinham nada a ver com a parte "lunática" de tudo aquilo. Eu queria comprar um equipamento completo com tudo que é preciso para dormir, abrigar-se, comer, cozinhar, na verdade uma cozinha e um quarto completos bem nas minhas costas, e partir para algum lugar e encontrar a solidão perfeita e olhar para o perfeito vazio da minha mente e ser completamente neutro em relação a qualquer e toda ideia. Pretendo rezar, também, como minha única atividade, rezar por todas as criaturas vivas; percebi que essa era a única atividade decente que sobrara no mundo. Estar no leito de um rio em algum lugar, ou no deserto, ou nas montanhas, ou em alguma cabana no México ou em um barraco em Adirondack, e descansar e ser gentil, e não fazer nada além disso, praticar o que os chineses chamam de "não fazer nada". Eu não queria ter nada a ver, mesmo, com as ideias de Japhy a respeito da sociedade (achei que seria melhor simplesmente evitá-las todas, contorná-las) ou com qualquer uma das ideias de Alvah a respeito de aproveitar o máximo possível da vida por causa de sua doce tristeza e porque algum dia a gente vai mesmo morrer.

Quando Japhy veio me buscar na manhã seguinte, todas essas ideias rodavam na minha cabeça. Ele e eu e Alvah fomos até Oakland com o carro de Morley e passamos primeiro em algumas lojas de caridade e do Exército da Salvação para comprar diversas camisas de flanela (a cinquenta centavos cada uma) e camisetas de baixo. Estávamos todos com ideia fixa nas camisetas de baixo coloridas, só um minuto depois de atravessarmos a rua sob o sol claro da manhã Japhy disse: "Sabe, a terra é um planeta novo, por que se preocupar com qualquer coisa?" (o que é verdade). Então ficamos lá remexendo os barris e barris cheios de camisas lavadas e remendadas que todos os vagabundos do submundo deixaram ali, com expressão admirada. Comprei meias, um par de longas meias escocesas de lã que vão bem acima do joelho, que seriam bem úteis em uma noite fria de meditação no meio da geada. E comprei uma jaquetinha de lona bacana, com zíper, por noventa centavos.

Então fomos até a enorme loja de artigos militares em Oakland e entramos bem até o fundo, onde havia sacos de dormir pendurados em ganchos além de todo tipo de equipamento, inclusive o famoso colchão de ar do Morley, regadores, lanternas, barracas, cantis, botas de borracha, apetrechos incríveis para caçadores e pescadores – Japhy e eu descobrimos que muitos deles eram úteis também para bhikkus. Ele comprou um porta-panelas de alumínio e me deu de presente; nunca vai queimar a mão, por ser de alumínio, e a gente simplesmente acopla as panelas sobre ele em cima de uma fogueira. Escolheu um excelente saco de dormir usado de pena de pato para mim, depois de abrir o zíper e examinar o interior. E depois uma mochila novinha, da qual fiquei muito orgulhoso. "Vou lhe dar a minha velha capa para saco de dormir", ele disse. Daí comprei pequenos óculos de plástico para a neve só porque sim, e luvas industriais, novas. Achei que tinha botas boas o bastante em casa, no Leste do país, para onde eu ia no Natal, senão teria comprado um par de botas italianas como as que Japhy tinha.

Da loja de Oakland voltamos para o Ski Shop em Berkeley, onde, assim que entramos e o vendedor veio nos atender, Japhy disse com aquela voz de lenhador: "Estou preparando meus amigos para o Apocalipse". E me conduziu até o fundo da loja e escolheu um lindo poncho de náilon com capuz, que dá para colocar por cima da roupa e até por cima da mochila (transformando-o em um enorme monge corcunda) e que protege completamente da chuva. Também pode se transformar em uma barraquinha, e além disso pode ser usado como esteira sob o saco de dormir. Comprei uma garrafa de resina, com tampa de atarraxar, que poderia ser usada (disse a mim mesmo) para levar mel para cima da montanha. Mas acabei usando como cantil de vinho mais do que qualquer outra coisa, e mais tarde, quando ganhei algum dinheiro, como cantil de uísque. Também comprei um misturador de plástico que se mostrou muito prático, só uma colher de leite em pó e um pouco de água do riacho e pronto, um copo de leite. Comprei todo um sortimento de invólucros de alimentos, como o de Japhy. Estava de fato todo equipado para o Apocalipse, sem piada; se uma bomba atômica tivesse caído em São Francisco naquela noite, eu só precisaria me enfiar no mato, se fosse possível, e com meus alimentos desidratados bem embalados e o meu quarto e a minha cozinha na cabeça não haveria problema nenhum no mundo. As últimas grandes compras foram as panelas, duas grandes que se encaixavam uma na outra, com uma tampa com alças que também servia de frigideira, e xícaras de lata, e pequenos talheres de alumínio que se encaixavam. Japhy me deu mais um presente que tirou de seu próprio equipamento, uma colher normal, mas pegou um alicate e entortou o cabo e disse: "Está vendo? Quando você quiser tirar uma panela da fogueira, é só fazer assim". Me senti um novo homem.

15

Coloquei uma camisa de flanela nova e meias novas e roupa de baixo e calças jeans e enchi bem a mochila e coloquei nas costas e naquela noite fui até São Francisco só para ter a sensação de andar pela noite da cidade carregando aquilo nas costas. Desci a rua Mission cantarolando alegremente. Fui até a rua Três, na periferia, para comer minhas rosquinhas preferidas feitas na hora e tomar café e os vagabundos que estavam ali ficaram fascinados e quiseram saber se eu estava saindo à caça de urânio. Eu não queria começar a fazer discursos para dizer que aquilo que eu estava indo procurar era muito mais valioso para a humanidade a longo prazo do que um minério, mas deixei que me dissessem: "Cara, você só precisa ir lá para a região do Colorado e sair com essa sua mochila e comprar um contadorzinho Geiger e você vai ficar milionário". Todo mundo na periferia quer ser milionário.

"Está certo, rapazes", respondi. "Talvez eu faça isso."

"Também tem muito urânio no Yukon."

"E lá em Chihuahua", disse um velho. "Aposto quanto você quiser como tem urânio em Chihuahua."

Saí de lá e caminhei por São Francisco com a minha mochila enorme, feliz. Fui até a casa de Rosie para visitar Cody e Rosie. Fiquei impressionado ao vê-la, ela tinha mudado repentinamente, de repente tinha ficado magra e esquelética e os olhos dela estavam enormes de terror e saltavam para fora do rosto. "Qual é o problema?"

Cody me levou para a outra sala e não quis que eu falasse com ela. "Ela ficou assim nas últimas 48 horas", cochichou.

"O que ela tem?"

"Ela disse que escreveu uma lista com todos os nossos nomes e todos os nossos pecados, e daí tentou jogar na privada e dar a descarga no lugar onde trabalha, e a lista comprida de papel entalou na privada e precisaram chamar um fulano qualquer especializado em encanamento para resolver a confusão e ela diz que ele usava uniforme e era um guarda e levou a lista para a delegacia e nós todos vamos ser presos. Ela está louca, só isso." Cody era um velho amigo que me deixara morar no sótão dele em São Francisco havia vários anos, e era um velho amigo confiável. "E você viu as marcas nos braços dela?"

"Vi." Eu tinha visto os braços dela, completamente cortados.

"Tentou cortar os pulsos com uma faca velha sem fio. Estou preocupado com ela. Será que você pode cuidar dela enquanto eu vou trabalhar hoje à noite?"

"Ah, cara..."

"Ah digo eu, ah, cara, não faz isso. Você sabe o que a Bíblia diz: 'Até mesmo para o último dos...'"

"Tudo bem, mas eu tinha planejado me divertir hoje à noite."

"Diversão não é tudo. Às vezes a gente tem que ter alguma responsabilidade, sabe?"

Não tive oportunidade de exibir a minha mochila nova no The Place. Ele me levou de carro até a lanchonete na Van Ness, onde comprei um monte de sanduíches para a Rosie com o dinheiro dele e voltei sozinho e tentei fazê-la comer. Ela ficou sentada na cozinha olhando para mim.

"Mas você não entende o que isso significa!", dizia sem parar. "Agora eles sabem *tudo* sobre você."

"Quem?"

"Você."

"Eu?"

"Você, e o Alvah, e o Cody, e aquele tal de Japhy Ryder, todos vocês, e eu. Todo mundo que frequenta o The Place. Nós todos vamos ser presos amanhã, se não antes." Ela olhava para a porta, tomada por um pavor genuíno.

"Por que foi que você tentou cortar os braços desse jeito? Não é uma coisa ruim de se fazer consigo mesma?"

"Porque eu não quero viver. Estou dizendo, vai acontecer uma nova e grande revolução policial."

"Não, vai acontecer uma revolução de mochileiros", respondi, rindo, sem perceber o quão séria era a situação; na verdade eu e Cody não tínhamos noção, deveríamos ter percebido pelo estado dos braços dela até onde estava disposta a ir. "Ouça aqui", comecei a dizer, mas ela não queria escutar.

"Você *entende* o que está acontecendo?", berrou, olhando para mim com olhos sinceros arregalados usando de uma telepatia maluca para fazer com que eu acreditasse que o que ela dizia era absolutamente *verdadeiro*. Ficou lá parada na cozinha do apartamentinho com as mãos esqueléticas estendidas em uma explicação suplicante, com as pernas duras, o cabelo ruivo todo embaraçado, tremendo e balançando para frente e para trás e agarrando o rosto de vez em quando.

"Isso não passa de besteira!", gritei e de repente tive aquela sensação que sempre tinha quando tentava explicar o Darma aos outros, Alvah, minha mãe, parentes, namoradas, todo mundo, ninguém nunca ouvia, sempre queriam que eu os escutasse, *eles* é que sabiam o que era certo, eu não sabia nada, era só um rapaz idiota e um tolo inútil que não entendia o significado tão sério deste mundo tão importante e tão real.

"A polícia vai baixar e nos prender todos e não só isso como também vamos ser interrogados durante semanas e semanas e talvez até mesmo anos até que descubram *todos* os crimes e pecados cometidos, é uma rede, corre para todos os lados, finalmente vão prender todo mundo em North Beach e até mesmo todo mundo em Greenwich Village e daí Paris e afinal vão mandar *todo mundo* para a cadeia, você não sabe, é só o começo." Ela se sobressaltava com barulhos no corredor, achando que os guardas estavam chegando.

"Por que você não me ouve?" Eu implorava sem parar, mas cada vez que eu dizia isso, ela me hipnotizava com aqueles olhos fixos e por um momento quase me fazia acreditar no que ela acreditava simplesmente pelo peso de sua total dedicação às distinções que sua mente fazia. "Mas você está tirando essas convicções e concepções bestas do nada, você não percebe que esta vida toda não passa de um sonho? Por que você não tenta relaxar e aproveitar Deus? Deus é *você*, sua boba!"

"Ah, eles vão te destruir, Ray, estou vendo, eles vão pegar todas as praças religiosas também e dar um jeito nelas. Está apenas começando. Está tudo concentrado na Rússia, só que eles nunca vão admitir... e tem alguma coisa que ouvi falar a respeito dos raios do sol e alguma coisa a respeito do que acontece enquanto todos nós dormimos. Ah, Ray, o mundo nunca mais vai ser o mesmo!"

"Que mundo? Que diferença faz? Por favor pare, você está me assustando. Por Deus, para falar a verdade você está me assustando e não vou ouvir mais nenhuma palavra." Saí, bravo, comprei um pouco de vinho e encontrei o Cowboy e alguns outros músicos e corri de volta para lá com a turma para vigiá-la. "Beba um pouco de vinho, coloque um pouco de sabedoria nessa cabeça."

"Não, vou ficar sóbria, todo esse vinho que vocês bebem é podre, queima o estômago, deixa o cérebro lerdo. Estou vendo que tem algo errado com vocês, vocês não são sensíveis, vocês não *entendem* o que está acontecendo!"

"Ah, por favor."

"Esta é a minha última noite sobre a terra", concluiu.

Os músicos e eu bebemos todo o vinho e conversamos, até por volta de meia-noite, e então Rosie parecia estar bem, deitada no sofá, conversando, até rindo um pouco, comendo os sanduíches e bebendo um pouco do chá que eu preparara para ela. Os músicos foram embora e eu dormi no chão da cozinha com meu saco de dormir novo. Mas quando Cody chegou em casa naquela noite, e depois de eu ir embora, ela foi até o telhado enquanto ele dormia e quebrou a claraboia para pegar cacos de vidro e cortar os pulsos, e estava sentada lá sangrando ao amanhecer quando um vizinho a viu e mandou chamar os guardas, e quando os guardas correram até o telhado para acudi-la foi aquilo: ela viu todos aqueles guardas que iriam nos prender todos e correu até a beirada do telhado. O jovem guarda irlandês teve um reflexo rápido e tentou segurá-la no ar mas só conseguiu pegar o robe e ela se soltou da roupa e caiu nua sobre a calçada seis andares abaixo. Os músicos, que moravam em um apartamento no porão, e que tinham ficado a noite inteira acordados conversando e ouvindo discos, escutaram o baque. Olharam pela janela do porão e tiveram aquela visão horrorosa. "Cara, acabou com a gente, não deu para fazer nosso show naquela noite." Eles fecharam a persiana tremendo. Cody dormia... Quando ouvi a história no dia seguinte, quando vi a foto no jornal com um X na calçada onde ela tinha caído, um dos meus pensamentos foi: "Ah, se pelo menos ela tivesse me escutado... Será que eu estava falando tanta besteira assim? Será que as minhas ideias a respeito do que deve ser feito são tão tolas e estúpidas e infantis assim? Será que este é o momento de começar a seguir aquilo que eu sei que é verdade?".

E pronto. Na semana seguinte arrumei a mochila e resolvi cair na estrada e sair daquela cidade de ignorância que é a cidade moderna. Disse adeus a Japhy e aos outros e subi no meu trem de carga que percorria o litoral até Los Angeles. Coitada da Rosie – ela tinha tanta *certeza* de que o mundo era real e tanto medo de que fosse real e agora, o que é real? "Pelo menos", pensei, "agora ela está no Céu, e sabe disso".

16

E eis o que eu disse a mim mesmo: "Agora estou no caminho para o Céu". De repente ficou claro para mim que eu deveria ensinar muito na vida. Como estava dizendo, fui visitar Japhy antes de partir, caminhamos tristemente até o parque de Chinatown, almoçamos no Nam Yuen, saímos, sentamos sobre o gramado da manhã de domingo e de repente ali estava um grupo de pregadores negros parados sobre o gramado pregando para grupos dispersos de famílias chinesas desinteressadas que deixavam seus filhinhos correr sobre o gramado e para vagabundos que lhes davam só um pouquinho mais de atenção. Uma mulher grande e gorda como Ma Rainey* estava parada lá com as pernas afastadas vociferando um tremendo sermão com uma voz retumbante e passava do discurso a um cantarolar de blues o tempo todo, lindo, e a razão de essa mulher, uma pregadora tão maravilhosa, não estar pregando na igreja era porque precisava, a intervalos regulares, ir até um canto do gramado para pigarrear e cuspir o mais forte que conseguia: "Eu lhes digo, o Senhor vai olhar por vocês se reconhecerem que têm um *novo campo... Vai sim!*" – e pigarro, ela se vira e cospe a uns três metros de distância uma enorme massa de catarro. "Está vendo", eu disse a Japhy, "não dava para ela fazer isso na igreja, essa é a falha dela como pregadora no que diz respeito às igrejas, mas, rapaz, você já tinha ouvido uma pregadora melhor do que essa?"

"É", responde Japhy. "Mas eu não gosto dessa coisa toda de Jesus de que ela fala."

"Qual o problema com Jesus? Jesus não falava do Céu? O Céu não é o nirvana do Buda?"

"De acordo com a sua interpretação pessoal, Smith."

"Japhy, tinha tanta coisa que eu queria dizer a Rosie e me senti reprimido pelo cisma que existe em relação à

* Ma Rainey: cantora de blues. (N. T.)

separação entre budismo e cristianismo, Oriente e Ocidente, que diabo de diferença faz? Todos nós estamos agora no Céu, não estamos?"

"Quem foi que disse?"

"Agora nós estamos no nirvana ou não estamos?"

"O lugar em que estamos agora é tanto nirvana quanto samsara."

"Palavras, palavras, o que é uma palavra? O nirvana com outro nome. Além disso, você não está ouvindo aquela mulherona chamá-lo e dizer que você tem todo um campo novo, um novo campo do Buda, rapaz?" Japhy ficou tão contente que enrugou os olhos e sorriu. "Campos do Buda inteiros por todos os lados para cada um de nós, e Rosie era uma flor que deixamos murchar."

"Nunca disse nada mais verdadeiro, Ray."

A mulherona veio na nossa direção, também, notando a nossa presença, especialmente a minha. Chamou-me de querido, aliás. "Dá para ver nos seus olhos que você compreende cada palavra que eu digo, querido. Quero que você saiba que eu quero que você vá para o Céu e seja feliz. Quero que você compreenda cada palavra que eu digo."

"Ouço e compreendo."

Do outro lado da rua havia um novo templo budista que alguns chineses jovens da Câmara de Comércio de Chinatown estavam tentando construir, eles mesmos; certa noite eu tinha ido até lá e, bêbado, tinha me oferecido para ajudá-los com um carrinho de mão carregando areia de fora para dentro, eram rapazes jovens, como personagens de Sinclair Lewis*, idealistas e com ar moderno que viviam em bons lares mas que colocavam suas calças jeans para ir trabalhar na igreja, algo que se esperaria de sujeitos do Meio-Oeste com um líder de rosto brilhante à la Richard Nixon, com a campina por toda a sua volta. Aqui no coração

* Sinclair Lewis: escritor americano, vencedor do Prêmio Nobel de Literatura em 1930. (N. T.)

desta metropolezinha tremendamente sofisticada chamada Chinatown de São Francisco eles faziam a mesma coisa, mas a igreja deles era a igreja do Buda. Estranhamente Japhy não se interessava pelo budismo na Chinatown de São Francisco porque era o budismo tradicional, não o zen-budismo intelectual artístico que ele adorava – mas eu tentava fazer com que ele percebesse que tudo era a mesma coisa. No restaurante, tínhamos comido com pauzinhos e nos refestelado. Então ele já se despedia de mim e eu não sabia quando o veria de novo.

Atrás da mulher de cor havia um pregador que ficava balançando o corpo para frente e para trás com os olhos fechados dizendo: "Está certo". Ela nos disse: "Sejam abençoados vocês dois rapazes por ouvir o que eu tenho a dizer. Lembrem-se de que sabemos que todas as coisas funcionam juntas para o bem daqueles que amam *Deus*, para aqueles que *são* chamados de acordo com os motivos *d'Ele*. Romanos 8:18, rapazes. E há um *novo campo* à sua espera, e assegurem-se de cumprir cada uma de suas obrigações. Ouviram bem?".

"Sim, senhora, nos vemos por aí." Despedi-me de Japhy.

Passei alguns dias com a família de Cody nas colinas. Ele estava tremendamente triste por causa do suicídio de Rosie e ficava dizendo que precisava rezar por ela dia e noite nesse específico momento crucial porque como ela tinha se suicidado a alma dela ainda estava flutuando pela superfície da terra pronta para o purgatório ou para o inferno. "Precisamos colocá-la no purgatório, cara." Portanto eu o ajudei a rezar quando dormi no gramado dele naquela noite com meu saco de dormir novo. Durante o dia eu anotava os poeminhas que os filhos dele recitavam para mim, nos caderninhos que guardava no bolso da camisa. Iu-hu... iu-hu... eu venho até você... Bu-hu... Bu-hu.. eu te amo... bu-blu... o céu é azul... sou mais alto do que você... bu-hu... bu-hu. Enquanto isso, Cody dizia: "Não beba tanto desse vinho velho".

No final da tarde de segunda-feira eu estava no pátio de manobras de San José esperando pelo Zipper da tarde que devia chegar às quatro e meia. Era o dia de folga dele, por isso precisei esperar o Midnight Ghost, marcado para as sete e meia. Nesse ínterim, assim que ficou escuro esquentei minha lata de macarrão em uma fogueirinha indígena feita de gravetos no meio do mato de arbustos ao lado dos trilhos, e comi. O Ghost estava chegando. Um manobreiro simpático me disse que era melhor não tentar pegar o trem porque havia um vigia grandalhão no desvio com uma lanternona que veria se alguém tivesse subido no trem clandestinamente e telefonaria para Watsonville para fazer com que a pessoa fosse expulsa. "Agora que é inverno, os rapazes estão entrando nos vagões fechados e quebrando janelas e deixando garrafas no chão, depredando todo o trem."

Esgueirei-me para a ponta leste do pátio com a mochila pesada pendurada e peguei o Ghost quando estava saindo, depois do desvio do guarda, e abri o saco de dormir e tirei os sapatos, coloquei-os embaixo do meu casaco enrolado e deslizei lá para dentro e dormi um lindo sono agradável durante todo o trajeto até Watsonville, onde me escondi no mato até a hora do apito e subi de novo, e dormi então a noite inteira durante o voo pelo litoral incrível e Ó Buda vosso luar Ó Cristo vossas estrelas refletindo no mar, o mar, Surf, Tangair, Gaviota, o trem a 130 quilômetros por hora e eu quentinho como uma torrada no meu saco de dormir voando; para o sul, indo passar o Natal em casa. Na verdade só acordei um pouquinho antes das sete da manhã quando o trem já estava desacelerando para entrar no pátio de manobras de Los Angeles e a primeira coisa que vi, quando calçava os sapatos e arrumava a minha bagagem para saltar fora, foi um ferroviário acenando para mim e gritando: "Bem vindo a Los Angeles!".

Mas eu estava pronto para sair de lá rápido. A poluição era pesada, meus olhos lacrimejavam por causa dela, o sol estava quente, o ar fedia, aquele inferno normal que Los Angeles é. E eu tinha pegado resfriado dos filhos de Cody e estava com aquele velho vírus da Califórnia e me sentia péssimo. Juntei as mãos e colhi a água que pingava de um vagão refrigerado e joguei no rosto e lavei e lavei os dentes e penteei o cabelo e entrei em Los Angeles caminhando para esperar até sete e meia da noite quando planejava pegar o Zipper, trem de carga de primeira classe, até Yuma, no Arizona. Foi um dia de espera horrível. Bebi café em lanchonetes baratas da periferia, na rua principal da zona sul, café com leite, dezessete centavos.

Ao cair da noite já estava lá de olho, esperando meu trem. Tinha um vagabundo sentado em um batente de porta que me observava com interesse peculiar. Fui até lá falar com ele. Disse que era ex-fuzileiro naval de Paterson, em New Jersey, e depois de um tempo tirou do bolso uma tirinha de papel que às vezes lia a bordo de trens de carga. Olhei para o papel. Era uma citação de Digha Nikaya, as palavras do Buda. Sorri; e não disse nada. Ele era um grande vagabundo tagarela, e um vagabundo que não bebia, era um andarilho idealista e disse: “Não tem nada além disso, é o que eu gosto de fazer, prefiro andar como clandestino em trens de carga pelo país e preparar minha comida em latas sobre fogueiras do que ser rico e ter um lar ou um trabalho. Estou satisfeito. Costumava ter artrite, sabe, passei anos no hospital. Descobri um modo de curá-la e então parti para a estrada e é onde estou desde então”.

“Como foi que você curou sua artrite? Eu tenho tromboflebite.”

“É mesmo? Bom, isto aqui também vai funcionar para você. É só ficar de cabeça para baixo três minutos por dia, ou talvez cinco minutos. Toda manhã quando acordo, seja no leito de um rio ou a bordo de um trem em movimento, coloco uma esteira no chão e fico de cabeça para baixo e conto até quinhentos, dá uns três minutos, não dá?” Ele estava muito preocupado em saber se contar até quinhentos dava três minutos. Que coisa estranha. Achei que ele devia estar preocupado com as notas de aritmética na escola.

"É, acho que dá sim."

"Simplesmente faça isso todo dia e a sua flebite vai embora igual a minha artrite. Tenho quarenta anos, sabe. Além disso, antes de ir para a cama à noite, tome leite quente com mel, eu sempre carrego um potinho de mel" (tirou um do fundo da mochila) "e coloco o leite em uma lata com mel, e esquento no fogo, e bebo. Só essas duas coisas."

"Está certo." Prometi aceitar o conselho dele porque ele era o Buda. O resultado foi que em cerca de três meses minha flebite desapareceu completamente, e nunca mais voltou, o que é surpreendente. Para falar a verdade, desde aquela época eu tento dizer isso aos médicos, mas eles parecem achar que eu sou maluco. Vagabundo do Darma, Vagabundo do Darma. Nunca vou me esquecer daquele vagabundo ex-fuzileiro judeu inteligente de Paterson, New Jersey, seja quem fosse ele, com *sua* tirinha de papel para ler no frio do vagão aberto à noite ao lado de vagões refrigerados que pingavam nas formações industriais de lugar nenhum na América que ainda é a América mágica.

Às sete e meia meu Zipper chegou e enquanto os ferroviários o preparavam para partir eu me escondi no mato para pegá-lo, fiquei meio escondido atrás de um poste de telefone. O trem partiu, surpreendentemente rápido, achei, e com minha mochila pesada de vinte quilos corri e corri ao lado dele até ver uma boa barra de engate em que me agarrar e a peguei e me balancei e subi direto para a parte de cima do vagão para dar uma boa olhada no trem inteiro e ver onde estava o meu vagão sem paredes. Caramba, que todas as velas do céu se apaguem, mas bem quando o trem ia pegando mais velocidade e já tinha deixado o pátio de manobras, vi que era uma porcaria de trem de dezoito vagões, todos fechados, e a mais de trinta quilômetros por hora era descer ou morrer, sair dali ou me agarrar à vida a

130 quilômetros por hora (impossível sobre o teto de um vagão), de modo que tive que descer a escadinha de novo, mas primeiro precisei desvencilhar a correia da mochila que tinha ficado presa na passarela ali em cima de modo que na hora que eu estava bem embaixo, pronto para saltar, o trem já estava indo rápido demais. Com a mochila pendurada, segurando firmemente com uma mão, de um jeito calmo e enlouquecido, dei um passo à frente torcendo pelo melhor e larguei tudo e só tropecei alguns poucos metros e estava a salvo em solo firme.

Mas aí eu já estava cinco quilômetros enfiado na selva industrial de Los Angeles em uma noite doente e louca com o nariz fungando e precisei dormir aquela noite inteira ao lado de uma cerca de arame em uma vala ao lado dos trilhos, sendo acordado a noite inteira por comboios da Ferrovia do Pacífico Sul e por operadores de desvios de Santa Fé reclamando da vida, até chegar a névoa e o ar limpo da meia-noite, quando respirei melhor (pensando e rezando no meu saco de dormir), mas daí mais neblina e mais poluição de novo e aquela nuvem branca horrorosa do amanhecer e meu saco de dormir quente demais e fora frio demais para ficar, nada além de horror a noite inteira, só que de manhã um passarinho veio me abençoar.

A única coisa que eu tinha a fazer era sair de Los Angeles. Segundo as instruções do meu amigo, fiquei de cabeça para baixo, usando a cerca de arame como apoio para impedir que eu caísse. Aquilo fez com que eu me sentisse um pouco melhor da gripe. Daí andei até a rodoviária (atravessando trilhos e ruas secundárias) e peguei um ônibus barato por quarenta quilômetros até Riverside. Os guardas olhavam para mim cheios de suspeita por causa daquela mochilona nas minhas costas. Tudo aquilo era algo bem distante da pureza fácil de estar com Japhy Ryder naquele acampamento elevado de pedra sob as estrelas pacíficas que cantavam.

17

Demorou exatamente aqueles quarenta quilômetros para sair da poluição de Los Angeles; o sol brilhava em Riverside. Fiquei exultante de ver um belo leito de rio seco com areia branca e apenas um fio de água no meio quando atravessamos a ponte para entrar em Riverside. Estava procurando a primeira oportunidade de acampar à noite e experimentar minhas novas ideias. Mas na rodoviária quente um negro me viu com minha mochila e se aproximou e disse que era meio Mohawk e quando eu disse que voltaria para a estrada para dormir naquele leito de rio ele disse: "Não senhor, você não pode fazer isso, os guardas desta cidade são os mais rígidos do estado. Se virem você lá, vão te prender. Rapaz", disse ele, "eu também gostaria de dormir ao ar livre hoje à noite, mas é contra a lei."

"Isto aqui não é a Índia, não é mesmo?", eu disse, bravo, e saí andando, para tentar mesmo assim. Foi igualzinho ao guarda no pátio de manobras de San Jose, apesar de ser contra a lei e estarem tentando pegar a gente, a única coisa a fazer era tentar e se manter escondido. Ri pensando no que aconteceria se eu fosse Fuke o sábio chinês do século IX que vagava pela China tocando um sino sem parar. A única alternativa a dormir ao ar livre, andar como clandestino em trens de carga e fazer tudo que eu quisesse, percebi durante uma certa visão, seria simplesmente ficar sentado com outros cem pacientes na frente de um aparelho de televisão em um hospício, onde poderíamos ser "supervisionados". Entrei em um supermercado e comprei um pouco de suco de laranja concentrado e queijo cremoso com nozes e pão de trigo integral, que serviria para fazer boas refeições até o dia seguinte, quando pediria carona para atravessar a cidade. Vi vários carros de patrulha policial e os guardas dentro deles olhavam para mim cheios de suspeita: guardas alinhados e bem pagos em carros novinhos em folha com todo aquele equipamento de rádio caro para assegurar que nenhum bhikku dormisse no bosque deles naquela noite.

Na mata ao lado da rodovia, dei uma boa olhada para ter certeza de que não tinha nenhuma viatura por ali e entrei direto no mato. Precisei abrir caminho através de um monte de arbustos ressecados, não me preocupei em encontrar a trilha dos escoteiros. Fui direto para as areias douradas do leito do rio que enxergava logo à frente. Sobre os arbustos passava a ponte da rodovia, ninguém poderia me ver a não ser que parasse e descesse do carro para olhar para baixo. Como um criminoso, atravessei os arbustos claros e quebradiços e saí de lá suando e enfiei a perna até a canela em riachinhos e quando achei uma clareira bacana em um tipo de mato de bambus hesitei em acender uma fogueira até o anoitecer, quando então ninguém veria minha fumacinha, e me assegurei de manter as brasas bem fracas. Estiquei meu poncho e meu saco de dormir sobre algumas folhas ressecadas caídas no chão do bosque e hastes de bambu. Álamos amarelados preenchiam o ar da tarde com fumaça dourada e fizeram meus olhos tremer. Era um lugar agradável, a não ser pelo barulho dos caminhões sobre a ponte do rio. Com o resfriado, minha cabeça e meu sínus estavam mal, e fiquei de cabeça para baixo durante cinco minutos. Ri. "O que iriam pensar se me vissem assim?" Mas não era engraçado, eu me sentia bem triste, para falar a verdade triste mesmo, como na noite anterior naquele lugar horroroso cheio de neblina e o cercado de arame na parte industrial de Los Angeles, quando aliás chorei um pouquinho. Afinal, um homem sem teto tem motivo para chorar, tudo no mundo está voltado contra ele.

Ficou escuro. Peguei minha panela e fui buscar água, mas tive que me engastalhar tanto na vegetação rasteira que, quando voltei para o acampamento, quase toda a água tinha entornado. Usando meu misturador novo de plástico, juntei a água com suco de laranja concentrado e preparei uma laranjada gelada, então espalhei queijo cremoso com nozes sobre o pão de trigo integral e comi contente. "Hoje à noite", pensei, "vou dormir bem e bastante e vou rezar sob as estrelas para que o Senhor me abençoe como o Buda depois que o meu trabalho do Buda estiver terminado, amém". E como era Natal, acrescentei: "Que Deus abençoe todos vocês e um feliz e terno Natal sobre todos os vossos tetos e espero que anjos se alojem neles na noite da Estrela rica e verdadeiramente grande, amém". E então pensei, mais tarde, fumando deitado por cima do saco de dormir: "Tudo é possível. Eu sou Deus, eu sou o Buda, eu sou o imperfeito Ray Smith, tudo ao mesmo tempo, sou o espaço vazio, sou todas as coisas. Tenho todo o tempo do mundo e vida para fazer o que deve ser feito, para fazer o que está feito, para fazer o feito atemporal, infinitamente perfeito em si mesmo, por que chorar, por que se preocupar, perfeito como a essência da mente e a mente da casca de banana", acrescentei, rindo, lembrando-me dos meus amigos Vagabundos do Darma zen-lunáticos poetas de São Francisco, de quem eu já começava a sentir falta. E acrescentei ainda uma rezinha para Rosie.

"Se ela tivesse sobrevivido, poderia ter vindo para cá comigo, talvez eu pudesse ter dito algo a ela, ter feito com que ela se sentisse de outro jeito. Talvez eu só fizesse amor com ela e não dissesse nada."

Passei muito tempo meditando de pernas cruzadas, mas o ruído dos caminhões me incomodava. Logo as estrelas despontaram e minha fogueirinha de índio enviou um pouco de fumaça na direção delas. Enfiei-me dentro do saco de dormir às onze e dormi bem, a não ser pelas hastes de bambu sob as folhas que me fizeram ficar virando de um lado para o outro a noite inteira. "É melhor dormir em uma cama desconfortável de graça do que dormir em uma cama confortável que não é de graça." Eu ia inventando toda sorte de ditados na medida em que avançava. Tinha iniciado minha nova vida com meu novo equipamento: um verdadeiro Dom Quixote da ternura. De manhã me senti alegre e a primeira coisa que fiz foi meditar e inventei uma rezinha: "Abençoo-as, todas as coisas vivas, abençoo-as no passado infinito, abençoo-as no presente infinito, abençoo-as no futuro infinito, amém".

Essa rezinha fez com que eu me sentisse bem e todo bobo e feliz enquanto arrumava minhas coisas na mochila e saía em direção à água corrente que escorria de uma pedra do outro lado da rodovia, água de fonte deliciosa para lavar o rosto e limpar os dentes e beber. Então estava pronto para os cinco mil quilômetros até Rocky Mount, na Carolina do Norte, onde minha mãe esperava, provavelmente lavando a louça em sua cozinha querida de dar dó.

18

A música que mais tocava naquela época era "Everybody's Got a Home But Me"*, de Roy Hamilton. Eu ia cantarolando a letra e movimentava o corpo de acordo com o ritmo. Do outro lado de Riverside, cheguei à rodovia e logo arrumei carona com um casal jovem, até um campo de pouso a oito quilômetros da cidade, e de lá uma outra carona com um homem quieto quase até Beaumont, estado da Califórnia, a oito quilômetros de lá em uma autoestrada de pista dupla onde provavelmente ninguém pararia de modo que segui caminhando naquele belo ar cintilante. Em Beaumont, comi cachorros-quentes, hambúrgueres e um saco de batatas fritas e incluí um enorme milk-shake de morango, tudo em meio a crianças risonhas do ensino médio. Então, do outro lado da cidade, peguei uma carona com um mexicano chamado Jaimy que disse ser filho do

* "Todo mundo tem um lar, menos eu." (N. T.)

governador da Baja Califórnia, no México, no que eu não acreditei, e era um vinhote e me fez comprar vinho para ele só para vomitar pela janela enquanto dirigia: um jovem abatido, triste e desamparado, olhos muito tristes, muito bacana, um pouco maluquinho. Estava indo diretamente para Mexicali, um pouco fora do meu caminho, mas razoavelmente adequado e a uma distância do Arizona que me servia.

Em Calexico era a temporada de compras de Natal na rua principal com beldades mexicanas incrivelmente perfeitas e estupefatas que foram melhorando de tal modo que quando as primeiras passaram de novo já tinham se encoberto e se tornado etéreas na minha mente, fiquei lá parado olhando para todos os lados, comendo uma casquinha de sorvete, esperando por Jaimy que disse ter um compromisso e me apanharia novamente para me levar pessoalmente até Mexicali, no México, para conhecer os amigos dele. Eu planejava fazer uma refeição boa e barata no México e prosseguir naquela mesma noite. Jaimy não apareceu, claro. Cruzei a fronteira sozinho e virei totalmente à direita na entrada para evitar a rua cheia de vendedores insistentes e fui direto a uma pilha de restos de construção para aliviar meus líquidos, mas um vigia mexicano louco de uniforme oficial achou que aquilo era uma grande infração e disse algo e quando eu disse que não sabia (No sé) ele disse: "No sabes *police*?" – que coragem dele chamar os tiras por eu ter mijado naquele chão sujo. Mas depois percebi e fiquei triste, porque tinha regado o lugar onde ele sentava para acender uma fogueirinha à noite porque havia restos de madeira queimada empilhados ali, de modo que me dirigi para a rua enlameada sentindo-me resignado e verdadeiramente arrependido, com a mochilona nas costas, enquanto ele olhava para mim com aquele olhar desconsolado.

Cheguei a uma colina e vi enormes leitos de rio lamacentos com mau cheiro e lagoinhas e caminhos horrorosos com mulheres e burricos vagando ao entardecer, um velho mendigo chinês-mexicano chamou minha atenção e paramos para conversar, quando disse a ele que estava pensando em ir dormiendo (dormir) naquelas planícies (na verdade estava pensando em um pouco além das planícies, na base das colinas) ele assumiu um ar aterrorizado e, por ser surdo-mudo, demonstrou que a minha mochila seria roubada e me matariam se eu fizesse aquilo, e de repente percebi que era verdade. Eu não estava mais na América. De qualquer um dos lados da fronteira, de qualquer maneira que você fatie a mortadela, um andarilho sempre anda pisando em ovos. Onde é que eu ia encontrar um bosque tranquilo para meditar, para morar para sempre? Depois de o velho ter tentado me contar a história da vida dele com sinais, afastei-me, acenando e sorrindo, e cruzei as planícies e a ponte estreita de tábuas sobre a água amarelada e cheguei ao distrito pobre de casas de pau a pique de Mexicali onde a alegria do México como sempre me encantou, e comi uma deliciosa tigela de lata cheia de sopa de garbanzo com pedaços de cabeza e cebolla crua, porque tinha trocado uma moeda de 25 centavos na fronteira por três notas de um peso e uma pilha grande de centavos enormes. Enquanto eu comia naquela ruazinha enlameada, fui sacando a rua, as pessoas, as coitadas das cadelas, as cantinas, as prostitutas, a música, os homens à toa brigando na rua estreita e do outro lado da calçada um Salón de Belleza, com um espelho despojado em uma parede despojada com cadeiras despojadas e uma beldadezinha de dezessete anos com o cabelo cheio de grampos sonhando em frente ao espelho, mas um velho busto de gesso com uma peruca ao lado dela, e um homenzarrão de bigode com um casaco de esqui escandinavo atrás palitando os dentes e um menininho na cadeira na frente do espelho ao lado comendo uma banana e lá fora na calçada algumas criancinhas reunidas como se estivessem na frente de um cinema e pensei: “Ah, isto aqui é Mexicali em uma tarde de sábado! Obrigado Senhor por ter me devolvido o gosto pela vida, por me mostrar Vossas formas recorrentes de Vosso Útero de Exuberante Fertilidade”. Todas as minhas lágrimas não foram em vão. No final, tudo deu certo.

Então, passeando, comprei um bolinho quente, depois duas laranjas de uma menina, e reatravessei a ponte sob a poeira do anoitecer e me dirigi para a entrada da fronteira todo feliz. Mas lá fui parado por três guardas americanos desagradáveis e minha mochilona foi examinada minuciosamente.

“O que você comprou no México?”

“Nada.”

Eles não acreditaram em mim. Ficaram jogando verde. Depois de apalpar meus invólucros de resto de batatas fritas de Beaumont e uvas-passas e amendoins e cenouras, e latas de carne de porco e feijão que eu tinha levado para a viagem, e metades de pão de trigo integral, ficaram contrariados e me deixaram ir. Na verdade, foi engraçado; estavam esperando encontrar uma mochila cheia de ópio de Sinaloa, sem dúvida, ou maconha de Mazatlán, ou heroína do Panamá. Talvez tivessem achado que eu caminhara desde o Panamá. Não conseguiram me decifrar.

Fui até a rodoviária e comprei um bilhete até El Centro pela rodovia principal. Achei que tomaria o Midnight Ghost do Arizona e chegaria a Yuma naquela mesma noite e dormiria no leito do rio Colorado, no qual já tinha reparado havia muito tempo. Mas nada disso deu certo, em El Centro fui até o pátio de manobras e rodei por lá e afinal falei com um condutor que estava colocando uma placa em um desvio: “Cadê o Zipper?”.

“Não passa aqui em El Centro.”

Fiquei surpreso com minha estupidez.

“O único trem de carga que se pode pegar aqui atravessa o México, depois chega a Yuma, mas vão te descobrir e vão te chutar de lá e você vai terminar em um calabouço mexicano, rapaz."

"Já tive minha dose de México. Obrigado." De modo que fui até o cruzamento principal na cidade onde os carros viravam para o leste em direção a Yuma e comecei a fazer sinal com o polegar estendido. Fiquei lá uma hora sem ter sorte. De repente um enorme caminhão encostou; o motorista desceu e mexeu na mala dele. "Você está indo para o leste?", perguntei.

"Assim que eu passar um tempinho em Mexicali. Você conhece alguma coisa do México?"

"Morei lá durante anos." Ele me examinou. Era um bom sujeito, gordo, alegre, do Meio-Oeste. Gostou de mim.

"O que você acha de me mostrar Mexicali hoje à noite e amanhã eu te levo para Tucson?"

"Ótimo!" Entramos no caminhão e voltamos diretamente para Mexicali, pela estrada que eu acabara de percorrer de ônibus. Mas valia a pena para chegar direto a Tucson. Estacionamos o caminhão em Calexico, que agora estava em silêncio, às onze da noite, e fomos até Mexicali e eu o levei para longe das espeluncas que eram armadilhas para turistas e o conduzi até os velhos e bons saloons do México de verdade onde havia garotas a um peso a dança e tequila pura e montes de diversão. Foi uma grande noite, ele dançou e aproveitou, tirou foto com uma señorita e bebeu umas vinte doses de tequila. A certa altura da noite nos juntamos a um sujeito de cor que era um tanto fresco, mas terrivelmente engraçado, e que nos levou a um bordel, e então, quando saímos de lá, um guarda tirou-lhe o canivete.

"Essa é a terceira faca que esses canalhas roubam de mim neste mês", ele disse.

De manhã Beaudry (o motorista) e eu voltamos para o caminhão com os olhos embaçados e de ressaca e ele não perdeu tempo e nos conduziu diretamente para Yuma, sem passar por El Centro, mas pegando a excelente Rodovia 98 sem trânsito uns 160 quilômetros depois de chegar a oitenta em Gray Wells. Logo estávamos de fato nos aproximando de Tucson. Tínhamos feito um almoço leve nas redondezas de Yuma e então ele disse que estava com vontade de comer um bom bife. "O único problema é que essas paradas de caminhoneiros não têm bifes grandes o bastante para me saciar."

"Bom, é só parar o caminhão na frente de algum desses supermercados grandes de Tucson e eu compro um T-bone de cinco centímetros de espessura e nós paramos no deserto e eu faço uma fogueira e preparo para você o melhor bife que já comeu na vida." Ele não acreditou muito, mas foi o que eu fiz. Longe das luzes de Tucson em um entardecer vermelho como fogo no deserto, ele parou e eu acendi uma fogueira com galhos de espinheiro, colocando depois galhos maiores e toras, à medida que escurecia, e quando as brasas estavam quentes tentei segurar o bife sobre elas na ponta de um espeto mas o espeto queimou e eu simplesmente fritei aqueles bifes enormes em sua própria gordura na minha adorável tampa de panela nova e entreguei a ele meu canivete e ele atacou a comida e disse: "Nham, nhom, uau, este *é* o melhor bife que eu já comi".

Eu também tinha comprado leite e jantamos só bife e leite, um belo banquete de proteínas, agachados lá na areia enquanto os carros passavam zunindo na rodovia ao lado da nossa fogueirinha. "Onde foi que você *aprendeu* todas essas coisas esquisitas?", ele riu. "E você sabe que eu digo esquisito, mas há alguma coisa extremamente sensata nisso tudo. Aqui estou eu me matando para dirigir esta carreta para cima e para baixo, de Ohio a Los Angeles, e ganho mais dinheiro do que você já teve em toda a sua vida de andarilho, só que quem está aproveitando a vida é você, e além do mais, também aproveita sem trabalhar nem ter muito dinheiro. Então, quem é o esperto, eu ou você?" E ele tinha uma casa bacana em Ohio com mulher, filha, árvore de Natal, dois carros, garagem, gramado, cortador de grama, mas não conseguia aproveitar nada porque não era verdadeiramente livre. Era uma triste verdade. Entretanto, aquilo não significava que eu fosse um homem melhor do que ele, ele era um sujeito ótimo e eu gostei dele e ele gostou de mim e disse: "Bom, vou te dizer, o que você acha de eu te levar até Ohio?".

"Uau, ótimo! Assim eu vou chegar quase na minha casa! Vou um pouco ao sul dali, à Carolina do Norte."

"No começo eu estava um tanto hesitante por causa daqueles caras do seguro da Markell, sabe, se eles pegarem você de carona comigo, perco meu emprego."

"Ah, diabos… isso é mesmo bem típico."

"É mesmo, mas eu vou dizer uma coisa, depois deste bife que você fez para mim, apesar de eu ter pagado, mas você cozinhou e além disso está lavando a louça com areia, eu vou ter que mandar eles enfiarem o emprego no cu porque agora você é meu amigo e eu tenho direito de dar carona a um amigo."

"Tudo bem", respondi. "E vou rezar para que não sejamos parados por nenhum homem do seguro da Markell."

"Tem boa chance de isso acontecer porque hoje é sábado e só vamos chegar em Springfield, Ohio, mais ou menos ao amanhecer de terça se eu pisar fundo e este é mais ou menos o fim de semana deles."

E como ele pisou fundo! Daquele deserto no Arizona ele entrou acelerando no Novo México, pegou o atalho por Las Cruces até Alamogordo, onde a primeira bomba atômica foi detonada e onde eu tive uma estranha visão quando passamos por ali, enxergando nas nuvens sobre as montanhas de Alamogordo as seguinte palavras, como se tivessem sido impressas no céu: "Esta é a Impossibilidade da Existência de Qualquer Coisa" (que era um lugar estranho para aquela visão verdadeira e estranha) e então ele prosseguiu através da região indígena do Atascadero nas colinas do Novo México, percorrendo os lindos vales verdejantes e os pinheirais e as campinas extensas como as que há na Nova Inglaterra e então chegamos a Oklahoma (nos arredores de Bowie, no Arizona, tínhamos tirado uma soneca ao amanhecer, ele no caminhão, eu no meu saco de dormir sobre a argila vermelha e fria só com as estrelas irradiando silêncio lá em cima e um coiote distante), em pouquíssimo tempo já alcançava o Arkansas e o atravessou todo em uma tarde e depois o Missouri e St. Louis e finalmente na manhã de segunda atravessamos rapidamente o Illinois e Indiana e entramos na velha Ohio coberta de neve com todas as queridas luzes de Natal nas janelas de velhas casas rurais que enchiam meu coração de alegria. "Uau", pensei. "Percorremos todo o trajeto desde os braços calorosos das señoritas de Mexicali até as neves natalinas de Ohio de uma tirada só." Ele tinha um rádio no painel que também foi tocando no máximo volume durante todo o trajeto. Não conversamos muito, ele só gritava de vez em quando, para contar algum caso, e tinha uma voz tão alta que furou meu tímpano (o esquerdo) de verdade, e aquilo doeu, e me fez pular meio metro acima do assento. Ele era ótimo. Fizemos várias ótimas refeições também, no caminho, em várias das suas paradas de caminhoneiro preferidas, uma em Oklahoma onde comemos porco assado e batatas-doces que poderiam ter saído da cozinha da minha própria mãe, comemos e comemos, ele tinha fome o tempo todo, e para falar a verdade eu também, já fazia aquele frio de inverno e o Natal se espalhava pelos campos e a comida era boa.

Em Independence, no Missouri, fizemos nossa única parada para dormir em um quarto, em um hotel que custou quase cinco dólares por cabeça, o que foi um roubo, mas ele precisava dormir e eu não tinha como ficar esperando no caminhão, onde a temperatura chegava aos 20° negativos. Quando acordei de manhã, na segunda, olhei para fora e vi jovens ávidos de terno indo trabalhar em seus escritórios de companhias de seguro esperando ser, algum dia, Harry

Truman. Na terça de manhã ele já tinha me deixado em Springfield, Ohio, no meio de uma profunda frente fria, e nos despedimos com um pouco de tristeza.

Fui até uma lanchonete, tomei chá, examinei meu orçamento, fui para um hotel e dormi um bom sono exausto. Daí comprei uma passagem de ônibus para Rocky Mount, já que era impossível pegar carona de Ohio até a Carolina do Norte naquela região invernal cheia de montanhas através da cordilheira Blue Ridge e tudo. Mas fiquei impaciente e resolvi pedir carona mesmo assim e pedi ao ônibus que parasse nos arredores da cidade e caminhei de volta até a rodoviária para trocar minha passagem. Não quiseram me devolver o dinheiro. O resultado da minha impaciência insana foi que precisei esperar mais oito horas até o próximo ônibus para Charleston, na Virgínia Oriental. Comecei a pedir carona para sair de Springfield achando que poderia pegar o ônibus em uma cidade mais à frente, só por diversão, e fiquei com os pés e as mãos congelados, parado naquelas estradinhas desoladoras ao entardecer congelante. Um motorista gentil me deu carona até uma cidadezinha e lá fiquei esperando ao lado do escritório minúsculo do telégrafo que servia de rodoviária, até meu ônibus chegar. Daí era um ônibus lotado que atravessou vagarosamente as montanhas durante a noite inteira e ao amanhecer subiu penosamente as montanhas Blue Ridge naquela região cheia de árvores cobertas de neve, e então depois de um dia inteiro de paradas e arrancadas, paradas e arrancadas, descemos as montanhas na altura do monte Airy e finalmente depois de um tempão chegamos a Raleigh onde me transferi para um ônibus local e instruí o motorista para que me deixasse perto da estradinha vicinal que fazia curvas por cinco quilômetros através do bosque de pinheiros até a casa da minha mãe no bosque de Big Easonburg que é uma estrada rural nos arredores do monte Rocky.

Ele tinha me deixado por volta das 20h, e eu caminhei

os cinco quilômetros restantes naquela estradinha enluarada da Carolina, observando um avião a jato que cruzava o céu, o rastro dele vagando pela face da lua e dividindo o círculo de neve em dois. Era lindo estar de volta ao leste sob a neve da época de Natal, as luzinhas nas janelas das propriedades rurais ocasionais, o bosque silencioso, os pinheiros inférteis tão nus e tristonhos, o trilho de trem que corria para dentro do bosque azul-acinzentado em direção ao meu sonho.

Às nove eu já atravessava o quintal da minha mãe com passos pesados e lá estava ela na pia de ladrilhos brancos da cozinha, lavando a louça, com uma expressão pesarosa à minha espera (eu estava atrasado), preocupada com a possibilidade de eu não conseguir chegar nunca e provavelmente pensando: "Coitado do Raymond, por que ele sempre tem que pedir carona e me deixar morta de preocupação, por que ele não é igual aos outros?". E eu pensava em Japhy enquanto estava ali parado no quintal frio olhando para ela: "Por que será que ele fica tão bravo com pias ladrilhadas e o 'maquinário' branco de cozinha, como ele diz? As pessoas podem ter um bom coração, vivam elas ou não como Vagabundos do Darma. A compaixão é o coração do budismo". Atrás da casa havia uma imensa floresta de pinheiros onde eu passaria todo aquele inverno e primavera meditando sob as árvores e descobrindo por conta própria a verdade de todas as coisas. Eu estava muito feliz. Dei uma volta na casa e vi a árvore de Natal através da janela. A uns cem metros, na estrada, os dois mercadinhos locais formavam uma cena colorida e calorosa no que seria, de outro modo, um enorme vazio cheio de árvores. Fui até a casinha de cachorro e encontrei o velho Bob tremendo e roncando no frio. Ele deu um ganido, feliz de me ver. Soltei-o e ele latiu e pulou à minha volta e entrou em casa comigo onde abracei minha mãe na cozinha quente e minha irmã e meu cunhado vieram até a sala e me cumprimentaram, e meu sobrinhozinho Lou também, e eu estava em casa de novo.

19

Todo mundo queria que eu dormisse no sofá da sala, perto do confortável aquecedor a óleo, mas fiz questão de fazer meu quarto (como antes) na varanda de trás com suas seis janelas dando vista para o campo de algodão infértil e a mata de pinheiros além, deixando todas as janelas abertas e estendendo meu bom e velho saco de dormir no sofá de lá para dormir o sono puro das noites de inverno com a cabeça enfiada dentro da quentura de náilon e pena de pato. Depois que todo mundo tinha ido para a cama vesti minha capa com protetor de orelhas e calcei as luvas industriais e sobre tudo aquilo coloquei meu poncho de náilon e saí para passear ao luar do campo de algodão como um monge encapotado. O chão estava coberto de geada iluminada pelo luar. O velho cemitério um pouco mais para baixo na estrada brilhava na geada. Os telhados das casas rurais próximas pareciam painéis brancos de neve. Atravessei as fileiras de pés de algodão seguido por Bob, um cachorrão de caçar aves, e a pequenina Sandy que pertencia aos Joyner que moravam mais para baixo da estrada, e alguns outros cães vadios (todos os cães me amam) e fui até a beira da floresta. Lá, na primavera anterior, eu tinha aberto uma trilhazinha que levava a um lugar que escolhi para meditar sob o meu pinheirinho preferido. A trilha continuava lá. Minha entrada oficial para a floresta continuava lá, marcada por dois pinheiros separados de maneira homogênea que eram como dois pilares de um portão. Ali eu sempre curvava o corpo em uma mesura e juntava as mãos e agradecia a Avalokitesvara pelo privilégio do bosque. Então entrei, conduzi Bob, esbranquiçado pela lua, diretamente até meu pinheiro, onde minha antiga cama de palha continuava ao pé da árvore. Arrumei a capa e as pernas e sentei-me para meditar.

Os cachorros meditavam sobre as patas. Estávamos todos absolutamente em silêncio. Toda aquela região enluarada estava em um silêncio congelado, não se ouvia nem mesmo o barulhinho de lebres ou de guaxinins em nenhum lugar. Um silêncio abençoado absoluto e frio. Talvez um cão latisse a uns oito quilômetros de distância em direção a Sandy Cross. Só se ouvia um som muito tênue, o mais tênue barulho de caminhões atravessando a noite na 301, a uns vinte quilômetros de distância, e, claro, a ocasional descarga de diesel dos trens de passageiro e de carga da Linha da Costa Atlântica que iam para o norte e para o sul, para Nova York e para a Flórida. Uma noite abençoada. Eu imediatamente entrei em um transe vazio e sem pensamentos durante o qual mais uma vez revelou-se para mim que "Este pensamento parou" e suspirei porque não precisava mais pensar e senti todo o meu corpo se afundar em uma bênção fácil de se acreditar, completamente relaxado e em paz com o mundo efêmero do sonho e do sonhador e do ato de sonhar em si. Todos os tipos de pensamento, também, como: "Um homem praticando a bondade sozinho no meio do mato vale a força de todos os templos que existem no mundo", e estiquei o braço e acariciei o velho Bob, que olhou para mim todo satisfeito. "Todas as coisas vivas e mortas como estes cães e eu indo e vindo sem nenhuma perenidade nem substância própria, Ó Deus, e no entanto não é possível que existamos. Que estranho, que valioso, que bom para nós! Que horror seria se o mundo fosse real, porque se o mundo fosse real, seria imortal!" Meu poncho de náilon me protegia do frio, como uma barraca ajustada ao corpo, e fiquei um longo tempo sentado de pernas cruzadas no bosque invernal da meia-noite, cerca de uma hora. Então voltei para casa, me esquentei perto da lareira da sala enquanto os outros dormiam, depois me enfiei no meu saco de dormir na varanda e caí no sono.

A noite seguinte era véspera de Natal, passei-a com uma garrafa de vinho na frente da TV apreciando os programas e a Missa do Galo na Catedral de Saint Patrick em Nova York com bispos rezando a missa, e as doutrinas faiscando, e as congregações, os padres com suas vestes rendadas de neve na frente de maravilhosos altares oficiais que, percebi, não tinham nem a metade da maravilha que era o meu colchão de palha sob um pinheirinho. Então, à meia-noite, os paizinhos sem ânimo, minha irmã e meu cunhado, colocaram os presentes embaixo da árvore e aquilo foi mais glorioso do que todo o Glória a Deus nas Alturas da Igreja Católica Apostólica Romana e todos os seus bispos participantes. "Porque, apesar de tudo", pensei, "Agostinho era negro, e Francisco, meu irmão imbecil". Meu gato Davey de repente me abençoou, que gato doce, com sua chegada ao meu colo. Peguei a Bíblia e li um pouco de São Paulo perto do aquecedor quente e à luz da árvore: "Permita que ele se transforme em um tolo, que ele assim se torne sábio", e pensei no bom e querido Japhy e desejei que ele estivesse comigo naquela véspera de Natal. "Vós já estais cheios", diz São Paulo, "vós já sois ricos. Os santos hão de julgar o mundo." Então em um arroubo de poesia mais lindo do que todas as leituras de poesia das Renascenças de São Francisco de Todos os Tempos: "Carne para a barriga, e a barriga para as carnes; mas Deus deve transformar tudo isso em nada".

"É", pensei, "a gente paga os olhos da cara por espetáculos de curta duração...".

Naquela semana fiquei sozinho em casa, minha mãe precisou ir a Nova York para um enterro e os outros trabalhavam. Toda tarde eu ia ao bosque de pinheiros com meus cães, lia, estudava, meditava, sob o sol quente de inverno do Sul, e voltava ao entardecer e preparava o jantar para todo mundo. Além disso, montei uma tabela de basquete e ficava fazendo cestas todo dia na hora do pôr do sol. À noite, depois que todo mundo ia para a cama, para o bosque eu voltava sob a luz das estrelas ou até mesmo sob a chuva às vezes com meu poncho. O bosque me acolhia bem. Eu me divertia escrevendo alguns poeminhas à la

Emily Dickinson como: “Acenda o fogo, acabe com um mentiroso, qual é a diferença, na existência?” ou “Uma semente de melancia, uma necessidade cria, grande e suculenta, que tormenta”.

“Que haja extinção e contentamento para todo o sempre”, rezava eu no bosque à noite. Eu continuava inventando rezas mais novas e melhores. E mais poemas, como quando veio a neve: “De vez em quando, a sagrada neve, tudo tão brando, o sagrado breve”. E a certa altura escrevi: “As quatro inevitabilidades: 1. Livros Obrigatórios; 2. Natureza Desinteressante; 3. Existência Tediosa; 4. Nirvana Vazio, leve isto, garoto”. Ou escrevia, nas tardes tediosas, quando nem o budismo nem a poesia nem o vinho nem a solidão nem o basquete aplacavam minha carne preguiçosa porém ávida, “Nada a fazer, ah, eca! Praticamente uma meleca”. Certa tarde fiquei observando os patos em um campo de porcos do outro lado da estrada e era domingo e os pastores tagarelas berravam no rádio da Carolina e eu escrevi: “Imagine abençoar todas as minhocas vivas e mortas na eternidade e os patos que as comem… aí está seu sermão da escola de catecismo”. Em sonho eu ouvi as palavras: “A dor não passa do sopro de uma concubina”. Mas Shakespeare diria: “Ai, por minha fé, isto carrega um som gelado”. Então, repentinamente, certa noite, depois do jantar, quando percorria a escuridão cheia de vento e frio do quintal, senti-me tremendamente deprimido e me joguei ali mesmo no chão e gritei: “Vou morrer!”, porque não havia nada mais a fazer na solidão fria daquela terra dura e inóspita, e instantaneamente a tenra bênção da iluminação parecia leite sobre minhas pálpebras e eu me aqueci. E percebi que essa era a verdade que Rosie conhecia agora, e todos os mortos, meu pai morto e meu irmão morto e meus tios e primos e tias mortos, a verdade que é perceptível nos ossos de um homem morto e além da Árvore do Buda assim como da Cruz de Jesus. *Acredite* que o mundo é uma flor etérea, e vós vivereis. Eu sabia disso!

Eu também sabia que era o pior vagabundo do mundo. A luz do diamante estava em meus olhos.

Meu gato miou perto da geladeira, ansioso para descobrir o que era toda aquela agradável satisfação. Dei comida para ele.

20

Depois de um tempo, minhas meditações e estudos começaram a render frutos. A coisa começou mesmo no fim de janeiro, certa noite gelada no meio das montanhas no silêncio total, me pareceu ter quase ouvido alguém dizendo as palavras: "Tudo está bem para sempre e para sempre e para sempre". Soltei um grande Hu, à uma da manhã, os cães pularam e exultaram. Tive vontade de gritar para as estrelas. Juntei as mãos e rezei: "Ó espírito sábio e sereno do Despertar, tudo está bem para sempre e para sempre e para sempre e obrigado obrigado obrigado amém". Por que é que eu me importaria com a torre de monstros, e esperma e ossos e pó, eu me sentia livre e portanto *estava* livre.

De repente senti vontade de escrever para Warren Coughlin, que aparecia forte em meus pensamentos ao me lembrar de sua modéstia e silêncio usuais entre os gritos vãos de Alvah, Japhy e eu: "Sim, Coughlin, o momento presente brilha e nós conseguimos, já carregamos a América como um cobertor brilhante para dentro daquele nada que é mais brilhante".

Em fevereiro começou a esquentar e o solo começou a derreter um pouco e as noites no bosque ficaram mais amenas, meu sono na varanda mais agradável. As estrelas pareciam estar ficando úmidas no céu, e crescendo. Sob as estrelas eu cochilava de pernas cruzadas sob a minha árvore e em minha mente meio adormecida eu dizia: "Moab? Quem é Moab?", e acordava com um carrapicho na mão, um carrapicho de algodoeiro de algum dos cachorros. Então, desperto, eu formava pensamentos como: "Não passam de aparências diferentes da mesma coisa, minha sonolência, o carrapicho, Moab, tudo só um sonho efêmero. Tudo pertence ao mesmo vazio, glorificado seja!". Então eu repassava as seguintes palavras na mente para me exercitar: "Eu sou o vazio, eu não sou diferente do vazio, nem o vazio é diferente de mim; de fato, o vazio sou eu". Havia uma poça com uma estrela brilhando lá dentro, eu cuspia na poça, a estrela se apagava, e eu dizia: "Essa estrela é real?".

Eu não estava exatamente inconsciente do fato de que depois dessas meditações à meia-noite eu retornaria para uma boa lareira, que me era fornecida gentilmente pelo meu cunhado, que estava ficando um pouco cheio com o fato de eu ficar por ali sem trabalhar. Certa vez citei a ele um verso de alguma coisa, a respeito de como a gente cresce por meio do sofrimento, e ele respondeu: "Se a gente cresce por meio do sofrimento, a esta altura eu já devia ser tão grande quanto esta casa".

Quando eu ia ao mercado local para comprar pão e leite os velhos rapazes que ficavam sentados por lá entre varas de bambu e barris de melaço diziam: "O que é que você fica fazendo naquele mato?".

"Ah, eu só vou lá para estudar."

"Você já não está meio velho para ser universitário?"

"Bom, eu só vou lá às vezes e fico dormindo."

Mas eu os observava enquanto caminhavam pelos campos o dia inteiro procurando alguma coisa para fazer, de modo que a mulher deles devia achar que eram trabalhadores muito ocupados mesmo, mas também não me enganavam. Eu sabia que eles desejavam secretamente ir dormir no mato, ou simplesmente ficar sentados lá sem fazer nada, como eu não tinha muita vergonha de fazer. Eles nunca me incomodavam. Como é que eu ia dizer a eles que o meu conhecimento era o conhecimento de que a substância dos meus ossos e dos ossos deles e dos ossos dos homens mortos na terra da chuva à noite é a mesma substância única e comum que é para todo o sempre tranquila e cheia de alegria? Também, se eles acreditariam ou não, não faz a mínima diferença. Certa noite com minha capa de chuva sentei-me sob uma tempestade qualquer e inventei uma musiquinha para acompanhar a chuva que tamborilava no meu capuz de borracha: "Pingos de chuva são êxtase, pingos de chuva não são diferentes de êxtase, nem o êxtase é diferente dos pingos de chuva, sim, os pingos de chuva são o êxtase, continue a chover, ó nuvem!". Então, que diferença fazia o que aqueles velhos mascadores de tabaco que ficavam tirando lasquinhas de pedaços de pau naquele mercado de encruzilhada tinham a dizer a respeito da minha excentricidade mortal? De qualquer modo, todos nós viraríamos cola na cova. Eu até fiquei um pouco bêbado com um dos velhos certa vez e saímos de carro pelas estradinhas vicinais e eu falei mesmo para ele que ficava sentado lá no bosque meditando e ele disse que gostaria de experimentar se tivesse tempo, ou se conseguisse juntar coragem, e carregava uma certa inveja pesarosa na voz. Todo mundo sabe tudo.

21

A primavera chegou depois de chuvas pesadas lavarem tudo, havia poças marrons espalhadas pelos campos úmidos e murchos. Ventos fortes e quentes sopravam nuvens brancas como neve para a frente do sol e através do ar seco. Dias dourados com lua magnífica à noite, calor, um sapo corajoso coaxando uma canção às 23h no "Riacho do Buda", onde eu tinha montado minha nova acomodação de palha sob uma árvore geminada retorcida ao lado de uma pequena clareira no meio dos pinheiros com um trecho de capim seco e um riachinho minúsculo. Um dia, meu sobrinho, o pequeno

Lou, foi até lá comigo e eu peguei um objeto do chão e o ergui silenciosamente, sentado sob a árvore, e o pequeno Lou, de frente para mim, perguntou: "O que é isso?". E eu respondi: "Aquilo", e fiz um movimento ascendente com a mão, dizendo, "Tathata", repetindo, "Aquilo... é *aquilo*". E só quando eu lhe disse que era uma pinha foi que fez a avaliação mental da palavra "pinha", já que, de fato, como diz no sutra: "O vazio é discriminação". E ele disse: "Minha cabeça saltou fora, e meu cérebro ficou deformado e daí meus olhos ficaram parecidos com pepinos e o meu cabelo tinha um redemoinho e o redemoinho rodou o meu queixo". Daí ele disse: "Por que eu não faço um poema?". Ele queria comemorar aquele momento.

"Tudo bem, mas faça agora mesmo, sem pestanejar."

"Está bem... 'Os pinheiros ondulam, o vento quer sussurrar algo, os passarinhos dizem piu-piu-piu, os falcões fazem cró-cró-cró...' O-oh, estamos a perigo."

"Por quê?"

"Falcão... cró-cró-cró!"

"E daí?"

"Cró! Cró!... Nada." Dei uma tragada no meu cachimbo silencioso, paz e tranquilidade no meu coração.

Chamei meu novo bosque de "Bosque da Árvore Geminada", por causa dos dois troncos de árvore nos quais eu me recostava, que se enrolavam um no outro, brotos esbranquiçados brilhando brancos na noite e assinalando, dezenas de metros à frente, o lugar para onde eu me dirigia, apesar de o velho Bob esbranquiçado me conduzir pela trilha escura. Naquela trilha, certa noite, perdi as contas de oração que Japhy me dera, mas no dia seguinte as encontrei bem ali na trilha, compreendendo que "O Darma não pode se perder, nada pode se perder, em uma trilha bem usada".

Agora as manhãs começavam cedo com os cães alegres, eu esquecia o caminho do budismo e simplesmente me sentia contente; olhando em volta para os passarinhos novos que ainda não tinham adquirido a gordura do verão; os cães bocejavam e quase engoliam o meu Darma; a relva ondulava, as galinhas cacarejavam. Noites de primavera, praticando o Diana sob a lua enevoada. Eu tinha visto a verdade: "Pronto, aqui está *Ela*. O mundo como ele é, é Céu, procuro um Céu fora do que existe, o Céu é apenas este mundo pobre e coitado. Ah, se eu fosse capaz de compreender, se pudesse esquecer de mim mesmo e devotar minhas meditações à libertação, ao despertar e à bênção de todas as criaturas vivas em todos os lugares, eu compreenderia o que existe, o que *existe* é o êxtase".

Longas tardes sentado sobre a palha até ficar cansado de "não pensar em nada" e apenas ir dormir e ter pequenos vislumbres de sonhos como um bem estranho que sonhei certa vez sobre estar em algum tipo de sótão fantasmagórico e cinzento erguendo malas de carne cinzenta que minha mãe me entregava e eu ficava reclamando, todo petulante: "Não vou descer de novo!" (para fazer esse trabalho do mundo). Senti-me como se fosse um vazio convocado para aproveitar o êxtase do corpoverdade sem fim.

Um dia se seguia ao outro, eu ficava de macacão, não penteava o cabelo, não me barbeava muito, só convivia com cães e gatos, mais uma vez experimentava a alegria da infância. Nesse ínterim, escrevi uma carta e consegui um trabalho para o verão que se aproximava como vigilante de incêndios para o Serviço Florestal dos Estados Unidos no pico Desolation, na cordilheira High Cascades, no estado de Washington. Então achei que me dirigiria ao barraco de Japhy em março para ficar mais próximo de Washington para o meu trabalho de verão.

Nas tardes de domingo minha família sempre queria que eu fosse passear de carro com eles, mas eu preferia ficar em casa sozinho, e eles ficavam bravos e diziam: "Afinal, qual é mesmo o problema dele?". E eu ficava ouvindo enquanto discutiam a futilidade do meu "budismo" na cozinha, daí eles todos entravam no carro e iam embora e eu ia para a cozinha e cantava: *The tables are empty, everybody's gone over**, no ritmo de "You're Learning the Blues"**, de Frank Sinatra. Eu era tão louco quanto os malucos e ainda mais feliz do que eles. No domingo à tarde, então, eu ia para o meu mato com os cachorros e me sentava lá com as palmas das mãos voltadas para cima e aceitava os punhados de sol que ferviam sobre elas. "O nirvana é a pata que se move", eu dizia, registrando a primeira coisa que via ao abrir os olhos depois da meditação, e naquela ocasião foi a pata de Bob se movendo sobre o capim enquanto ele sonhava. Daí eu voltava para casa usando minha trilha limpa, pura e bem usada, esperando até a noite quando eu veria mais uma vez os incontáveis budas escondidos pelo ar enluarado.

Mas minha serenidade finalmente foi abalada por uma discussão curiosa com meu cunhado; ele começou a se incomodar porque eu não deixava Bob, o cão, acorrentado e porque eu o levava para o mato comigo. "Investi dinheiro demais naquele cachorro para você deixá-lo solto por aí."

Respondi: "E você ia gostar de ficar acorrentado, chorando o dia inteiro, igual àquele cachorro?".

Ele respondeu: "Não *me* incomodaria nem um pouco"; e minha irmã disse: "E *eu* não ligo".

Fiquei tão furioso que fui para o mato pisando pesado, era domingo à tarde, e resolvi ficar sentado lá sem comer nada até a meia-noite e voltar para casa e fazer as malas no meio da noite e ir embora. Mas algumas horas depois minha mãe já estava na varanda, chamando para o jantar, eu não iria; até que o pequeno Lou veio até a minha árvore e implorou para que eu voltasse.

Uns sapos ficavam coaxando no riachinho nos momentos mais inoportunos, interrompendo minhas meditações

---

* "As mesas estão vazias, todo mundo foi embora." (N. T.)

** "Você está aprendendo a ser triste." (N. T.)

como se fosse de propósito; uma vez, um sapo coaxou três vezes bem ao meio-dia e ficou quieto o resto da tarde, como se estivesse manifestando os Três Veículos. Dessa vez meu sapo coaxou uma vez só. Senti que era um sinal indicando o Veículo Primeiro da Compaixão e retornei determinado a deixar para lá a coisa toda, até a pena que eu sentia do cachorro. Que sonho triste e inútil. Mais uma vez no bosque, naquela noite, manuseando minhas contas de oração, fiz rezas estranhas como estas: "Meu orgulho está ferido, isso é o vazio; meu negócio é com o Darma, isso é o vazio; tenho orgulho da minha bondade para com os animais, isso é o vazio; minha concepção sobre a corrente, isso é o vazio; a pena de Ananda, até isso é o vazio". Se houvesse algum mestre zen em cena, talvez ele tivesse ido até o cão acorrentado e o chutado, para dar a todos um repentino golpe de despertar. Minha dor estava mesmo em me livrar da concepção sobre as pessoas e os cachorros, e sobre mim mesmo. Estava profundamente magoado com aquele negócio triste de tentar *negar* o que era. De qualquer modo, era um draminha comovente em um domingo de interior: "Raymond não quer que o cachorro fique acorrentado". Mas então de repente, sob aquela árvore à noite, tive uma ideia surpreendente: "Tudo é o vazio mas tudo está desperto! As coisas são o vazio no espaço e no tempo e na mente". Compreendi tudo e, no dia seguinte, sentindo-me extremamente exultante, achei que tinha chegado a hora de explicar tudo à minha família. Mais do que qualquer outra coisa, ficaram lá rindo. "Mas ouçam! Não! Olhem! É simples, deixem-me explicar da maneira mais resumida possível. Todas as coisas são o vazio, não são?"

"Do que você está falando, como assim, vazio, estou segurando esta laranja na mão, não estou?"

"É o vazio, tudo é vazio, as coisas só vêm para ir embora, todas as coisas feitas precisam ser desfeitas, e elas precisam ser desfeitas simplesmente *porque* foram feitas!"

Nem isso eles aceitavam.

"Você e o seu Buda, por que é que você não aceita a religião em que nasceu?", disseram minha mãe e minha irmã.

"Tudo se foi, já se foi, já veio e já se foi", berrei. "Ah", andando com passos pesados de um lado para o outro, voltando, "e as coisas são o vazio porque aparecem, não aparecem? A gente as enxerga, mas são feitas de átomos que não podem ser medidos nem pesados nem segurados, até aqueles idiotas dos cientistas já sabem disso, *não existe* nenhuma descoberta avançada a respeito desse troço que chamam de átomo, as coisas são apenas combinações vazias de algum elemento que parece sólido porque aparece no espaço, não são grandes nem pequenas, nem distantes nem próximas, nem verdadeiras nem falsas, são pura e simplesmente fantasmas."

"Fantasmas!", gritou o pequeno Lou, maravilhado. Ele concordava comigo de verdade, mas tinha medo da minha insistência nos "Fantasmas".

"Olha", disse o meu cunhado, "se as coisas fossem o vazio, como é que eu poderia estar sentindo esta laranja, além de sentir seu gosto e engoli-la, quero ver você responder isso."

"Sua mente forma a laranja quando a enxerga, ouve, toca, cheira, experimenta e pensa a respeito dela, mas sem isso em mente, como você diz, a laranja não poderia ser vista nem ouvida nem cheirada nem mesmo mentalmente percebida, é que na verdade essa laranja depende da sua mente para existir! Você não enxerga isso? Por si só, ela é uma não coisa, é uma coisa mental mesmo, só pode ser vista a partir da sua mente. Em outras palavras, é o vazio, mas está desperta."

"Bom, mesmo que tudo isso seja verdade, eu continuo não dando a mínima." Todo entusiasmado, voltei para o mato naquela noite e pensei: "O que significa eu estar neste universo infinito, pensando que sou um homem sentado sob as estrelas na varanda da terra, mas na verdade sou o vazio e estou desperto naquele vazio e despertar de todas as coisas? Significa que eu sou vazio e estou desperto, e eu *sei* que sou o vazio, que estou desperto, e que não há diferença entre mim e todas as outras coisas. Em outras palavras, significa que eu me transformei na mesma coisa que tudo o mais. Significa que eu me transformei no Buda". Eu sentia aquilo de verdade e também acreditava naquilo e exultava só de pensar no que eu tinha para contar a Japhy quando voltasse para a Califórnia. "Pelo menos *ele vai* escutar", pensei, amuado. Sentia enorme compaixão pelas árvores porque éramos a mesma coisa; fazia carinho nos cachorros que nunca discordavam de mim a respeito de nada. Todos os cães amam Deus. Eles são mais sábios do que seus donos. Disse isso aos cachorros, também, eles me ouviram com as orelhas em riste e lamberam meu rosto. Para eles, não fazia a mínima diferença, contanto que eu estivesse lá. São Raymond dos Cachorros era quem eu fui naquele ano, se não mais ninguém nem nada mais.

Às vezes, no mato, eu só ficava lá sentado olhando para as coisas em si mesmas, tentando, de qualquer modo, adivinhar o segredo da existência. Ficava olhando para as ervas longas e amarelas e encurvadas que ficavam na frente da minha esteira de capim, meu Assento Tathagata da Pureza e que apontavam em todas as direções e conversavam cabeludas à medida que os ventos ditavam Ta Ta Ta, em grupos de fofoca com alguns ramos solitários orgulhosos de se exibir de um lado, ou os doentes e os meio-mortos caídos, toda a congregação de mato vivo ao vento de repente parecia soar como sinos e parecia pular de tanta animação e tudo aquilo era feito de uma coisa amarela que despontava do solo e eu pensava: *É isso aí.* "Rop rop rop", eu berrava para as ervas, e elas me mostravam a direção do vento apontando seus ramos inteligentes para indicar e castigar e se esquivar, algumas enraizadas na ideia da terra úmida florescente de imaginação que havia passado seu carma para a própria raiz e o caule. … Foi sinistro. Eu caíra no sono e sonhara com as palavras: "Por meio deste ensinamento a terra chegou ao fim", e sonhara com minha mãe anuindo com a cabeça inteira solenemente, humpft, e com os olhos fechados. Por que é que eu iria me preocupar com todas as dores arrepiantes e tudo que há de tediosamente errado no mundo, os ossos humanos não passam de linhas vãs perdendo tempo, todo o universo é um molde vazio de estrelas. "Eu sou o Rato Vazio Bhikku!", sonhei.

Por que é que eu me importava com o chiado do pequeno euzinho que vagava por todos os lados? Eu atuava no campo da inspiração, isolamento, corte, expiração, exibição, decepção, desacontecimento, fim, finalização, elo cortado, nada, elo, seilá, acabou! "A poeira dos meus pensamentos guardada em um globo", pensei, "nesta solidão atemporal", pensei, e sorri de verdade porque estava vendo a luz branca em tudo em todos os lugares afinal.

O vento quente fez com que os pinheiros falassem profundamente certa noite quando comecei a experimentar o que chamamos de "Samapatti", que em sânscrito significa Visitas Transcendentais. Eu tinha ficado com a mente um tanto zonza mas de algum modo estava fisicamente absolutamente desperto sentado em riste sob minha árvore quando de repente vi flores, mundos cor-de-rosa rodeados de muros de flores, cor-de-rosa salmão, no *Shh* do bosque silencioso (obter o nirvana é como localizar o silêncio) e tive uma visão antiga do Buda Dipankara que também foi o Buda que nunca disse nada, Dipankara como uma vasta Pirâmide de Buda coberta de neve, com sobrancelhas loucas pretas e cheias como as de John L. Lewis* e um olhar terrível, tudo em um lugar antigo, em um campo nevado ancestral como Alban ("Um campo *novo*!", berrara a pregadora negra), aquela

* John L. Lewis, líder trabalhista norte-americano que viveu de 1880 a 1969. (N. T.)

visão toda fez meus pelos se arrepiarem. Lembro-me do grito final mágico e estranho que aquilo evocou em mim, seja qual for seu significado: *Colialcor*. Aquilo, a visão, era desprovida de qualquer sensação de eu ser eu mesmo, era a sensação pura do não ego, simplesmente atividades etéreas e loucas desprovidas de qualquer predicado errado... desprovidas de esforço, desprovidas de erro. "Tudo está bem", pensei. "A forma é o vazio e o vazio é a forma e estamos aqui para sempre em uma forma ou outra que é o vazio. A realização dos mortos, esta calmaria farta da Terra Puramente Desperta."

Senti vontade de gritar sobre os bosques e os telhados da Carolina do Norte para anunciar a verdade gloriosa e simples. Então disse: "Tenho a minha mochila cheia e já é primavera, vou em direção ao sudoeste para a região seca, para a extensa região solitária do Texas e de Chihuahua e as ruas alegres da noite do México, música saindo das portas, garotas, vinho, maconha, chapéus malucos, viva! Que diferença faz? Como as formigas que não têm nada a fazer além de ficar cavando o dia inteiro, eu não tenho nada a fazer além daquilo que tiver vontade e ser gentil e continuar, ainda assim, influenciado por julgamentos imaginários e rezar pela luz". Sentado no meu gazebo do Buda, portanto, naquele muro "colialcor" de flores cor-de-rosa e vermelhas e branco-marfim "colialcor", entre aviários de pássaros mágicos e transcendentais que reconhecem minha mente desperta com doces e estranhos trinados (a cotovia sem rumo), no perfume etéreo, misteriosamente ancestral, a beatitude dos campos do Buda, percebi que minha vida era uma vasta página brilhante e vazia e que eu podia fazer qualquer coisa que desejasse.

Uma coisa estranha aconteceu no dia seguinte, para ilustrar o verdadeiro poder que eu adquirira com aquelas visões mágicas. Minha mãe estava tossindo havia cinco dias e o nariz escorria e àquela altura a garganta dela tinha machucado tanto que a tosse já era dolorida e me parecia perigosa. Resolvi entrar em um transe profundo e me auto-hipnotizar, lembrando que: "Tudo é o vazio e está desperto", para investigar a causa e a cura da doença da minha mãe. Instantaneamente, com os olhos fechados, tive uma visão de uma garrafa de conhaque que depois vi que era um frasco de unguento "Heet" e, em cima daquilo, sobreposto como uma imagem em fade in de filme, vi a figura bem nítida de florzinhas brancas, redondas, com pequenas pétalas. Levantei-me instantaneamente, era meia-noite, minha mãe tossia na cama, e entrei em casa e recolhi diversos vasos com centáureas que minha irmã espalhara pela casa na semana anterior e os coloquei do lado de fora. Então peguei um pouco de "Heet" no armarinho de remédios e disse à minha mãe que passasse no pescoço. No dia seguinte, ela não estava mais com tosse. Mais tarde, depois de eu partir de carona para o oeste, uma enfermeira amiga da família ouviu a história e disse: "É mesmo, parece que foi alergia às flores". Durante a visão e a ação, eu sabia perfeitamente que as pessoas ficam doentes utilizando oportunidades físicas para punir a si mesmas por causa da autorregulação inerente à sua natureza Divina, ou natureza do Buda, ou natureza de Alá, ou qualquer nome que se deseje dar a Deus, e que tudo funciona automaticamente dessa maneira. Esse foi meu primeiro e último "milagre" porque eu tive medo de me interessar demais por aquilo e de me transformar em uma pessoa fútil. Fiquei um pouco assustado também, com toda aquela responsabilidade.

Todo mundo na família ouviu falar da minha visão e do que eu fiz, mas ninguém pareceu achar que era muita coisa: na verdade, eu também não. E era isso aí. Agora eu era um sujeito muito rico, um supermultimega milionário em graças transcendentais do Samapatti, por causa do bom e humilde carma, talvez por eu ter tido pena do cachorro e ter perdoado os homens. Mas agora eu sabia que era herdeiro da beatitude, e que o pecado final, o pior, é a retidão. De modo que eu me calaria e simplesmente cairia na estrada para ir visitar Japhy. "Don't let the blues make you bad"*, canta Frank Sinatra. Na minha última noite no bosque, à véspera da minha partida de carona, ouvi a palavra "corpoestrela", que falava sobre como não é preciso fazer com que as coisas desapareçam, mas sim que despertem para os seus supremamente puros corpoverdade e corpoestrela. Eu percebi que não havia nada a fazer porque nada nunca acontecia, nada nunca aconteceria, todas as coisas eram luz vazia. De modo que parti bem fortalecido, com minha mochila, depois de dar um beijo de despedida na minha mãe. Ela tinha gasto cinco dólares para colocar uma sola grossa de borracha com pinos na minha bota velha e então eu estava prontinho para passar um verão trabalhando nas montanhas. Nosso velho amigo do mercadinho, Buddhy Tom, um personagem com personalidade própria, me levou em seu automóvel até a Rodovia 64 e lá acenamos para nos despedir e comecei a pedir carona para percorrer os cinco mil quilômetros de volta à Califórnia. Voltaria para casa no Natal seguinte.

22

Nesse ínterim, Japhy me esperava no barraquinho bacana de Corte Madera, na Califórnia. Estava acomodado no refúgio de Sean Monahan, uma cabana de madeira construída atrás de uma fileira de ciprestes em uma colininha íngreme coberta de capim que também tinha eucaliptos e pinheiros, atrás da casa principal de Sean. O barraco tinha sido construído por um senhor que quis morrer nele, anos antes. Era bem construído. Fui convidado para ficar lá durante quanto tempo quisesse, sem pagar aluguel. A cabana

* "Não permita que a tristeza o deixe mal." (N. T.)

tinha sido reformada para voltar a ser habitável, depois de anos em ruínas, pelo cunhado de Sean Monahan, Whitey Jones, um carpinteiro jovem competente, que tinha colocado aniagem sobre as paredes de madeira e instalado um bom fogão a lenha e uma lamparina de querosene e nunca chegou a morar lá, porque precisou ir trabalhar fora da cidade. De modo que Japhy se mudou para lá para terminar seus estudos e viver a boa vida solitária. Se alguém desejasse ir visitá-lo, precisava escalar uma encosta íngreme. No chão havia esteiras tramadas com capim e Japhy dissera em uma carta: "Fico lá sentado e fumo um cachimbo e bebo chá e ouço o vento bater nos ramos de eucalipto finos que chicoteiam o ar e a fileira de ciprestes brame". Ele ficaria lá até o dia 15 de maio, a data de partida para o Japão: tinha sido convidado por uma fundação americana para ir para lá e ficar em um mosteiro e estudar com um Mestre. "Enquanto isso", escreveu Japhy, "venha compartilhar a cabana escura de um homem selvagem cheia de vinho e garotas no fim de semana e boas paneladas de comida e aquecimento a lenha. Monahan nos dará dinheiro para o mercado se derrubarmos algumas árvores do quintalzão dele e se as cortarmos para fazer lenha e eu lhe ensinarei tudo a respeito do trabalho de lenhador."

Durante aquele inverno, Japhy tinha pegado carona até a região onde nascera, no Noroeste do país, atravessando Portland sob a neve, chegando até mais longe, à região dos glaciares azuis, e finalmente ao Norte do estado de Washington, no sítio de um amigo no vale de Nooksack, uma semana em uma cabana coberta com telhas de madeira, de um colhedor de frutinhas silvestres, e com algumas montanhas a escalar pelas redondezas. Nomes como "Nooksack" e "Reserva Nacional do monte Baker" despertavam em minha mente uma linda visão cristalina de neve e de gelo e de pinheiros do Norte Distante dos meus sonhos de criança... Mas eu estava parado na estrada muito quente de abril na Carolina do Norte esperando minha primeira carona, que veio bem rápido, com um rapazinho que ainda estava na escola e que me levou até uma cidadezinha do interior chamada Nashville, onde torrei ao sol durante uma meia hora até conseguir carona com um oficial da marinha taciturno porém simpático que me levou direto até Greenville, na Carolina do Sul. Depois de todo aquele inverno e um início de primavera de paz incrível dormindo na minha varanda e descansando no meu bosque, a função de pedir carona parecia ainda mais difícil do que nunca e mais infernal do que nunca. Em Greenville, para falar a verdade, caminhei cinco quilômetros sob o sol escaldante por nada, perdido no emaranhado de ruazinhas secundárias do centro, procurando uma estrada específica, e a certa altura passei por uma espécie de fornalha onde homens de cor estavam todos pretos e suados e cobertos de carvão e eu gritei: "De repente, cheguei ao inferno de novo!", quando senti a lufada de calor.

Mas começou a chover na estrada e poucas pessoas aceitaram me dar carona naquela noite chuvosa da Geórgia, onde fiquei sentado em cima da minha mochila sob toldos de antigas casas de ferragens e bebi um quarto de litro de vinho. Noite chuvosa, nada de carona. Quando o ônibus de linha passou, fiz sinal para que parasse e segui até Gainesville. Em Gainesville, achei que ia dormir um pouco perto dos trilhos de trem, mas eles ficavam a quase dois quilômetros de distância e bem quando eu estava pensando em dormir no pátio de manobras chegou a equipe de funcionários do novo turno, que me viram, de modo que me retirei para um terreno baldio próximo aos trilhos, mas a viatura policial ficava circulando por ali com um holofote (provavelmente tinham sido avisados da minha presença pelos ferroviários, talvez não) de modo que desisti, de qualquer modo havia os pernilongos, e voltei para a cidade e fiquei esperando uma carona sob as luzes claras perto das lanchonetes do centro, os guardas me enxergavam bem e portanto não precisavam ficar me procurando nem se preocupando comigo.

Mas nada de carona, e a manhã chegando, então dormi em um quarto de hotel de quatro dólares e tomei uma chuveirada e descansei bem. Mas quanta sensação de não ter casa e de tristeza, de novo, como quando fiz a viagem de Natal para o Leste. A única coisa que tinha para me sentir verdadeiramente orgulhoso eram meus sapatos de trabalho com solas novas e minha mochila cheia. De manhã, depois de um café da manhã em um restaurantezinho pavoroso da Geórgia com ventiladores que giravam no teto e muchas moscas, saí para a rodovia escaldante e peguei uma carona com um caminhoneiro até Flowery Branch, na Geórgia, e depois algumas caronas curtas para atravessar Atlanta, até uma outra cidadezinha chamada Stonewall, onde fui pego por um sulista grande e gordo com chapéu de abas largas e cheiro de uísque que ficava contando piadas virando-se para mim para ver se eu estava rindo, e quando fazia isso deixava o carro entrar no acostamento produzindo imensas nuvens de poeira atrás de nós, de modo que bem antes de ele chegar a seu destino pedi para descer dizendo que precisava comer.

"Caramba, rapaz, eu vou comer com você e depois te levo." Estava bêbado e dirigia em alta velocidade.

"Bom, eu preciso ir ao banheiro", disse, abaixando a voz. A experiência tinha me incomodado, de modo que tomei uma decisão: "Que se danem as caronas. Tenho dinheiro bastante para tomar um ônibus até El Paso e de lá pego algum trem de carga da ferrovia do Pacífico Sul e estarei dez vezes mais seguro". Além disso, a ideia de estar em El Paso, no Texas, naquele Sudoeste seco de céu azul e desertos infindáveis onde dormir, sem guardas, fez minha cabeça. Estava ansioso para sair da região Sul, para longe dos grilhões da Geórgia.

O ônibus partiu às quatro da tarde e chegamos a Birmingham, no Alabama, no meio da noite, onde esperei em um banco pelo meu próximo ônibus, tentando dormir com os braços sobre a mochila, mas acordava toda hora para observar os fantasmas pálidos das estações de ônibus americanas andando de um lado para o outro: na verdade, uma mulher passou como um rastro de fumaça, eu tinha certeza absoluta de que *ela* não existia mesmo. No rosto dela a crença fantasmagórica naquilo que fazia... No meu rosto, aliás, também. Depois de Birmingham logo chegou o estado da Louisiana e então os campos de petróleo do Leste do Texas, depois Dallas, depois uma longa viagem de um dia em um ônibus lotado de soldados atravessando a imensa vastidão do Texas, até o fim, El Paso, chegando à meia-noite, àquela altura eu já tão cansado que só queria dormir. Mas não fui para um hotel, precisava controlar o dinheiro, e em vez disso apenas coloquei a mochila nas costas e caminhei direto para o pátio de manobras de trens para esticar meu saco de dormir em algum lugar atrás dos trilhos. Foi então, naquela noite, que compreendi o sonho que tinha feito com que eu tivesse vontade de comprar a mochila.

A noite estava linda e foi o sono mais lindo que tive em toda a vida. Primeiro, fui até o pátio e o atravessei todo, com cuidado, atrás de fileiras de vagões fechados, e desci pelo lado oeste do pátio mas continuei em frente porque de repente vi na escuridão que havia de fato uma boa porção de área desértica naquela direção. Dava para ver pedras, arbustos secos, silhuetas de montanhas iminentes que eles formavam sob a luz das estrelas. "Por que ficar perto de viadutos e trilhos", raciocinei, "quando só é necessário exercitar um pouco os pés para estar a salvo, longe do alcance de todos os guardas do pátio de manobras e, aliás, também dos vagabundos que andarem por lá". Simplesmente continuei acompanhando a linha principal por alguns quilômetros e logo estava no meio daquela região aberta de deserto montanhoso. Minhas botas grossas eram boas para andar entre os dormentes dos trilhos e as pedras, já era mais ou menos uma da manhã, eu estava ansioso para dormir depois da longa viagem desde a Carolina. Afinal vi uma montanha à direita de que gostei, depois de passar por um vale comprido com muitas luzes, distintamente uma penitenciária ou prisão. "Fique bem longe daquele pátio, filho", pensei. Subi por um arroio seco e à luz das estrelas a areia e as pedras eram brancas. Subi e subi.

Repentinamente, fiquei exultante ao perceber que estava completamente sozinho e a salvo e que ninguém me acordaria a noite toda. Que revelação surpreendente! E eu tinha tudo de que precisava bem nas minhas costas; tinha enchido minha garrafa plástica de água fresca da rodoviária antes de sair. Subi o arroio, de modo que quando afinal me virei e olhei para trás dava para ver o México inteiro, Chihuahua inteira, todo seu deserto de areia brilhante, sob uma lua tardia que ia se afundando na noite, enorme e brilhante, bem em cima das montanhas de Chihuahua. Os trilhos da Ferrovia do Pacífico Sul correm exatamente paralelos ao rio Grande nos arredores de El Paso, de modo que, do lugar onde eu estava, o lado americano, dava para ver direitinho o rio separando as duas fronteiras. A areia do arroio era macia como seda. Estiquei meu saco de dormir sobre ela e tirei os sapatos e tomei um gole de água e acendi meu cachimbo e cruzei as pernas e me senti feliz. Nem um barulho; ainda era inverno no deserto. À distância, apenas o som dos pátios onde os ferroviários arranjavam as composições de vagões com estrondosos *splouns* que acordavam El Paso inteira, mas não eu. A única companhia que eu tinha era aquela lua de Chihuahua se afundando cada vez mais à medida que eu a observava, perdendo sua luz branca e ficando cada vez mais amarelo-amanteigada, e ainda assim quando eu me enfiei no saco de dormir antes de cair no sono ela estava tão clara quanto um abajur na minha cara e precisei virar para o outro lado para conseguir dormir. Para dar continuidade à minha mania de dar um nome personalizado a cada lugarzinho, chamei aquele local de "Ravina do Apalache". E dormi bem de fato.

De manhã, descobri um rastro de cascavel na areia, mas podia muito bem estar lá desde o verão anterior. Havia pouquíssimas marcas de botas, e as que havia eram de caçadores. O céu estava imaculadamente azul de manhã, o sol quente, muita madeirinha seca para acender uma fogueira de café da manhã. Tinha latas de carne de porco e feijão na minha mochila espaçosa. Fiz um café da manhã de rei. Mas agora o problema era a água, já que eu tinha bebido tudo e o sol estava quente e eu estava com sede. Subi o arroio para investigá-lo melhor e cheguei até o fim, um paredão sólido de pedra, e na base dele areia ainda mais profunda e mais fofa do que a da noite anterior. Decidi acampar ali naquela noite, depois de um dia agradável passado na antiga Juárez, aproveitando a igreja e as ruas e a comida do México. Por um momento contemplei a possibilidade de deixar minha mochila escondida entre as pedras; havia pouca probabilidade mas era possível que algum velho andarilho ou caçador passasse por ali e a encontrasse de modo que a coloquei nas costas e desci o arroio até chegar mais uma vez aos trilhos e caminhei os cinco quilômetros de volta até El Paso e deixei a mochila em um guarda-malas de 25 centavos na estação ferroviária. Então caminhei através da cidade e saí na entrada da fronteira e a cruzei por dois centavos.

Aquele se revelou um dia insano, que começou de maneira bem sã na igreja de Maria de Guadaloupe e em um passeio pelas feiras indígenas e descanso em bancos de parque entre os alegres mexicanos que pareciam crianças, mas mais tarde os bares e algumas a mais para beber, gritando para os velhos peões mexicanos de bigode: "Todas las granas de arena del desierto de Chihuahua son vacuidad!"*; e afinal deparei com um grupo de índios apaches mexica-

* "Todos os grãos de areia do deserto de Chihuahua são o vazio!" Em espanhol no original. (N. T.)

nos diabólicos que me levaram até sua choupana de pedra com goteiras e me deixaram à luz de velas e chamaram os amigos e eram só um monte de cabeças sombrias à luz de velas e fumaça. Para falar a verdade, logo me enjoei daquilo e me lembrei da ravina perfeitamente branca e do lugar onde eu dormiria naquela noite e pedi licença para me retirar. Mas eles não queriam que eu fosse embora. Um deles roubou algumas coisas da minha sacola de compras mas eu não me importei. Um dos rapazes mexicanos era fresco e tinha se apaixonado por mim e queria ir para a Califórnia comigo. Já era noite em Juárez; todas as casas noturnas gemiam. Entramos em uma delas para tomar uma cervejinha, só havia soldados negros espalhados pelo lugar com señoritas no colo, um bar louco, com rock and roll na jukebox, um tipo de paraíso. O garoto mexicano queria que eu fosse com ele até os becos, fizesse "psiu" e dissesse aos garotos americanos que sabia onde havia garotas. "Então eu levo eles para o meu quarto, psiu, *nada de garotas!*", disse o rapaz mexicano. O único lugar onde eu consegui me livrar dele foi na entrada da fronteira. Acenamos para nos despedir. Mas aquilo era a cidade diabólica e eu tinha todo o deserto virtuoso à minha espera.

Cheio de ansiedade, atravessei a fronteira e cruzei El Paso e cheguei à estação ferroviária, peguei minha mochila, dei um grande suspiro, e iniciei o trajeto de cinco quilômetros até o arroio, que era fácil de re-reconhecer à luz do luar, e subi, meus pés fazendo aquele mesmo tup tup solitário das botas de Japhy e percebi que de fato aprendera com Japhy como afastar os males do mundo e da cidade e encontrar minha alma verdadeiramente pura, eu só precisava de uma mochila decente nas costas. Voltei para o acampamento e estendi o saco de dormir e agradeci ao Senhor por tudo que Ele me oferecia. Agora a lembrança de toda aquela tarde diabólica fumando maconha com mexicanos de mãos leves em uma sala cheirando a mofo iluminada por velas era como um sonho, um sonho ruim, como um dos sonhos que tive sobre a esteira de palha no Riacho do Buda, na Carolina do Norte. Meditei e rezei. Realmente não existe nenhum tipo de noite de sono no mundo que possa se comparar à noite de sono que se tem em uma noite de inverno no deserto, desde que se esteja bem acomodado e aquecido em um saco de dormir de pena de pato. O silêncio é tão intenso que dá para ouvir o próprio sangue rugindo nos ouvidos, mas mais alto do que isso, de longe, é o bramido misterioso que eu sempre identifico com o bramido do diamante da sabedoria, o misterioso bramido do próprio silêncio, que é um magnífico Shhhh que serve como lembrete de algo que a gente parece ter esquecido em meio à estafa dos dias desde que nascemos. Gostaria de poder explicar isso às pessoas que eu amo, à minha mãe, a Japhy, mas simplesmente não existem palavras que possam descrever o nada e a pureza daquilo. "Será que existe um ensinamento específico e definitivo que deve ser transmitido a todas as criaturas vivas?", era a questão provavelmente apresentada ao nevado Dipankara de sobrancelhas peludas, e sua resposta era o bramido do silêncio do diamante.

23

De manhã, eu precisava colocar logo o espetáculo de novo na rua, ou nunca conseguiria alcançar meu barraco protetor na Califórnia. Tinham sobrado uns oito dólares do dinheiro que eu levara comigo. Desci até a rodovia e comecei a pedir carona, torcendo para ter sorte rápida. Um vendedor me deu carona. Ele disse: "Faz o maior sol aqui em El Paso 360 dias por ano e a minha mulher acaba de comprar uma secadora de roupas!". Ele me levou até Las Cruces, no Novo México, e lá atravessei a cidadezinha a pé, seguindo a rodovia, e saí do outro lado e vi uma linda e enorme árvore e resolvi simplesmente pousar a mochila e descansar. "Já que é um sonho que já acabou, então eu já estou na Califórnia, então já decidi parar e descansar debaixo desta árvore ao meio-dia", e foi o que fiz, de barriga para cima, até tirei uma sonequinha bem agradável.

Então me levantei e caminhei até a ponte da ferrovia, e foi bem aí que um homem me viu e disse: "Que tal ganhar dois dólares para me ajudar a carregar um piano?". Eu precisava do dinheiro e disse que tudo bem. Deixamos minha mochila no depósito de móveis dele e partimos a bordo do caminhãozinho dele, para uma casa nos arredores de Las Cruces, onde um monte de gente simpática de classe média conversava na varanda, e o homem e eu descemos do caminhão com o carrinho de mão e os protetores acolchoados e tiramos o piano, além de mais um monte de mobília, e então transportamos tudo para a casa nova e colocamos lá dentro e pronto. Duas horas, ele me deu quatro dólares e fui a uma lanchonete numa parada de caminhoneiros e fiz uma refeição de rei e estava pronto para aquela tarde e noite. Foi bem aí que um carro parou, dirigido por um texano grandalhão de sombreiro, com um casal mexicano pobre, jovem, no banco de trás, a garota carregava uma criancinha, e se ofereceu para me levar diretamente até Los Angeles por dez dólares.

Eu disse: "Eu lhe dou tudo que posso, que é só quatro".

"Bom, que se dane, pode subir." Ele falava e falava sem parar e dirigiu a noite inteira direto pelo Arizona e o deserto da Califórnia e me deixou em Los Angeles a um tirinho de distância do pátio de manobras às nove da manhã, e o único desastre foi que a mulherzinha mexicana derramou um pouco de comida de bebê na minha mochila no chão do carro e eu limpei com raiva. Mas eles todos foram simpáticos. Aliás, enquanto atravessávamos o Arizona, falei um pouco sobre o budismo para eles, mais especificamente sobre carma, reencarnação, e todos pareceram ficar contentes ao ouvir aquelas novidades.

"Você está falando de outra chance de voltar e tentar de novo?", perguntou o pobre mexicaninho, todo enfaixado por causa de uma briga em Juárez na noite anterior.

"É o que dizem."

"Bom, caramba, da próxima vez que eu nascer, espero não ser igual ao que sou agora."

E o texano grandalhão, não havia ninguém melhor do que ele para receber uma segunda chance: as histórias que contou durante toda a noite eram a respeito de como tinha espancado tal e tal por causa disso e daquilo, de acordo com o que ele dissera, tinha derrubado homens suficientes para formar um exército de cruzada de fantasmas aflitos para atravessar o deserto do Texas se arrastando. Mas reparei que ele era mais falastrão do que qualquer outra coisa e não acreditei em metade das histórias que ele contou e parei de escutar à meia-noite. Então, 9h em Los Angeles, caminhei até o pátio de manobras da ferrovia, tomei um café da manhã barato com rosquinhas e café preto em um bar sentado no balcão conversando com o atendente italiano que queria saber o que eu estava fazendo com aquela mochilona, daí fui para o pátio e sentei na grama e fiquei observando os ferroviários preparando os trens.

Orgulhoso de mim mesmo porque costumava trabalhar com freios, cometi o erro de perambular pelo pátio com a mochila nas costas e conversar com os homens que trabalhavam nos trens, fazendo perguntas a respeito da próxima linha local, e de repente apareceu um guarda jovem e enorme com um revólver pendurado em um coldre na cintura, todo paramentado igual a um tira da TV ou um herói de bangue-bangue, e com um olhar gelado por trás dos óculos escuros mandou que eu saísse do pátio. Então ele fica me olhando enquanto eu cruzo a passagem elevada até a rodovia, parado lá com as mãos na cintura. Enlouquecido, voltei pela estrada e pulei a cerca da ferrovia e fiquei deitado no capim durante um tempo. Daí me sentei e fiquei mascando um talo de capim, mas sempre abaixado, à espreita. Logo ouvi um apito e soube qual dos trens estava pronto e pulei de um vagão ao outro até alcançar o meu trem e saltei sobre ele bem no instante que estava saindo e fui conduzido diretamente para fora do pátio de manobras de Los Angeles deitado de barriga para cima com um talo de capim na boca bem debaixo do nariz daquele policial implacável, que naquele momento estava com as mãos na cintura por alguma outra razão. Na verdade, coçou a cabeça.

O trem local foi até Santa Bárbara onde mais uma vez fui até a praia, dei uma nadada e preparei um pouco de comida em uma boa fogueira sobre a areia, e voltei para o pátio de manobras com tempo bastante para pegar o Midnight Ghost. O Midnight Ghost é composto principalmente de vagões baixos com carretas presas neles por cabos de aço. Os enormes pneus das carretas são fixados com blocos de madeira. Como eu sempre deito a cabeça ao lado desses blocos, se houver alguma batida, algum dia, será adeusinho Ray. Achei que se era meu destino morrer no Midnight Ghost, então meu destino seria aquele. Mas achava que Deus ainda tinha trabalho para mim. O Ghost chegou bem no horário e subi em um vagão baixo, sob uma carreta, estiquei meu saco de dormir, coloquei os sapatos embaixo do casaco amassado em uma bola para usar de travesseiro e relaxei e suspirei. Zum, lá fomos nós. E agora eu sei por que os vagabundos o chamam de Midnight Ghost, porque, exausto, contra qualquer avaliação mais correta, caí em um sono profundo e só acordei com o brilho das luzes do escritório do pátio de manobras de San Luis Obispo, uma situação muito perigosa, o trem tinha parado bem no lugar errado. Mas não havia nem uma alma à vista no escritório, era o meio da noite, além disso, bem naquele instante, quando acordei de um sono perfeito sem sonhos, o apito já fazia tuu-tuu lá na frente e já estávamos saindo, exatamente como fantasmas. E não acordei até quase São Francisco, de manhã. Tinha sobrado um dólar e Gary estava à minha espera no barraco. Toda aquela viagem tinha sido tão rápida e iluminadora quanto um sonho, e eu estava de volta.

24

Se os Vagabundos do Darma algum dia fossem arrumar mão de obra leiga na América, gente com vida normal, mulher e filhos e um lar, esses trabalhadores seriam como Sean Monahan.

Sean era um jovem carpinteiro que morava em uma casa de madeira bem afastada do amontoado de chalés de Corte Madera, à qual se chegava por uma estradinha vicinal; possuía um calhambeque velho; tinha construído com as próprias mãos uma varanda no fundo da casa para servir de quarto de brincar para os filhos que viessem mais tarde; e escolheu uma mulher que concordava com ele a respeito de cada detalhezinho sobre como viver a vida cheia de alegrias da América sem ter muito dinheiro. Sean gostava de tirar dias de folga no trabalho só para subir a colina até o barraco, que pertencia à propriedade que ele alugava, e passar um dia de meditação e estudo dos sutras budistas e só ficar preparando bules de chá e tirando sonecas. A mulher dele era Christine, uma linda moça de cabelos cor de mel caindo sobre os ombros, que perambulava pela casa e pelo quintal de pés descalços, pendurando a roupa lavada e assando seu próprio pão e bolachas integrais. Ela era especialista em fazer comida com quase nada. No ano anterior, Japhy lhes dera de presente de aniversário de casamento uma enorme saca de cinco quilos de farinha, e ficaram felizes por ganhar aquilo. Sean, para falar a verdade, não passava de um velho patriarca; apesar de só ter 22 anos, usava barba grande como a de São José e no meio dela dava para ver seus dentes brancos como pérolas sorrindo e seus olhos joviais e azuis cintilando. Eles já tinham duas filhinhas que também ficavam andando pela casa e pelo quintal de pés descalços e estavam sendo educadas para cuidar de si mesmas. A casa de Sean tinha esteiras de palha feitas a mão pelo chão e lá também, quando se entrava, era necessário tirar os sapatos. Ele tinha montes de livros e a única extravagância era um aparelho de som hi-fi em que podia escutar seus ótimos discos indígenas e de flamenco e de jazz. Ele tinha até discos chineses e japoneses. A mesa de jantar era laqueada, baixa e escura, em estilo japonês, e para comer na casa de Sean não só era necessário estar de meia como também sentar-se sobre as esteiras à mesa, do jeito que desse. Christine preparava ótimas sopas deliciosas e pãezinhos frescos.

Quando cheguei lá, ao meio-dia, depois de descer do ônibus e caminhar mais ou menos um quilômetro e meio pela estradinha de piche, Christine imediatamente fez com que eu me sentasse para tomar sopa quente e comer pão quente com manteiga. Era uma criatura gentil. "Sean e Japhy estão trabalhando juntos em Sausalito. Devem chegar em casa por volta das cinco."

"Vou até o barraco dar uma olhada e fico lá esperando durante a tarde."

"Bem, você pode ficar aqui e ouvir uns discos."

"Bem, não vou te atrapalhar."

"Você não vai me atrapalhar, eu só preciso pendurar a roupa e assar um pouco de pão para hoje à noite e consertar umas coisas." Com uma mulher daquelas, Sean, que tinha apenas serviços esporádicos de carpinteiro, tinha conseguido juntar alguns milhares de dólares no banco. E como um velho patriarca, Sean era generoso, sempre fazia questão de alimentar todo mundo e se houvesse uma dúzia de pessoas na casa dele prepararia um grande jantar (simples mas delicioso) servido sobre uma tábua no quintal, e sempre com um garrafão de vinho tinto. Mas era um acordo comum, e ele era severo em relação àquilo: fazíamos uma coleta de dinheiro para comprar o vinho, e se as pessoas viessem passar todo o fim de semana, como sempre faziam, deveriam trazer comida ou dinheiro para comprar comida. Então à noite, sob as árvores e as estrelas do quintal, com todo mundo bem alimentado e bebendo vinho tinto, Sean pegava seu violão e começava a cantar músicas populares. Quando eu cansava daquilo, subia a colina e ia dormir.

Depois de almoçar e conversar um pouco com Christine, subi a colina. Era um caminho íngreme até a porta de trás. Enormes coníferas e outros tipos de pinheiros, e na propriedade pegada à de Sean um pasto fantástico para cavalos com florzinhas silvestres e dois lindos baios com o pescoço esbelto curvado em direção ao capim brilhante sob o sol quente. "Rapaz, isto aqui vai ser melhor do que o bosque na Carolina do Norte!", pensei, começando a subir. Sean e Japhy tinham derrubado três enormes eucaliptos daquela encosta coberta de capim e já os tinham partido todos (serrando troncos inteiros) com uma motosserra. O bloco de rachar lenha já estava posicionado e dava para ver onde tinham começado a partir a madeira com cunhas e marretas e machados de dois gumes. A pequena trilha que subia a colina ficava tão íngreme que quase era preciso se inclinar para a frente e caminhar como um macaco. Acompanhava uma longa fileira de ciprestes plantada pelo velho que morrera na montanha alguns anos antes. As árvores impediam que a névoa e os ventos frios que vinham do oceano se abatessem diretamente sobre a propriedade desprotegida. Havia três estágios na escalada: o quintal de Sean; depois uma cerca, formando um genuíno parquinho de cervos onde eu realmente vi cervos certa noite, cinco deles, descansando (toda aquela região era um refúgio de caça); então a última cerca e o topo da colina coberto de capim com um repentino descampado à direita, onde mal dava para ver o barraco sob árvores e arbustos floridos. Atrás do barraco, um negócio bem construído com três quartos grandes – apesar de Japhy ocupar só um –; muita lenha para a lareira e uma bancada para serrar e machados e um banheiro externo sem telhado, só um buraco no chão e uma tábua. Era como a primeira manhã do mundo em um lindo quintal, com o sol se infiltrando pelo denso mar de folhas, e passarinhos e borboletas revoando por ali, quente, doce, o cheiro da urze e das flores do alto da montanha além da cerca de arame farpado que conduzia ao topo da montanha e revelava uma vista de toda a área do condado de Marin. Entrei no barraco.

Na porta havia uma tábua com inscrições em chinês; nunca descobri o que queriam dizer: provavelmente "Mara, fique longe" (Mara, o Tentador). Lá dentro, vi a bela simplicidade do estilo de vida de Japhy, limpo, sensato, estranhamente requintado sem ter gasto nem um centavo com decoração. Velhos jarros de barro explodindo de flores colhidas pelo quintal. Os livros dele estavam bem arranjadinhos em caixotes de laranja. O chão, coberto com esteiras de palha baratas. As paredes, como já disse, eram forradas de aniagem, que é um dos melhores papéis de parede que existe, muito bonito e com cheiro muito bom. A esteira de Japhy tinha por cima um colchão fino coberto com um xale com estampa escocesa e, na ponta, bem arrumadinho para passar o dia, estava seu saco de dormir enrolado. Atrás de cortinas de aniagem, a mochila e os troços dele ficavam guardados dentro de um armário, fora de vista. Nas paredes, havia lindas gravuras de antigas pinturas chinesas em seda e mapas do condado de Marin e da região Noroeste de Washington e diversos poemas que ele escrevera e simplesmente espetara em um prego para quem quisesse ler. O poema mais recente, sobreposto aos outros no prego, dizia: "Começou agora mesmo com um beija-flor que parou na varanda a meio metro de distância da porta aberta, então se foi, fez com que eu parasse de estudar e avistasse o antigo poste de sequoia inclinando-se sobre o pedaço de chão que o sustentava, emaranhado no meio de um arbusto enorme de flores amarelas mais alto do que a minha cabeça, que preciso atravessar toda vez que entro em casa. A rede de sombras que o sol forma ao atravessar suas vinhas. Pardais fazem uma tremenda cantoria nas árvores, o galo lá no fundo do vale cacareja e cacareja. Sean Monahan lá fora, atrás de mim, lê o Sutra do Diamante sob o sol. Ontem li A Migração dos Pássaros. O Maçarico Dourado e a Andorinha-do-Mar Ártica, hoje aquela grande abstração está à minha porta, porque os juncos e os sabiás em breve vão embora, e os passarinhos que estão para chocar recolherão todo o barbante, e logo, em um dia enevoado de abril, calor de verão do outro lado da colina, desconhecidos de todos os livros que jamais lerei, os pássaros marinhos vão seguir a primavera para o norte ao longo do litoral: daqui a seis semanas estarão em seus ninhos no Alasca". E estava assinado: "Japhet M. Ryder, Barraco do Cipreste, 18:III:56".

Eu não quis tirar nada do lugar na casa enquanto ele não voltasse do trabalho, de modo que saí e me deitei ao sol sobre o capim verde alto e fiquei esperando a tarde inteira, sonhando. Mas então me dei conta: "Acho que é melhor eu preparar um belo jantar para Japhy", e desci a montanha de novo e desci a estrada até o mercado e comprei feijão, carne de porco salgada, vários legumes e voltei e acendi o fogão a lenha e fervi uma boa panela de feijão à Nova Inglaterra, com melaço e cebola. Fiquei impressionado pela maneira como Japhy guardava a comida: tudo em uma prateleira só, perto do fogão a lenha: duas cebolas, uma laranja, um saco de gérmen de trigo, latas de curry em pó, arroz, pedaços misteriosos de alga chinesa seca, um frasco de molho de soja (para preparar seus pratos chineses misteriosos). O sal e a pimenta estavam bem acondicionados em pequenos invólucros de plástico presos com elástico. Não havia nada no mundo que Japhy fosse capaz de desperdiçar, ou perder. E então eu chegava e enfiava na cozinha dele todo aquele substancioso feijão com carne de porco, talvez ele não fosse gostar. Ele também tinha um bom pedaço do maravilhoso pão integral da Christine, e a faca de pão dele não passava de uma adaga espetada na tábua.

Ficou escuro e eu esperei no quintal, enquanto a panela de feijão esquentava no fogo. Rachei um pouco de lenha e coloquei na pilha atrás do fogão. A neblina começou a se aproximar, vinda do Pacífico, as árvores se inclinavam profundamente e bramiam. Do topo da montanha, não dava para ver nada além de árvores, árvores, um mar revolto de árvores. Era o paraíso. Como ficou frio, entrei e avivei o fogo, cantando, e fechei as janelas. As janelas eram simples pedaços de plástico opaco colocados cuidadosamente em molduras de madeira por Whitey Jones, o irmão de Christine, que deixavam a luz entrar mas não dava para ver nada lá fora e cortavam o vento frio. Logo estava quente na cabana aconchegante. Ouvi então um "Hu" lá no meio do mar revolto de árvores enevoadas e era Japhy voltando.

Saí para cumprimentá-lo. Estava atravessando o último pedaço de capim alto, cansado depois daquele dia de trabalho, caminhando pesadamente com as botas, o casaco nas costas. "Bem, Smith, aqui está você."

"Preparei uma bela panela de feijão para você."

"É mesmo?" Ele ficou tremendamente agradecido. "Rapaz, que alívio chegar em casa do trabalho e não precisar preparar uma refeição por conta própria. Estou faminto." Ele atacou direto o feijão com um pedaço de pão e café quente que preparei em uma frigideira sobre o fogão, do jeito que os franceses costumam fazer, misturando o café com uma colher. Tivemos um jantar maravilhoso e então acendemos um cachimbo para cada um e conversamos com o fogo estalando. "Ray, você passará um ótimo verão lá no pico Desolation. Pode deixar que eu vou te contar tudo."

"E a minha primavera também será ótima, bem aqui neste barraco."

"Tem toda razão, a primeira coisa que faremos neste fim de semana é convidar umas garotas novas bacanas que conheci, Psyche e Polly Whitmore, mas espera um pouco, hmmm. Não dá para convidar as duas, as duas me adoram e vão ficar com ciúme. De qualquer modo, vamos fazer festanças todo fim de semana, começando lá embaixo na casa do Sean e terminando aqui em cima. E amanhã eu não vou trabalhar, então vamos cortar um pouco de lenha para o Sean. É só isso que ele pede que você faça. Mas, caso você queira trabalhar com a gente no serviço de Sausalito na semana que vem, dá para ganhar dez paus por dia."

"Ótimo... aí eu vou comprar montes de carne de porco e feijão e vinho."

Japhy pegou um desenho delicado de uma montanha, feito com pincel. "Aqui está a montanha que vai assomar sobre você, o Hozomeen. Eu fiz este desenho dois verões atrás, a partir do pico Crater. Fui à região do Skagit pela primeira vez em 1952, peguei carona de Frisco até Seattle e daí lá, com a barba que começava a crescer e a cabeça raspada..."

"Cabeça raspada! Por quê?"

"Para ficar igual a um bhikku, você sabe o que diz nos Sutras."

"Mas o que as pessoas achavam de você pedindo carona de cabeça raspada?"

"Achavam que eu era louco, mas eu mandava ver no Darma para todo mundo que me dava carona, rapaz, e fazia todo mundo ficar iluminado."

"Eu mesmo devia ter feito um pouco isso quando peguei carona até aqui... Preciso te contar do meu arroio nas montanhas."

"Espera um pouco, então me colocaram no posto de observação da montanha Crater, mas naquele ano a neve estava tão profunda em altitudes elevadas que antes precisei trabalhar um mês na trilha da garganta do riacho Granite, você vai ver todos esses lugares, e depois, com uma fileira de mulas, conseguimos percorrer os doze quilômetros finais de uma trilhazinha de pedra tibetana que ultrapassava a linha das árvores e atravessava trechos de campos nevados até chegar aos últimos pináculos dentados, e então escalamos a encosta sob uma tempestade de neve e eu abri minha cabana e preparei meu primeiro jantar enquanto o vento uivava e o gelo se juntava formando duas paredes ao vento. Rapaz, espere só até chegar lá em cima. Naquele ano, o meu amigo Jack Joseph ficou no Desolation, onde você vai ficar."

"Que nome, Desolation. Uhh, uau, eca, espera..."

"Ele foi o primeiro vigilante a subir, logo o captei no meu rádio e ele me deu as boas-vindas à comunidade de vigilantes. Mais tarde fiz contato com outras montanhas, sabe, eles dão para a gente um rádio de dois canais, é quase um ritual todos os vigilantes conversando e falando sobre os ursos que viram ou às vezes pegando instruções a respeito de como assar bolinhos em um fogão a lenha e assim por diante, e lá estávamos todos nós em um mundo elevado conversando por meio de uma rede sem fio que cobria centenas de quilômetros de natureza intocada. É uma área primitiva, esse lugar para onde você vai, rapaz. Da minha cabana dava para ver as luzes do Desolation depois que escurecia, Jack Joseph lendo seus livros de geologia, e de dia nos comunicávamos com reflexos de espelhos para alinhar nossas rotas de observação de incêndios, bem exatinhas, medidas com bússola."

"Caramba, como é que eu vou aprender tudo isso, não passo de um poeta vagabundo."

"Ah, você aprende, o polo magnético, a estrela polar e a aurora boreal. Jack Joseph e eu conversávamos toda noite: um dia um enxame de joaninhas invadiu o posto de observação e cobriu o teto e a cisterna dele, outro dia ele foi dar uma longa caminhada pela crista da montanha e pisou bem em cima de um urso que dormia."

"O-oh, e eu achando que *este* lugar era selvagem."

"Isto aqui não é nada... e quando a tempestade de relâmpagos veio se aproximando, cada vez mais próxima, ele fez a transmissão final para dizer que ia sair do ar porque a tempestade estava próxima demais para deixar o rádio ligado, o som desapareceu e em seguida já não era mais possível enxergá-lo, as nuvens negras varreram a montanha e os raios pareciam dançar sobre ela. Mas à medida que o verão passava, o Desolation foi ficando seco e floridinho e salpicado de ovelhas e ele percorria as encostas e eu ficava na montanha Crater com um suporte atlético e botas procurando ninhos de lagópodes por curiosidade, escalando e xeretando tudo, levando ferroadas de abelhas ... o Desolation fica bem lá para cima, Ray, a uns mil e oitocentos metros de altitude, com vista para o Canadá e para as montanhas Chelan, as regiões selvagens da cadeia Pickett, e montanhas como Challenger, Terror, Fury, Despair e o lugar em que você vai ficar é a serra Starvation e a região acima do pico Boston e da cordilheira do pico Buckner ao sul estende-se por milhares de quilômetros de montanhas, cervos, ursos, lebres, falcões, trutas, esquilos. Será ótimo para você, Ray."

"Estou bem ansioso para chegar lá. Aposto que nenhuma abelha vai me picar."

Então ele pegou seus livros e ficou lendo um pouco, e eu li também, cada um de nós com sua lamparina a óleo regulada bem baixo, uma noite silenciosa em casa enquanto o vento nebuloso bramia entre as árvores lá fora e do outro lado do vale uma mula pesarosa zurrava com um dos gritos mais tremendamente inconsoláveis que eu já ouvi. "Quando essa mula chora desse jeito", disse Japhy, "tenho vontade de rezar por todos os seres sencientes". Então, ficou meditando imóvel em posição de lótus completa sobre sua esteira durante um tempo e finalmente disse: "Bom, é hora de ir dormir". Mas daí eu queria contar a ele todas as coisas que descobrira durante aquele inverno de meditação no bosque. "Ah, é só um monte de palavras", ele disse, tristemente, deixando-me surpreso. "Eu não quero ouvir toda a sua descrição em palavras palavras palavras que você ficou inventando o inverno inteiro, cara, eu quero ser iluminado por ações." Japhy também mudara desde o ano anterior. Ele não usava mais cavanhaque, e isso tinha tirado aquele arzinho alegre e divertido do rosto dele e o deixara com as feições lúgubres e duras como pedra. Ele também tinha cortado o cabelo bem curto, à escovinha, e ficara com um ar germânico e severo e acima de tudo triste. O semblante dele parecia ter assumido uma espécie de decepção, e certamente sua alma também. Ele se recusava a escutar minhas explicações ávidas de que tudo ficaria bem para sempre e para sempre e para sempre. De repente, disse: "Vou me casar, logo, acho, estou cansado de ficar brincando deste jeito".

"Mas eu achei que você tinha descoberto o ideal zen de pobreza e liberdade."

"Ah, vai ver que cansei de tudo isso. Quando eu voltar do mosteiro no Japão, acho que já vou estar cheio, de qualquer jeito. Talvez eu fique rico e trabalhe e ganhe um monte de dinheiro e more em uma casa grande." Mas um minuto depois: "E quem é que vai querer se escravizar por causa dessas coisas, não é? Sei lá, Smith, só estou deprimido e tudo que você está falando só me deprime mais ainda. Sabe que minha irmã está de volta?"

"Quem?"

"Rhoda, minha irmã, fomos criados juntos nas florestas do Oregon. Ela vai se casar com um idiota rico de Chicago, um careta total. Meu pai também está tendo problemas com a irmã dele, a tia Noss. Ela é uma velha sacana há muito tempo."

"Você não devia ter raspado o cavanhaque, você tinha cara de sabiozinho alegre."

"Bom, eu não sou mais nenhum sabiozinho alegre e estou cansado." Ele estava exausto devido ao longo dia de trabalho. Resolvemos ir para a cama e esquecer tudo. Na verdade, estávamos um pouco tristes e magoados um com o outro. Durante o dia, eu tinha encontrado um canto perto de uma roseira selvagem no quintal onde pretendia estender meu saco de dormir. Tinha colocado lá uma camada de trinta centímetros de capim recém-arrancado. Então, com minha lanterna e minha garrafa com água fria da torneira da pia, fui até lá e me embalei em uma linda noite de descanso sob as árvores que suspiravam, depois de meditar um pouco. Eu não conseguia mais meditar dentro de casa, como Japhy acabara de fazer. Depois de todo aquele inverno de noites no bosque eu precisava ouvir os barulhinhos dos animais e dos passarinhos e sentir a terra suspirante e fria sob meu corpo antes de ser capaz de sentir afinidade com todas as coisas vivas já vazias e despertas e salvas. Rezei para Japhy: parecia que ele estava mudando para pior. Ao amanhecer, uma chuvinha tamborilou sobre o saco de dormir e eu coloquei o poncho por cima em vez de por baixo do corpo, xingando, e continuei a dormir. Às sete da manhã o sol já tinha saído e as borboletas revoavam sobre as rosas perto da minha cabeça e um beija-flor mergulhou como um jato na minha direção, assobiando, e fez um desvio rápido, todo alegre. Mas eu estava errado a respeito da mudança de Japhy. Foi uma das melhores manhãs da nossa vida. Lá estava ele parado à porta do barraco batendo em uma enorme frigideira que trazia nas mãos e cantando: "Buddham saranam gocchami... Dhammam saranam gocchami... Sangham saranam gocchami"; e gritando: "Vamos lá, rapaz, suas panquecas estão prontas! Vem comer! Bang bang bang"; e o sol cor de laranja atravessava os pinheiros e tudo estava bem mais uma vez, na verdade Japhy havia contemplado a noite e resolvido que eu estava certo em seguir o bom e velho Darma.

25

Japhy tinha preparado umas boas panquecas de trigo sarraceno e tínhamos xarope de bordo de qualidade para colocar por cima e um pouco de manteiga. Perguntei a ele o que significava o canto do "Gocchami". "É o canto que fazem para as três refeições em mosteiros budistas no Japão. Significa, Buddham Saranam Gocchami, eu busco refúgio no Buda, Sangham, eu busco refúgio na igreja, Dhammam, eu busco refúgio no Darma, a verdade. Amanhã de manhã eu faço outro café da manhã bacana, com fritada, você já comeu alguma fritada das boas, das antigas, rapaz? Não tem nada melhor do que uma bela mistura de batatas e ovos."

"É comida de madeireiro?"

"Não existe essa história de *madeireiro*, isso deve ser mania lá do Leste. Aqui a gente fala lenhador. Venha comer suas panquecas e a gente vai descer e cortar lenha e eu vou mostrar a você como usar um machado de fio duplo." Ele pegou o machado e o afiou e me mostrou como fazê-lo. "E nunca use este machado em um pedaço de madeira que esteja no chão, você vai bater em uma pedra e estragar o fio, é sempre bom ter um tronco ou alguma coisa assim para servir de bloco de apoio."

Fui até o banheiro e, ao voltar, com a intenção de surpreender Japhy com um truque zen, joguei o rolo de papel higiênico pela janela aberta e ele soltou um enorme urro de Guerreiro Samurai e apareceu no parapeito da janela de botas e shorts com uma adaga na mão e pulou cinco metros montanha abaixo, até o lugar de cortar lenha. Foi uma loucura. Começamos a descer a montanha nos sentindo fortes. Todos os pedaços de lenha cortados tinham uma espécie de rachadura onde a gente mais ou menos colocava a cunha pesada de ferro, e então, erguendo a marreta de dois quilos e meio sobre a cabeça, posicionando-se bem para trás para não acertar a própria canela, descia a marreta com tudo em cima da cunha e partia a tora bem no meio. Daí colocávamos as meias-toras sobre um bloco de rachar e as partíamos com o machado de fio duplo, um belo e longo machado, afiado como uma navalha, e zap, lá estavam pedaços de um quarto de tora. Então a gente pegava esse um quarto e o transformava em dois oitavos. Ele me mostrou como manejar a marreta e o machado, não com muita força, mas percebi que quando ele estava louco da vida, baixava o machado com a maior força possível, soltando seu famoso grito, ou xingando. Logo eu tinha pego o jeito e já estava rachando lenha como se tivesse feito aquilo a vida toda.

Christine apareceu no quintal para nos observar e anunciou: "Vou preparar um bom almoço para vocês".

"Está certo." Japhy e Christine eram como irmãos.

Rachamos muita lenha. Era uma delícia baixar a marreta, mandando todo o peso para cima da cunha e sentindo a tora ceder, se não da primeira, da segunda vez. O cheiro da serragem, dos pinheiros, a brisa soprando do mar sobre as montanhas plácidas, as cotovias da campina cantando, as borboletas na relva, era perfeito. Então entramos em casa, almoçamos bem, salsicha e arroz e sopa e vinho tinto e os pãezinhos frescos de Christine e ficamos lá sentados de pernas cruzadas folheando livros da vasta biblioteca de Sean.

"Você já ouviu a história do discípulo que perguntou ao mestre zen: 'O que é o Buda?'."

"Não, o quê?"

"'O Buda é um pedaço seco de cocô', foi a resposta. O discípulo então experimentou iluminação repentina."

"Só merda", eu disse.

"Você sabe o que é a iluminação repentina? Um discípulo foi até um Mestre e respondeu o koan e o Mestre bateu nele com um pau e o jogou da varanda em uma poça de lama três metros abaixo. O discípulo se levantou e riu. Mais tarde, ele mesmo se tornou Mestre. Não foi pelas palavras que ele recebeu a iluminação, mas sim por meio daquele empurrão vigoroso da varanda."

"Chapinhando na lama para provar a verdade cristalina da compaixão", pensei; eu não estava mais disposto a propagandear minhas "palavras" em voz alta para Japhy.

"Uhhh!", gritou ele, jogando uma flor na minha cabeça. "Você sabe como Kasyapa se tornou o Primeiro Patriarca? O Buda estava pronto para começar a expor um sutra e mil duzentos e cinquenta bikkhus estavam esperando com as vestes arrumadas e os pés cruzados, e tudo que o Buda fez foi erguer uma flor. Todo mundo ficou perturbado. O Buda não disse nada. Só Kasyapa sorriu. Foi assim que o Buda escolheu Kasyapa. Isso ficou conhecido como o sermão da flor, rapaz."

Entrei na cozinha e peguei uma banana e saí e disse: "Bom, vou te contar o que é o nirvana".

"O quê?"

Comi a banana e joguei a casca fora e não disse nada. "Este é o sermão da banana."

"Hu!", gritou Japhy. "Já te contei como o Velho Homem Coiote e a Raposa Prateada deram início ao mundo pulando no vazio até que o chão apareceu sob seus pés? Aliás, olhe aqui para esta imagem. É a famosa Touros." Era uma espécie de história em quadrinhos chinesa antiga mostrando primeiro um menininho entrando na floresta com um cajadinho e uma mochilinha, como um mendigo americano do começo do século, e em painéis posteriores ele descobre um touro, tenta domá-lo, tenta montá-lo, finalmente consegue domá-lo e montá-lo, mas daí abandona o touro e fica simplesmente sentado ao luar, meditando, afinal a gente o vê voltando da montanha da iluminação e então, de repente, o painel seguinte não mostra absolutamente nada, seguido por um painel mostrando uma árvore em flor, e então na última figura se vê que o menininho é um velho mago gordo e sorridente com uma enorme mochila nas costas e está indo para a cidade para beber com os açougueiros, iluminado, e outro garotinho se dirige para a montanha com uma mochilinha e um cajadinho.

"A coisa não para, os discípulos e os Mestres passam pela mesma coisa, primeiro precisam encontrar e domar o touro da essência de sua mente, e então abandonar aquilo, e então finalmente alcançar o nada, como está representado por este painel vazio, e aí, ao atingir o nada, atingem tudo, que é uma árvore em flor na primavera, de modo que acabam descendo até a cidade para beber com açougueiros como Li Po." Era uma historinha muito sábia, me fez pensar na minha própria experiência, tentando domar minha mente no bosque, e então percebendo que era o vazio e estava desperta e eu não precisava fazer nada, e agora eu estava bebendo com o açougueiro Japhy. Ouvimos discos e ficamos lá descansando e fumando e depois saímos para cortar mais lenha.

Daí, como ficou frio no fim da tarde, subimos para o barraco e nos lavamos e nos vestimos para a grande festa de sábado à noite. Durante o dia, Japhy subira e descera a montanha pelo menos dez vezes para fazer telefonemas e falar com Christine e pegar pão e trazer lençóis para a garota daquela noite (quando uma garota vinha visitá-lo, ele colocava lençóis limpos em seu colchão fino sobre as esteiras de palha, um ritual). Mas eu só fiquei largado no capim sem fazer nada, ou escrevendo haicais, ou observando o velho abutre circulando a montanha. "Deve ter algo morto por ali", calculei.

Japhy disse: "Por que você fica sentado em cima da bunda o dia inteiro?".

"Pratico o não-fazer-nada."

"Qual é a diferença? Que se dane, meu budismo é a atividade", disse Japhy, correndo montanha abaixo mais uma vez. Então pude ouvi-lo serrando madeira e assobiando à distância. Ele não conseguia parar quieto nem um minuto. As meditações dele eram práticas regulares, cronometradas, ele meditava logo que acordava de manhã, depois fazia sua meditação do meio da tarde, só uns três minutos, e depois antes de ir para a cama e pronto. Mas eu só andava de um lado para o outro e ficava sonhando. Éramos dois monges estranhos e dissimilares no mesmo caminho. Mesmo assim, peguei uma pá e nivelei o solo perto da roseira onde ficava minha cama de capim: era um pouco inclinado demais para ser confortável: arrumei bem direitinho e naquela noite dormi muito bem depois da festança regada a vinho.

A festança foi uma loucura. Japhy tinha convidado uma garota chamada Polly Whitmore para visitá-lo, uma morena bonita com penteado espanhol e olhos escuros, para falar a verdade uma legítima beldade de tirar o fôlego, e alpinista também. Ela tinha acabado de se divorciar e morava sozinha em Milbrae. E o irmão de Christine, Whitey Jones, trouxera a noiva, Patsy. E claro que Sean chegou do trabalho e arrumou tudo para a festa. Outro cara chegou para passar o fim de semana, Bud Diefendorf, grande e louro, que trabalhava como zelador na Associação Budista para pagar o aluguel e poder frequentar as aulas de graça, um grande Buda suave que fumava cachimbo e tinha todo tipo de ideias estranhas. Fui com a cara de Bud, ele era inteligente, e me agradava o fato de que tinha começado a estudar física na Universidade de Chicago e dali fora para a filosofia e finalmente, então, para Buda, o assassino imperdoável da filosofia. Ele disse: "Sonhei certa vez que estava sentado embaixo de uma árvore dedilhando um alaúde e cantando 'eu não tenho nome'. Eu era o bhikku sem-nome". Foi tão agradável encontrar tantos budistas depois daquela dureza de pedir carona na estrada.

Sean era um budista místico estranho, com a cabeça cheia de superstições e premonições. "Acredito em demônios", disse ele.

"Bom", eu disse, acariciando o cabelo da filhinha dele, "todas as crianças pequenas sabem que todo mundo vai para o Céu", ao que ele assentiu com meiguice, com um movimento triste da cabeça barbada. Ele era muito gentil. Vivia dizendo "Aiê" o tempo todo, o que combinava bem com o barco velho que tinha deixado ancorado na baía e que estava sempre cheio de água por causa das tempestades e daí tínhamos que remar até lá para tirar toda a água de dentro dele em meio a neblina cinzenta e fria. Era só um pequeno destroço de barco, com uns três metros e meio de comprimento, sem uma cabine digna de ser mencionada, nada além de uma casca esfarrapada flutuando na água em volta de uma âncora enferrujada. Whitey Jones, irmão de Christine, era um rapaz gentil de vinte anos que nunca falava nada e só sorria e aceitava gozações sem reclamar. Por exemplo a festa afinal ficou completamente enlouquecida e os três casais tiraram toda a roupa e dançaram um tipo de polca curiosamente inocente, todos de mãos dadas em volta da sala de visitas, com as crianças dormindo em seus berços. Isso não incomodou nem um pouco a Bud nem a mim, simplesmente continuamos a fumar nosso cachimbo e a conversar sobre budismo em um canto, na verdade foi melhor porque não havia garotas para nós. E aquelas eram três ninfas bem apanhadas dançando ali. Mas Japhy e Sean arrastaram Patsy para dentro do quarto e fingiram que estavam tentando conquistá-la, para amolar Whitey, que ficou todo vermelho, totalmente nu, e lutas corpo a corpo e risadas se desenrolaram pela casa toda. Bud e eu ficamos sentados com as pernas cruzadas com aquelas garotas nuas dançando na nossa frente e rimos ao perceber que era uma ocasião extremamente familiar.

"Parece que em alguma vida passada, Ray", disse Bud, "você e eu éramos monges em algum mosteiro no Tibete em que as garotas dançavam para nós antes do yabyum."

"É, e nós éramos aqueles monges velhos que não se interessavam mais por sexo mas Sean e Japhy e Whitey eram jovens monges que ainda estavam repletos do fogo do demônio e ainda tinham muito a aprender." De vez em quando, Bud e eu olhávamos para toda aquela carne e lambíamos os lábios em segredo. Mas na maior parte do tempo, para falar a verdade, durante essa pândega nua, eu simplesmente ficava com os olhos fechados, escutando a música: eu verdadeira e sinceramente mantinha a luxúria longe da minha mente, à força e rangendo os dentes. E a melhor maneira para fazer isso era ficar de olhos fechados. Apesar da nudez e de tudo mais, aquela era uma festinha caseira cortês e todo mundo começou a bocejar porque era hora de ir para a cama. Whitney foi embora com Patsy, Japhy subiu a colina com Polly e a levou para os lençóis limpos, e eu estendi meu saco de dormir perto da roseira e caí no sono. Bud trouxera seu próprio saco de dormir e o estendeu sobre a esteira de palha de Sean.

De manhã, Bud veio e acendeu seu cachimbo e sentou no capim e ficou conversando comigo enquanto eu esfregava os olhos para acordar. Durante o dia de domingo, todo tipo de gente apareceu para visitar os Monahan e meia dúzia deles subiu a colina para ver o lindo barraquinho e os dois famosos bhikkus loucos, Japhy e Ray. Entre eles estavam Princess, Alvah e Warren Coughlin. Sean colocou uma tábua no quintal e preparou uma refeição de rei com vinho e hambúrgueres e picles e acendeu uma enorme fogueira e pegou seus dois violões e percebi que aquela era mesmo uma maneira magnífica de se viver na Califórnia Ensolarada, conectado àquele maravilhoso Darma, e escalando montanhas, e todos eles tinham mochilas e sacos de dormir e alguns sairiam naquele mesmo dia para caminhar pelas trilhas do condado de Marin, que são lindas. A festa sempre se dividia em três partes: os que ficavam na sala ouvindo o som hi-fi ou folheando livros; os que ficavam no quintal comendo e ouvindo música de violão; e os que ficavam no topo da colina, no barraco, preparando bules de chá, sentados de pernas cruzadas discutindo poesias e outras coisas e o Darma ou ficavam caminhando pelos campos lá de cima observando as crianças que empinavam pipas ou as senhoras que andavam a cavalo. Todo fim de semana era o mesmo piquenique conciliatório, uma cena regular e clássica de anjos e bonecas vivendo uma espécie de temporada florida no vazio, como o vazio na história dos Touros, o galho florido.

Bud e eu estávamos sentados na montanha olhando as pipas. "Aquela pipa não vai subir muito alto, o rabo dela não é comprido o bastante para isso", eu disse.

Bud respondeu: "Olha, que beleza, isso me fez pensar no maior problema que tenho com as minhas meditações. A razão por que eu não consigo me elevar de verdade dentro do nirvana é porque meu rabo não é comprido o bastante para isso". Ele deu uma baforada e ficou refletindo seriamente a respeito daquilo. Era o cara mais sério do mundo. Ficou refletindo a noite inteira e, na manhã seguinte, disse: "Na noite passada me vi como um peixe nadando através do vazio do mar, indo da esquerda para a direita na água, sem saber o que era esquerda e o que era direita, mas por causa da minha nadadeira eu conseguia fazer isso, quer dizer, o meu rabo de pipa, de modo que sou um Peixebuda e a minha nadadeira é a minha sabedoria".

"Mas que pipa mais infinita essa daí", digo eu.

Durante essas festas eu sempre saía de fininho para tirar um cochilo embaixo dos eucaliptos, em vez de ir até a minha roseira, que ficava sob o sol quente o dia inteiro; à sombra das árvores eu descansava bem. Certa tarde eu estava apenas olhando para os galhos mais altos daquelas árvores imensamente altas quando comecei a reparar que os galhinhos mais altos e suas folhas eram dançarinos líricos felizes, contentes por estar lá em cima, e que toda aquela experiência estrondosa da árvore inteira se balançando embaixo deles fazia com que cada passo, cada movimento, fosse uma dança necessária e gigantesca e comunal e misteriosa, de modo que só ficavam lá em cima no vazio, dançando o significado da árvore. Percebi como as árvores quase pareciam humanas pela maneira como se curvavam e então se erguiam e então balançavam de um lado para o outro. Era uma visão maluca na minha mente, porém linda. Outra vez, embaixo daquelas árvores, sonhei que vi um trono cor de púrpura todo coberto de ouro, um tipo de Papa Eterno ou Patriarca sentado nele, e Rosie em algum lugar por ali, e naquele momento Cody estava no barraco tagarelando com alguns caras e parecia que ele estava do lado esquerdo dessa visão como uma espécie de Arcanjo, e quando abri os olhos vi que era apenas o sol batendo nas minhas pálpebras. E como já disse, aquele beija-flor, um lindo beija-florzinho azul, mais ou menos do tamanho de uma libélula, ficava dando mergulhos a jato assobiantes na minha direção, com certeza para me cumprimentar, todo dia, normalmente de manhã, e eu sempre berrava para ele, respondendo ao cumprimento. Afinal ele começou a revoar perto da janela aberta da cabana, zumbindo com suas asas furiosas, olhando para mim com olhos esbugalhados, então, zap, sumia. Aquele beija-florzinho da Califórnia...

Só que, às vezes, eu tinha medo que ele fosse mergulhar direto na minha cabeça com aquele bico comprido que parece um alfinete de chapéu. Tinha também uma ratazana velha que ficava se remexendo no porão embaixo da cabana e era bom deixar a porta fechada à noite. Minhas outras grandes amigas eram as formigas, uma colônia inteira delas que queria entrar no barraco para achar o mel ("Chamando todas as formigas, chamando todas as formigas, venham pegar seu me-el!", cantou um garotinho um dia no barraco), de modo que fui até o formigueiro delas e fiz uma trilha de mel que as levava até o quintal de trás, e elas ficaram naquele novo veio de alegria durante uma semana. Eu até me ajoelhava e conversava com as formigas. Havia lindas flores por toda a volta da cabana, vermelhas, roxas, cor-de-rosa, brancas, sempre confeccionávamos buquês, mas o mais bonito de todos fora um que Japhy montara só com pinhas e um raminho de agulhas de pinheiro. Tinha aquele ar simples que caracterizava toda a sua vida. Ele entrava de supetão na cabana com a serra na mão e me via sentado lá e dizia: “Por que você ficou aqui parado o dia inteiro?”.

“Eu sou o Buda conhecido como o Desertor.”

Era aí que o rosto de Japhy se retorcia naquela risada engraçada de garotinho dele, como um menino chinês rindo, pés de galinha apareciam do lado dos olhos e a boca comprida se escancarava. Às vezes ele ficava tão contente comigo...

Todo mundo adorava Japhy, as garotas Polly e Princess e até mesmo Christine, casada, estavam todas loucamente apaixonadas por ele e todas tinham ciúme secreto de sua boneca preferida, Psyche, que chegou no fim de semana seguinte toda lindinha com jeans e um colarzinho branco caindo sobre a malha preta de gola alta com seu corpinho e rosto macios. Japhy tinha me dito que estava um pouco apaixonado por ela. Mas ele tinha tido muito trabalho para convencê-la a fazer amor com ele e precisara embebedá-la, e quando começava a beber, não parava mais. No fim de semana em que ela apareceu por lá, Japhy preparou fritada para nós três no barraco e depois pegamos o calhambeque de Sean emprestado e andamos uns 150 quilômetros até o litoral, até uma praia isolada onde colhemos mariscos das pedras lavadas pela maré e os preparamos no bafo em uma enorme fogueira coberta com algas. Tomamos vinho e comemos pão e queijo e Psyche passou o dia inteiro deitada de barriga para baixo, de jeans e malha, sem dizer nada. Mas uma hora ela ergueu os olhinhos azuis e disse: “Como você é oral, Smith, está sempre comendo e bebendo”.

“Eu sou o Buda Saco-Sem-Fundo”, respondi.

“Ela não é lindinha?”, disse Japhy.

“Psyche”, eu disse, “este mundo é o filme daquilo que todas as coisas são, é um filme, feito inteiramente da mesma coisa, pertencente a ninguém, que é o que tudo é.”

“Ah, quanta bobagem.”

Corremos pela praia. A certa altura Japhy e Psyche estavam bem à frente caminhando pela praia e eu ia atrás sozinho assobiando *Stella*, de Stan Getz, e algumas meninas bonitas acompanhadas dos namorados que estavam por lá ouviram e uma das garotas virou-se para mim e disse "Swing". Havia cavernas naturais naquela praia para onde Japhy certa vez levara grandes grupos de pessoas e organizara danças nuas ao redor da fogueira.

Então chegavam mais uma vez os dias de semana e acabavam as festas e Japhy e eu varríamos a cabana, pequeninos vagabundos esquálidos tirando o pó de templos diminutos. Ainda tinha sobrado um pouco da minha bolsa do outono anterior, em cheques de viagem, e peguei um deles e fui até o supermercado próximo à rodovia e comprei farinha, aveia, açúcar, melaço, mel, sal, pimenta, cebola, arroz, leite em pó, pão, dois tipos de feijão, batata, cenoura, repolho, alface, café, fósforos de madeira compridos para acender o fogão a lenha e voltei cambaleando para o topo da montanha com tudo aquilo mais uma garrafa de dois litros de vinho do porto. A prateleirinha arrumada de guardar mantimentos de Japhy de repente ficou lotada com comida demais. "O que vamos fazer com tudo isso? Vamos ter que alimentar todos os bhikkus." Em pouco tempo, tínhamos mais bhikkus do que podíamos suportar: o coitado e bêbado do Joe Mahoney, um amigo que conheci no ano anterior, apareceu por lá para passar três dias e se recuperar antes de mais uma temporada em North Beach e no The Place. Eu lhe servia o café da manhã na cama. Nos fins de semana, às vezes, quando tinha uma dúzia de caras no barraco discutindo e tagarelando, eu pegava um pouco de fubá e misturava com cebola picada e sal e água e preparava bolinhos de milho para fritar na frigideira quente (com óleo) e oferecia a toda a turma algo quentinho para saborear com o chá. No ano anterior, eu tinha usado o *Livro Chinês das Mutações*, joguei algumas moedas para ver qual seria a previsão da minha sorte e o que saiu foi o seguinte: "Você vai alimentar os outros". Aliás, eu sempre ficava postado ao lado do fogão quente.

"O que significa que aquelas árvores e montanhas ali não são mágicas, mas reais?", eu gritava, apontando para fora.

"O quê?", diziam eles.

"Significa que aquelas árvores e montanhas ali não são mágicas, mas reais."

"É mesmo?"

Então eu dizia: "O que significa que aquelas árvores e montanhas ali não são reais coisa nenhuma, só mágicas?"

"Ah, fala sério."

"Significa que aquelas árvores e montanhas ali não são reais coisa nenhuma, só mágicas."

"Caramba, qual dos dois é verdade?"

"O que significa você perguntar, caramba, qual dos dois é verdade?", berrava eu.

"Caramba o quê?"

"Significa que você perguntou caramba, qual dos dois é verdade."

"Ah, vai enfiar a cabeça no seu saco de dormir, e me traz uma xícara desse café quente aí." Eu sempre fervia enormes bules de café no fogão.

"Ah, para com isso", gritava Warren Coughlin. "A carroça vai estragar de tanto uso."

Certa tarde estava sentado sobre o gramado com algumas crianças e elas perguntaram para mim: "Por que o céu é azul?".

"Porque o céu é azul."

"Eu quero saber *por que* o céu é azul."

"O céu é azul porque você quer saber por que o céu é azul."

"Azul azul você", disseram.

Também tinha uns menininhos que vinham jogar pedras no telhado do nosso barraco, achando que estava abandonado. Certa tarde, na época que eu e Japhy tínhamos um gatinho preto como breu, vieram espiar pela porta para ver o que tinha lá dentro. Bem quando iam abri-la, eu o fiz, com o gato preto nos braços, e disse com voz grave: "Eu sou o fantasma".

Eles engoliram em seco e olharam para mim e acreditaram e disseram: "É mesmo". Logo estavam do outro lado da montanha. Nunca mais voltaram para jogar pedras.Com certeza acharam que eu era um bruxo.

26

Estávamos fazendo planos para a festança de despedida de Japhy, alguns dias antes do barco dele zarpar para o Japão. Ele tinha uma passagem para um cargueiro japonês. Seria a maior festança de todos os tempos, começando na sala de estar de Sean com o toca-discos hi-fi e se espalhando pelo quintal com fogueira e montanha acima e até o outro lado dela. Japhy e eu já tínhamos tido nossa dose de festas e não estávamos muito animados com a perspectiva. Mas todo mundo estaria presente: todas as garotas dele, inclusive Psyche, e o poeta Cacoethes, e Coughlin, e Alvah, e Princess e o namorado novo dela, e até o diretor da Associação Budista, Arthur Whane, e a mulher e os filhos dele, e até o pai de Japhy, e, claro, Bud, e outros casais de todos os cantos que trariam vinho e comida e violões. Japhy disse: "Estou ficando cansado de tanta festa. O que você acha de você e eu sairmos pelas trilhas de Marin depois da festança, vai durar dias, a gente simplesmente pega nossas mochilas e sai na direção da campina de Potrero ou do vale de Laurel."

"Bom."

Nesse meio tempo, certa tarde, repentinamente, Rhoda, irmã de Japhy, apareceu na cena com o noivo. Ela iria se casar na casa do pai de Japhy, no vale Mill, com uma grande recepção e tal. Japhy e eu estávamos no barraco, era uma tarde modorrenta, e de repente lá estava ela à porta, magra e loura e linda, com o noivo de Chicago bem vestido, um homem muito bonito. "Hu!", gritou Japhy, levantando-se de um pulo e beijando-a em um grande abraço cheio de paixão, que ela retribuiu do fundo do coração. E como falavam!

"Bom, e esse seu futuro marido aí é um cara bacana?"

"Claro que é, escolhi mesmo a dedo, seu sacana!"

"É melhor que seja mesmo, se não pode mandar me chamar!"

Então, para se exibir, Japhy acendeu o fogão e disse: "É isso aqui que fazemos lá no Norte, no país de verdade", e colocou querosene demais no fogo, só que saiu correndo de perto do fogão e ficou esperando, igual a um garotinho traquinas, e *brum!* O fogão soltou uma explosão tão retumbante lá do fundo que deu para sentir o choque de calor do outro lado da sala. Ele quase estragou tudo naquela vez. Daí disse para o pobre noivo: "Bom, você conhece alguma boa poção para a noite de núpcias?". O coitado do sujeito tinha acabado de servir o Exército na Birmânia e não conseguia entender nem meia palavra do que ele dizia. Japhy estava bravo como o diabo e realmente enciumado. Foi convidado para a refinada recepção e disse: "Posso ir pelado?".

"Do jeito que você quiser, mas apareça."

"Já estou até vendo a cena, a tigela de ponche e todas as senhoras de chapéu e o estéreo hi-fi tocando música de órgão de corações e flores e todo mundo enxugando os olhos porque a noiva está tão linda. Para que você quer se meter nesse negócio de classe média, Rhoda?"

Ela respondeu: "Ah, não me importo com isso, quero começar a viver". O noivo dela tinha muito dinheiro. Na verdade era um sujeito legal e fiquei com pena dele, que precisou manter um sorriso no rosto enquanto tudo isso acontecia.

Depois que eles foram embora, Japhy disse: "Ela não vai ficar com ele mais de seis meses. Rhoda é uma garota louca de verdade, ela prefere colocar um par de jeans e sair caminhando no mato do que ficar em um apartamento em Chicago".

"Você a adora, não é mesmo?"

"Você tem toda razão, eu é que deveria casar com ela."

"Mas ela é sua irmã."

"Não estou nem aí. Ela precisa de um homem de verdade como eu. Você não faz ideia de como ela é maluca, você não cresceu com ela no mato." Rhoda era legal de verdade e eu gostaria que ela não tivesse aparecido ali com um noivo. Com toda aquela confusão de mulheres, eu ainda não tinha arrumado uma para mim, não que estivesse me esforçando muito, mas às vezes me sentia sozinho ao ver que todo mundo tinha uma parceira e estava se divertindo e eu só ficava enroladinho no meu saco de dormir embaixo da roseira e suspirava e dizia bah. Para mim, era só vinho tinto na boca e uma pilha de lenha.

Mas daí eu deparava com algo que parecia um corvo morto, no parque de cervos, e pensava: "Esta é uma bela visão para olhos humanos sensíveis, e tudo vem do sexo". De modo que tirava o sexo da cabeça de novo. Enquanto o sol brilhasse, se pusesse e voltasse a brilhar, eu estaria satisfeito. Seria bondoso e continuaria na minha solidão, eu não ficaria xeretando por aí, descansaria e seria gentil. "A compaixão é a estrela-guia", disse o Buda. "Não discuta com as autoridades nem com as mulheres. Implore. Seja humilde." Escrevi um poeminha bonitinho dedicado a todas as pessoas que viriam à festa: "Haverá em suas pálpebras guerras, e seda... mas os santos se foram, se foram todos, a salvo para aquele outro". Eu realmente me achava um tipo de santo louco. E isso se baseava no fato de eu dizer a mim mesmo: "Ray, não corra atrás do álcool e da excitação das mulheres e da conversa, permaneça em seu barraco e aproveite a relação natural das coisas como elas são", mas era difícil obedecer a esse princípio com todo tipo de garotas bonitas subindo a colina todo fim de semana e até durante a semana, à noite. Uma vez uma morena bonita afinal concordou em subir a colina comigo e lá estávamos nós no escuro sobre o meu colchão que servia de tatame durante o dia quando de repente a porta se escancarou e Sean e Joe Mahoney entraram dançando e rindo, com a intenção deliberada de me irritar... ou isso ou realmente acreditavam no meu esforço de ascetismo e pareciam anjos enviados para levar embora a mulher diabólica. E foi exatamente o que fizeram. Às vezes, quando eu estava bêbado e alto de verdade, sentado de pernas cruzadas no meio daquelas festas loucas, eu realmente tinha visões de neve vazia nas minhas pálpebras e quando abria os olhos via todos aqueles bons amigos sentados à minha volta, à espera de uma explicação; e ninguém nunca considerava meu comportamento estranho, bem natural entre budistas; e eles ficavam satisfeitos quer eu abrisse os olhos para explicar algo ou não. Para falar a verdade, durante toda aquela temporada, eu sentia sempre uma vontade avassaladora de fechar os olhos quando estava com alguém. Acho que as garotas ficavam aterrorizadas com isso. "Por que é que ele sempre fica sentado com os olhos fechados?"

A pequena Prajna, a filha de dois anos de Sean, vinha cutucar meus olhos fechados e falava: "Buba. Rac!". Às vezes eu preferia levá-la para pequenos passeios mágicos pelo quintal, segurando a mão dela, em vez de ficar tagarelando na sala.

No que diz respeito a Japhy, ele ficava bem contente com qualquer coisa que eu fizesse contanto que eu não aprontasse nenhuma besteira como deixar que a lamparina de querosene soltasse fumaça demais por ter puxado o pavio muito para cima, ou não conseguir afiar o machado da maneira correta. Ele era muito severo em relação a esses assuntos. "Você precisa aprender!", dizia. "Caramba, se tem uma coisa que eu não suporto é quando não se faz as coisas da maneira correta." Os jantares que ele fazia com sua parte da prateleira de mantimentos eram surpreendentes, pegava todo tipo de algas e raízes secas compradas em Chinatown e fervia um punhado daquelas coisas, só um pouquinho, como molho de soja, e colocava em cima de arroz recém-cozido e era de fato delicioso, e comíamos com pauzinhos. Lá estávamos nós sentados no meio do bramido das árvores ao pôr do sol com as janelas ainda escancaradas, enregelados, mas mastigando e mastigando aqueles jantares chineses deliciosos feitos em casa. Japhy sabia mesmo como manusear os pauzinhos e atacava o prato com vontade. Então às vezes eu lavava a louça e ia meditar um pouco sobre a esteira embaixo dos eucaliptos, e pela janela da cabana eu enxergava a lamparina de querosene de Japhy com ele sentado lendo e palitando os dentes. Às vezes ele ia até a porta da cabana e gritava "Hu!", e eu não respondia e o ouvia resmungando: "Onde diabos será que ele está?", e o via espiando no meio da noite à procura de seu bhikku. Certa noite, estava sentado meditando quando ouvi um estalar bem alto à minha direita e olhei e era um veadinho, que tinha vindo revisitar o antigo parque de cervos e mastigar um pouco de folhagem seca. Do outro lado do vale, no meio da noite, a velha mula irrompeu com seu "I-ó" inconsolável, fragmentado como um grito montanhês ao vento; como uma trombeta soprada por um anjo terrivelmente triste; como um lembrete às pessoas que digeriam seu jantar em casa de que tudo não estava tão bem quanto pensavam. No entanto, era só um grito de amor para outra mula. Mas era exatamente por isso...

Uma noite eu estava meditando em uma imobilidade tão perfeita que dois mosquitos vieram e pousaram um em cada uma das minhas bochechas e ficaram lá um tempão sem me picar e depois foram embora sem me picar.

27

Alguns dias antes de grande festa de despedida, Japhy e eu tivemos uma discussão. Fomos até São Francisco para entregar a bicicleta dele no cargueiro, no cais, e daí fomos para a periferia sob a garoa para cortar o cabelo bem barato no barbeiro-escola e dar uma olhada nas lojas do Exército da Salvação à procura de ceroulas e outras coisas. Enquanto caminhávamos pelas ruas chuvosas e animadas ("Me lembra Seattle!", ele berrara) senti uma vontade incontrolável de me embebedar e me sentir bem. Comprei uma garrafinha de porto rubi e desarrolhei e puxei Japhy para um beco e bebemos. "É melhor não beber demais", ele disse. "Você sabe que precisamos passar em Berkeley depois daqui e assistir a uma palestra e a um debate no Centro Budista."

"Ah, eu não quero fazer nada disso, só quero ficar jogado em um beco bebendo."

"Mas estão esperando você, eu li todos os seus poemas lá no ano passado."

"Não estou nem aí. Olhe para essa névoa pairando em cima do beco e olhe para este porto rubi vermelho e quentinho, não dá vontade de sair cantando ao vento?"

"Não, não dá. Sabe, Ray, Cacoethes diz que você bebe demais."

"E ele com a úlcera dele! Por que você acha que ele tem úlcera? Porque foi ele quem bebeu demais. Eu tenho úlcera, por acaso? Não mesmo! Eu bebo para me divertir! Se você não gosta que eu beba, pode ir à palestra sozinho. Vou ficar esperando no chalé de Coughlin."

"Mas você vai perder tudo aquilo só por causa de uma porcaria de vinho."

"O vinho tem sabedoria, caramba!", berrei. "Tome um gole."

"Não, não quero."

"Bom, então deixa que eu bebo!", e virei a garrafa e voltamos para a rua Seis, onde entrei imediatamente na mesma loja e comprei outra garrafinha. Àquela altura já estava me sentindo bem.

Japhy estava triste e decepcionado. "Como é que você quer se transformar em um bom bhikku ou até mesmo em um bodisatva mahasattva se você vive se embebedando deste jeito?"

"Você não está se esquecendo do último dos Touros, quando ele fica bêbado com os açougueiros?"

"Ah, e daí, como é que você vai compreender a essência da sua própria mente com a cabeça zonza e os dentes manchados e o estômago todo enjoado?"

"Não estou enjoado, estou bem. Eu poderia simplesmente sair flutuando no meio desta neblina cinzenta e sobrevoar São Francisco igual a uma gaivota. Já te contei sobre esta periferia aqui, como eu morava por aqui..."

"Eu mesmo morei na periferia de Seattle, sei tudo sobre esse assunto."

Os luminosos de néon das lojas e dos bares brilhavam no lusco-fusco cinzento da tarde chuvosa, eu me sentia ótimo. Depois de cortar o cabelo, fomos à loja de caridade e reviramos os cestos, escolhendo meias e camisetas de baixo e cintos variados e outras porcarias que compramos por alguns centavos. Eu ficava dando golinhos sorrateiros no vinho que tinha colocado preso no cinto. Japhy achou aquilo repugnante. Então entramos no calhambeque e fomos até Berkeley, cruzando a ponte chuvosa, até os chalés de Oakland, e depois até o centro de Oakland, onde Japhy queria encontrar um par de jeans que servisse para mim. Tínhamos passado o dia inteiro procurando jeans usados que pudessem servir em mim. Eu ficava oferecendo vinho para ele e afinal ele cedeu e bebeu um pouco e enfiou na minha cara o poema que tinha escrito enquanto eu cortava o cabelo na periferia: "Barbeiro-escola moderno, Smith de olhos fechados sofre um corte de cabelo temendo que seja a feiura por cinquenta centavos, um aprendiz de barbeiro de pele cor de oliva 'Garcia' em seu avental, dois menininhos loiros um com rosto amedrontado e orelhas grandes observando das cadeiras, diga a ele 'Você é um menininho feio & você tem orelhas grandes' ele chora e sofre e nem é verdade, o outro com o rosto fino cônscio concentrado jeans remendados e sapatos gastos que me observa criança delicada, sofredora que vai se endurecendo e ficando ambiciosa com a puberdade, Ray e eu com uma garrafinha de porto rubi no nosso dia chuvoso de maio sem levis usadas nesta cidade, do nosso tamanho, e a velha escola de barbeiros na periferia com cortes vagabundos as carreiras dos barbeiros de meia-idade começam a florescer agora".

"Está vendo", eu disse, "você não teria nem escrito esse poema se aquele vinho não tivesse feito você se sentir bem!"

"Ah, eu teria escrito de qualquer maneira. Você simplesmente bebe demais o tempo todo, não sei como é que você vai conseguir atingir a iluminação e aguentar ficar lá nas montanhas, você vai ficar descendo a colina o tempo todo para gastar seu dinheiro de feijão em vinho e vai acabar estirado no meio da rua, na chuva, bêbado, e daí vão te prender e você vai ter que reencarnar como um barman abstêmio para compensar o seu carma." Ele estava triste mesmo com aquilo, e preocupado comigo, mas eu simplesmente continuei bebendo.

Quando chegamos ao chalé de Alvah e já era hora de sair para a palestra do Centro Budista, eu disse: "Só vou ficar aqui me embebedando e esperando você voltar".

"Está certo", disse Japhy, olhando para mim com ar sombrio. "A vida é sua."

Ele ficou fora durante duas horas. Eu me senti triste e bebi demais e fiquei tonto. Mas estava determinado a não desmaiar e jogar na cara dele e provar alguma coisa para Japhy. De repente, ao entardecer, ele voltou correndo para o chalé, bêbado como um gambá e berrando: "Sabe o que aconteceu, Smith? Fui à palestra budista e todo mundo estava bebendo saquê branco puro em xícaras de chá e todo mundo ficou bêbado. Todos aqueles santos japoneses malucos! Você estava certo! Não faz a menor diferença! Todos nós ficamos bêbados e discutimos o prana! Foi maravilhoso!" E depois daquilo, eu e Japhy nunca mais nos desentendemos.

28

Chegou a noite da festança. Praticamente dava para ouvir o agito das preparações lá embaixo e fiquei deprimido. "Ah meu Deus, sociabilidade é só um grande sorriso e um grande sorriso não passa de um monte de dentes, eu gostaria de simplesmente poder ficar aqui e descansar e ser bom." Mas alguém me levou um pouco de vinho e me fez entrar no clima.

Naquela noite, vinho jorrou colina abaixo como um rio. Sean tinha juntado um monte de toras grandes para fazer uma fogueira imensa no quintal. A noite estava clara e estrelada, quente e agradável, em maio. Todo mundo apareceu. A festa logo se dividiu claramente em três partes, mais uma vez. Passei a maior parte do tempo na sala onde ouvíamos discos de Cal Tadjer no estéreo hi-fi e várias garotas dançavam enquanto Bud e eu e Sean e às vezes Alvah e seu novo amigo George tocávamos bongôs em latas viradas para baixo.

Lá fora, no quintal, o clima estava mais calmo, com o brilho do fogo e montes de gente sentada sobre as longas toras que Sean tinha colocado em volta da fogueira, e a tábua que servia de mesa estava forrada com um banquete digno de um rei e sua comitiva faminta. Ali, perto do fogo, longe do frenesi da sala cheia de bongôs, Cacoethes ganhava destaque ao discutir poesia com os sabichões locais, em um tom mais ou menos assim: "O marechal Dashiell* está muito ocupado deixando a barba crescer e levando seu Mercedes Benz a coquetéis em Chevy Chase** e perto do obelisco de Cleópatra; O. O. Dowler é carregado por toda Long Island a bordo de limusines e passa seus verões tremendo na praça de São Marcos, e que merdinha complicado, infelizmente ele consegue ser um dândi com roupas da Savile Row***, de chapéu-coco e casaca; e no que diz respeito a Manuel Drubbing, ele simplesmente joga moedas para ver quem vai se dar mal nas resenhas, e de Omar Tott não tenho nada a dizer. Albert Law Livingston está ocupado assinando cópias autografadas de seus romances e enviando cartões de Natal para Sarah Vaughan; a Ford Company incomoda Ariadne Jones; Leontine McGee diz que está velha, e assim, sobra quem?"

"Ronald Firbank"****, respondeu Coughlin.

"Acho que os únicos poetas de verdade neste país, fora da órbita deste quintalzinho, são o Doutor Musial, que provavelmente está bem neste instante balbuciando atrás das cortinas da sala dele, e Dee Sampson, que é rico demais. Isso nos deixa com o pobre e querido Japhy aqui que está indo embora para o Japão, e nosso amigo reclamão Goldbook e o caro Sr. Coughlin, que tem a língua afiada. Por Deus, eu sou o único sujeito bom aqui. Pelo menos tenho formação anárquica honesta. Pelo menos já fiquei com o nariz congelado, botas nos pés e um protesto nos lábios." Cofiou o bigode.

"E o Smith?"

"Bom, acho que ele é um bodisatva no aspecto mais assustador do termo, e isso é mais ou menos tudo que posso

---

* Dashiell Hammett: escritor que serviu na Primeira Guerra Mundial e depois se tornou roteirista em Hollywood. (N. T.)

** Chevy Chase: bairro nobre da capital dos Estados Unidos, Washington D. C. (N. T.)

*** Savile Row: rua em Londres conhecida pelas lojas de roupas refinadas para homens. (N. T.)

**** Ronald Firbank: romancista inglês que viveu de 1886 a 1926. (N. T.)

dizer." (E, de lado, fazendo uma careta: "Ele está sempre bêêêêbado demais".)

Henry Morley também compareceu naquela noite, só ficou um pouco, e agiu de modo muito estranho, sentado no fundo, lendo os quadrinhos da *Mad* e uma revista nova chamada *Hip*, e foi embora com a seguinte observação: "As salsichas estão finas demais, vocês acham que isso é um sinal dos tempos ou será que os fabricantes estão usando mexicanos desgarrados?". Ninguém conversava com ele, a não ser eu e Japhy. Fiquei com pena de vê-lo ir embora tão cedo, estava tão impalpável quanto um fantasma, como sempre. No entanto, tinha colocado um terno novinho para a ocasião, e de repente já tinha ido embora.

Enquanto isso, no topo da montanha, onde as estrelas acenavam sobre as árvores, alguns casais davam escapadelas para ficarem se agarrando ou levavam garrafões de vinho e violões lá para cima e organizavam festinhas separadas no nosso barraco. Foi uma noite ótima. O pai de Japhy afinal chegou, depois do trabalho, e era um sujeito pequeno mas corpulento e durão, igualzinho a Japhy, começando a perder os cabelos, mas totalmente cheio de energia e maluco igual ao filho. Imediatamente começou a dançar mambos enlouquecidos com as garotas enquanto eu batucava em uma lata como maluco. "Vai lá, cara!" Nunca se viu um dançarino mais frenético: ficava lá inclinando o corpo para trás até quase cair, mexendo o quadril na direção da garota, suando, ansioso, sorrindo, contente, o pai mais maluco que eu vi na vida. Havia pouco tempo, no casamento da filha, ele aparecera na recepção ao ar livre correndo de quatro no meio das pessoas com uma pele de tigre nas costas, mordendo os calcanhares das senhoras e latindo. Ali, pegou uma garota de quase um metro e oitenta de altura chamada Jane e a rodopiou de um lado para o outro e quase derrubou a estante de livros. Japhy ficava indo de uma seção à outra da festa com um enorme garrafão na mão, o rosto brilhando de felicidade. Durante um tempo, a festa da sala fez esvaziar o convescote da fogueira e logo Psyche e Japhy protagonizavam uma dança tresloucada, então Sean deu um salto e a fez rodopiar e ela ameaçou desmaiar e caiu bem entre Bud e eu sentados no chão batucando (Bud e eu que nunca tínhamos garotas e ignorávamos tudo aquilo) e ficou lá um segundo deitada no nosso colo. Fumamos nossos cachimbos e continuamos a batucar. Polly Whitmore ficou pela cozinha ajudando Christine com a comida e até preparou ela mesma uma fornada de biscoitos deliciosos. Percebi que estava sozinha porque Psyche estava lá e Japhy não era dela de modo que me aproximei para agarrá-la pela cintura mas ela olhou para mim com tanto medo que não fiz nada. Parecia morta de medo de mim. Princess estava lá com um namorado novo e também ficou amuada em um canto.

Perguntei a Japhy: "Que diabos você vai fazer com todas essas garotas? Não vai me dar uma?".

"Pode pegar a que você quiser. Hoje à noite, estou neutro."

Saí para a fogueira para ouvir as mais novas criações cínicas de Cacoethes. Arthur Whane estava sentado sobre uma tora, bem vestido, de terno e gravata, e fui até lá e lhe perguntei: "Bom, o que é o budismo? Será a magia da imaginação fantástica do relâmpago, serão peças, sonhos, ou nem mesmo peças, sonhos?".

"Não, para mim o budismo é conhecer o maior número de pessoas possível." E lá estava ele circulando pela festa todo afável, cumprimentando todo mundo com apertos de mão e batendo papo, como se estivesse em um coquetel. A festa lá dentro estava ficando cada vez mais frenética. Eu mesmo comecei a dançar com a garota alta. Ela era louca. Queria levá-la sorrateiramente para o alto da colina com um garrafão, mas o marido dela estava lá. Mais tarde, um homem de cor maluco apareceu e começou a tocar bongô na própria cabeça e nas bochechas e na boca e no peito, surrando a si mesmo para produzir um som realmente alto, uma batida maravilhosa, uma batida tremenda. Todo mundo ficou embevecido e declarou que ele tinha que ser um bodisatva.

Gente de todo tipo vinha chegando da cidade, onde a notícia da festa maravilhosa ia se espalhando pelos bares que frequentávamos. De repente ergui os olhos e Alvah e George estavam circulando pelados.

"O que vocês estão fazendo?"

"Ah, a gente só resolveu tirar a roupa."

Ninguém pareceu se importar. Aliás, vi Cacoethes e Arthur Whane bem vestidos, em pé, conversando educadamente à luz da fogueira com dois malucos pelados, algum tipo de conversa bem séria a respeito de assuntos de ordem mundial. Finalmente Japhy também ficou pelado e começou a circular com o garrafão na mão. Cada vez que uma das garotas olhava para ele soltava um rugido alto e pulava na direção delas e elas saíam pela casa dando gritinhos histéricos. Era uma coisa insana. Fiquei imaginando o que aconteceria se os guardas de Corte Madera ouvissem falar disso e resolvessem subir a colina com seus carros de patrulha ruidosos. A fogueira era brilhante, qualquer um que passasse pela estrada podia ver o que estava acontecendo no quintal. No entanto, não era nada estranho ver aquela fogueira ali, a comida sobre a tábua, ouvir os violões, ver as árvores densas balançando de um lado para o outro com a brisa e alguns homens pelados na festa.

Fui conversar com o pai de Japhy e disse: "O que você acha do Japhy ficar pelado?".

"Ah, não dou a mínima. Até onde me compete, o Japh pode fazer tudo o que quiser. Diga, cadê aquela moça alta que estava dançando com a gente?" Ele era um verdadeiro pai-Vagabundo do Darma. A vida dele também não tinha sido nada fácil, a juventude nas florestas do Oregon, cuidando de toda a família em uma cabana que ele mesmo construíra e todos os problemas cabeludos de tentar plantar em terreno inclemente, e os invernos gelados. Agora ele era um pintor de casas bem-sucedido e tinha construído pessoalmente uma das melhores casas de Mill Valley e cuidava da irmã. A mãe de Japhy morava sozinha em um quarto alugado no Norte. Japhy cuidaria dela quando voltasse do Japão. Eu tinha visto uma das suas cartas tristes. Japhy disse que os pais dele tinham se separado de modo muito definitivo, mas que quando voltasse do mosteiro, veria o que poderia fazer para cuidar dela. Japhy não gostava de falar dela, e é claro que o pai nem tocava no nome dela. Mas eu gostei do pai de Japhy, do jeito como dançava todo suado e maluco, o jeito como não se importava com todas as excentricidades que via, o jeito como deixava todo mundo fazer o que bem entendesse e como foi para casa por volta da meia-noite sob uma chuva de flores que atiramos, dançando até chegar ao carro parado na estrada.

Al Lark era outro cara legal que estava lá, só ficou sentado, esparramado, dedilhando o violão, cantarolando e murmurando acordes de blues ou às vezes flamenco e olhando para o nada, e quando a festa acabou, às 3h, ele e a mulher foram dormir em sacos de dormir no quintal e pude ouvi-los falando bobagem sobre o capim. "Vamos dançar", disse ela; "Ah, vai dormir!", disse ele.

Psyche e Japhy estavam magoados um com o outro naquela noite e ela não quis subir a colina e honrar os lençóis brancos dele e saiu pisando forte. Observei Japhy subir a encosta, cambaleando de bêbado, e a festa terminou.

Acompanhei Psyche até o carro e disse: "Ah, vamos lá, por que você vai deixar o Japhy triste na noite de despedida dele?".

"Ah, ele foi maldoso comigo, ele que vá para o inferno."

"Ah, vamos lá, ninguém vai te engolir lá em cima da colina."

"Não dou a mínima, vou voltar para a cidade."

"Bom, isso não é legal, e Japhy me disse que te amava."

"Não acredito."

"A vida é assim", eu disse, segurando um enorme garrafão de vinho com o dedo indicador como se fosse um gancho e comecei a subir a montanha e ouvi Psyche tentando dar ré e fazer o retorno na estradinha estreita e a traseira do carro caiu em uma vala e ela não conseguia sair e teve que dormir no chão da casa de Christine mesmo. Nesse ínterim, Bud e Coughlin e Alvah e George tinham ido para o barraco e se esparramado por cima de vários cobertores e sacos de dormir espalhados pelo chão. Arranjei meu saco de dormir sobre o capim confortável e senti que era a pessoa mais sortuda daquele grupo. Então a festa tinha acabado e a gritaria tinha cessado e o que tinha sido conquistado? Comecei a cantar no meio da noite, deleitando-me com o garrafão. As estrelas, de tão brilhantes, cegavam.

"Um mosquito tão grande quanto o monte Sumeru é muito maior do que você pensa!", gritou Coughlin de dentro da cabana, ao me ouvir cantar.

Gritei de volta: "O casco do cavalo é mais delicado do que parece!".

Alvah veio correndo de ceroulas e fez uma longa dança e uivou poemas compridos sobre o capim. Finalmente, Bud juntou-se a nós e falou sem parar a respeito da última ideia que tivera. Fizemos uma espécie de festa diferente ali. "Vamos descer para ver quantas meninas sobraram!" Desci a montanha rolando metade do caminho e tentei fazer Psyche subir mais uma vez, mas ela estava apagada como uma lâmpada jogada no chão. As brasas da enorme fogueira ainda ardiam vermelhas e soltavam um monte de calor. Sean roncava no quarto da mulher. Peguei um pouco de pão da tábua e passei queijo cottage em cima e comi, e bebi vinho. Estava completamente sozinho perto da fogueira e ao leste o céu ia ficando cinzento. "Rapaz, como estou bêbado!", disse. "Acorde! acorde!", berrei. "O cabrito do dia está dando coices no amanhecer! Nada de ses nem de mas! Bang! Vamos lá, garotas! bêbados! arruaceiros! ladrões! cafetões! enforcados! Corram!" Então, por um instante, tive a mais tremenda sensação de pena dos seres humanos, sejam eles o que forem, o rosto, a boca cheia de dor, personalidades, tentativas de ser alegres, pequenas petulâncias, sensação de perda, piadinhas chatas e vazias que logo seriam esquecidas: ah, para quê? Eu sabia que o som do silêncio estava em todo lugar e que portanto tudo em todo lugar era silêncio. Suponha que de repente acordássemos e víssemos que o que achamos ser isto ou aquilo na verdade não é nada disto nem daquilo? Subi a colina aos tropeções, cumprimentado pelos passarinhos, e olhei para as figuras dormentes e acotoveladas no chão. Quem seriam todos esses fantasmas estranhos enraizados a essa tola aventurazinha na terra junto comigo? E quem era eu? Coitado do Japhy, às 8h acordou e bateu na frigideira e entoou o canto do "Gocchami" e chamou todo mundo para comer panquecas.

29

A festa durou dias; na manhã do terceiro ainda havia gente esparramada pelo chão quando Japhy e eu pegamos nossas mochilas sorrateiramente, com alguns alimentos selecionados, e partimos pela estrada sob o sol alaranjado da manhãzinha dos dias dourados da Califórnia. Aquele dia seria maravilhoso, estávamos de volta ao nosso elemento: as trilhas.

Japhy estava de ótimo humor. "Caramba, faz bem se afastar da dissipação e entrar no mato. Quando eu voltar do Japão, Ray, quando o clima ficar frio de verdade, vamos colocar nossas ceroulas e pedir carona pelo país afora. Imagine só, do mar à montanha, Alasca a Klamath, uma floresta sólida de abetos para praticar sua vida de bhikku, um lago de um milhão de gansos selvagens. Woo! Você sabe o que quer dizer woo em chinês?"

"O quê?"

"Névoa. Esses bosques são realmente maravilhosos aqui em Marin, vou lhe mostrar o bosque de Muir hoje, mas é mais para o norte que ficam as verdadeiras montanhas da costa do Pacífico e o território do mar, o lar futuro do corpo-Darma. Sabe o que eu vou fazer? Vou escrever um poema novo e comprido chamado *Rios e Montanhas Sem Fim* e simplesmente escrever e escrever e escrever de uma tirada e desdobrá-lo e prosseguir com novas surpresas e sempre o que se foi antes de ser esquecido, percebe, como um rio, ou como uma daquelas pinturas chinesas em seda verdadeiramente compridas que mostram dois ou três homens caminhando em uma paisagem infinita de árvores antigas retorcidas e montanhas tão altas que se fundem à névoa na parte superior do vazio da seda. Vou passar mais de três mil anos escrevendo, trará muita informação a respeito da conservação do solo, da Autoridade do Vale do Tennessee, de astronomia, de geologia, das viagens de Hsuan Tsung, de teoria da pintura chinesa, de reflorestamento, de ecologia oceânica e de cadeias alimentares."

"Vai fundo, rapaz." Como sempre, eu caminhava atrás dele e, quando começamos a subir, com a mochila bem confortável nas costas, como se fôssemos animais de carga e não nos sentíssemos bem sem um fardo, ouviu-se aquele mesmo velho, bom e solitário tup tup montanha acima, lentamente, a um quilômetro por hora. Chegamos ao final da estrada íngreme, onde precisamos passar por algumas casas construídas perto de encostas íngremes cobertas de arbustos com cachoeiras que desabavam lá para baixo, e então subimos uma pradaria íngreme, cheia de borboletas e feno e um pouco de sereno das 7h, e pegamos uma estrada impiedosa, e daí no fim dessa estrada impiedosa, que ia subindo cada vez mais alto, pudemos avistar Corte Madera e o vale Mill, e até mesmo o topo vermelho da ponte Golden Gate, à distância.

"Amanhã à tarde, em nosso percurso até a praia de Stimson", disse Japhy, "você vai ver a cidade de São Francisco, inteiramente branca, a quilômetros de distância na baía azul. Ray, por Deus, mais tarde, na nossa vida futura, podemos estabelecer uma tribo liberada nestas colinas da Califórnia, arrumar garotas e ter dúzias de pirralhos iluminados, viver como índios em tendas e comer frutinhas silvestres e brotos."

"Nada de feijão?"

"Vamos escrever poemas, arrumaremos uma impressora e imprimiremos nossos próprios poemas, a Editora do Darma, vamos poetizar tudo e fazer um livro gordo de bombas frias para o público tolo."

"Ah, o público não é tão mau assim, esse pessoal também sofre. A gente sempre acaba lendo a respeito de um barraco de papel alcatroado que pega fogo em algum lugar do Meio-Oeste e mata três criancinhas e a gente vê uma foto dos pais chorando. Até o gatinho queimou. Japhy, você acha que Deus fez o mundo para se divertir porque estava entediado? Porque, se for assim, ele tinha mesmo que ser maldoso."

"Nossa, o que você quer dizer com Deus?"

"Apenas Tathagata, se você preferir."

"Bom, diz no sutra que Deus, ou Tathagata, não emana um mundo do próprio útero, mas que parece ser assim devido à ignorância dos seres sencientes."

"Mas ele emanou os seres sencientes e sua ignorância também. É tudo uma pena. Eu não vou descansar até descobrir *por quê*, Japhy, *por quê*."

"Ah, não perturbe a essência da sua mente. Lembre-se de que na essência pura da mente de Tathagata não há a pergunta por que e nem mesmo um significado relacionado a ela."

"Bom, então, na verdade, nada está acontecendo de fato."

Ele jogou um graveto em mim que bateu no meu pé.

"Bom, isso não aconteceu", eu disse.

"Não sei mesmo, Ray, mas aprecio sua tristeza em relação ao mundo. É isso aí. Veja só aquela festa da outra noite. Todo mundo queria se divertir e se esforçou muito mesmo, mas todos nós acordamos no dia seguinte nos sentindo meio tristonhos e alienados. O que você pensa a respeito da morte, Ray?"

"Acho que a morte é nossa recompensa. Quando morremos, vamos diretamente para o Céu do nirvana e pronto."

"Mas suponha que você renasça no nível mais baixo dos infernos e os demônios fiquem enfiando bolas de ferro incandescente pela sua goela abaixo."

"A vida já enfiou um sapo de ferro incandescente pela *minha* goela abaixo. Mas eu acho que isso não passa de um sonho inventado por uns monges histéricos que não entendiam a paz do Buda sob a Árvore da Sabedoria ou, no caso, a paz de Cristo descendo sobre seus torturadores e os perdoando."

"Você gosta mesmo de Cristo, não é?"

"Claro que gosto. E, afinal, muita gente diz que ele é Maitreya, o Buda profetizado a aparecer depois de Sakyamuni, você sabe, Maitreya significa 'Amor' em sânscrito e Cristo só falava de amor."

"Ah, não vai começar a pregar o cristianismo para cima de mim, já estou vendo você no seu leito de morte beijando a cruz igual a um velho Karamazov ou o nosso velho amigo Dwight Goddard que passou a vida inteira como budista e de repente retornou ao cristianismo nos últimos dias da vida. Ah, isso não é para mim, quero passar horas, todos os dias, em um templo solitário meditando na frente de uma caixa selada que continha uma estátua de Kwannon que ninguém nunca tem permissão para ver porque é poderosa demais. Bate forte, diamante velho!"

"No final, tudo se ajeita."

"Você se lembra do Rol Stularson, meu amigo que foi para o Japão estudar aquelas pedras de Ryoanji? Ele partiu a bordo de um cargueiro chamado *Serpente do Mar*, por isso pintou um enorme mural com uma serpente do mar e sereias em um anteparo do refeitório para a alegria da tripulação; o pessoal gostou tanto dele que todo mundo quis virar Vagabundo do Darma ali mesmo. Agora ele está escalando o monte sagrado de Hiei em Kyoto, enterrado em meio metro de neve, provavelmente, percorrendo o caminho onde não há trilha, íngreme íngreme, atravessando bambuzais e pinheiros retorcidos como os que se vê nos desenhos a pincel. Pés úmidos e almoço esquecido, é assim que se escala."

"Aliás, o que é que você vai vestir no mosteiro?"

"Ah, cara, a parafernália completa, aquelas coisas compridas, largas e pretas no estilo da Dinastia Tang, com mangas enormes e caídas e pregas engraçadas, aquilo faz você se sentir um verdadeiro oriental."

"Alvah diz que enquanto caras como nós ficam animados de poder parecer orientais de verdade e usar vestes, os verdadeiros orientais que moram lá ficam lendo textos surrealistas e Charles Darwin e são loucos por ternos ocidentais."

"O Oriente e o Ocidente se encontram de qualquer maneira. Pense na maravilhosa revolução mundial que vai acontecer quando o Oriente finalmente encontrar o Ocidente, e são caras como nós que podem dar início a essa coisa. Pense nos milhões de sujeitos espalhados pelo mundo com mochilas nas costas, percorrendo o interior e pedindo carona e mostrando o mundo como ele é de verdade para todas as pessoas."

"Isso é bem parecido com o início das Cruzadas: Walter, o Paupérrimo, e Pedro, o Eremita, conduzindo bandos de crentes esfarrapados à Terra Santa."

"É, mas isso aí tinha uma carga muito grande de depressão e bobagem europeia, eu quero que meus Vagabundos do Darma carreguem a primavera no coração, com os botões florescendo e os passarinhos soltando pedacinhos de excremento fresco para assustar os gatos que desejavam comê-los um instante antes."

"No que é que você está pensando?"

"Só estou compondo poemas na minha cabeça à medida que escalamos em direção ao monte Tamalpais. Está vendo ali na frente, a montanha mais linda que se pode ver no mundo todo, que formato lindo, eu amo o Tamalpais de verdade. Vamos dormir esta noite lá do lado de trás. Vamos demorar até o finzinho da tarde para chegar lá."

A região de Marin era bem mais rústica e agradável do que a região árdua de Sierra que tínhamos escalado no outono anterior: eram só flores, flores, árvores, arbustos, mas também um monte de arbustos venenosos nas laterais da trilha. Quando chegamos ao fim da estrada elevada e impiedosa, de repente mergulhamos em uma floresta densa de sequoias e seguimos em frente, acompanhando uma tubulação que atravessava clareiras muito profundas, onde o sol novo da manhã mal penetrava, e que eram frias e úmidas. Mas o cheiro de pinho e de madeira era profundo e forte. Japhy estava todo falante naquela manhã. Voltou a ficar parecido com um garotinho, agora que estava percorrendo uma trilha no mato. "A única coisa de errado nessa história de mosteiro no Japão para mim é que, apesar de toda a inteligência e as boas intenções dos americanos que estão por lá, eles têm muito pouca noção a respeito da realidade da América e de quem são as pessoas que entendem mesmo o budismo por aqui, e não veem utilidade na poesia."

"Quem?"

"Bom, o pessoal que está me mandando para lá e que financia as coisas. Eles gastam o bom dinheiro deles arrumando cenários elegantes com jardins e livros e arquitetura japonesa e toda aquela porcaria que só serve para impressionar americanos divorciados em cruzeiros japoneses e que não tem nenhuma utilidade, quando a única coisa que deveriam fazer é construir ou comprar uma casa japa velha e uma horta e deixar um lugar para os camaradas praticarem o budismo, quer dizer, colocar uma flor de verdade e não só aquele monte de porcaria de classe média americana que é só aparência. De qualquer modo, estou ansioso para chegar lá, ah sim, já estou me vendo de manhã sentado no tatame com uma mesinha baixa do lado, datilografando na minha máquina portátil, e meu hibachi ali perto conservando o calor de um bule de água quente e toda a minha papelada e os meus mapas e o meu cachimbo e a minha lanterna guardadinhos e lá fora ameixeiras e pinheiros com neve sobre os galhos e lá em cima no monte Hieizan a neve cada vez mais espessa e sugi e hinoki por todos os lados, as sequoias deles, rapaz, e cedros. Templozinhos escondidos pelas trilhas pedregosas, lugares antigos frios e musgosos onde os sapos coaxam, e lá dentro pequenas estátuas e lamparinas engorduradas penduradas e lótus dourados e pinturas e odores antigos impregnados de incenso e baús de laca com estátuas." O barco dele zarpava dali a dois dias. "Mas também fico triste de ir embora da Califórnia... é por isso que hoje eu quis dar essa última olhada nela com você, Ray."

Saímos da floresta de sequoias cheia de clareiras e desembocamos em uma estrada onde havia um albergue montanhês, então atravessamos a estrada e mergulhamos mais uma vez em arbustos até chegar a uma trilha que provavelmente ninguém sabia que estava lá a não ser alguns alpinistas e pronto, estávamos no bosque Muir. Que se estendia, um amplo vale, quilômetros a nossa frente. Uma antiga estrada de lenhador nos conduziu por três quilômetros e então Japhy saiu dela e subiu a encosta com dificuldade e chegou a outra trilha que ninguém sonhava estar lá. Caminhamos por ela, para cima e para baixo ao longo de um riacho que descia a montanha, mais uma vez com troncos caídos que serviam para cruzar o riacho, e às vezes pontes que, Japhy explicou, tinham sido construídas pelos escoteiros, árvores serradas no meio com a superfície lisa virada para cima, para facilitar a travessia. Então escalamos uma encosta íngreme coberta de pinheiros e chegamos à rodovia e subimos pelo lado de uma colina coberta de capim e saímos em uma espécie de teatro ao ar livre, em estilo grego, com assentos de pedra em volta de um arranjo de pedras nuas para apresentações em quatro dimensões de Ésquilo e Sófocles. Bebemos água e nos sentamos e tiramos os sapatos e observamos a peça silenciosa dos assentos de pedra mais altos. À distância dava para ver a ponte Golden Gate e a brancura de São Francisco.

Japhy começou a guinchar e a arrulhar e a assobiar e a cantar, cheio de puro contentamento. Ninguém em volta para escutá-lo. "É assim que você vai se sentir no topo do monte Desolation neste verão, Ray."

"Vou cantar a plenos pulmões pela primeira vez na vida."

"Se alguém ouvir, serão só as lebres, ou talvez um urso mais crítico. Ray, aquela região do Skagit para onde você vai é um dos melhores lugares da América, aquele rio serpenteante que atravessa gargantas e desemboca em sua própria bacia despovoada, montanhas nevadas úmidas que se transformam em montanhas secas cobertas de pinheiros e vales profundos como o Big Beaver e o Little Beaver, com algumas das mais importantes reservas virgens de sequoias que sobraram no mundo. Fico pensando no meu posto de observação abandonado na montanha Crater, sem ninguém além das lebres expostas aos ventos uivantes, a casa ficando velha, as lebres em seus ninhos peludos bem no fundo das pedras, e quentinhas, comendo sementes ou outra coisa qualquer. Quanto mais perto se chega da matéria verdadeira, pedra ar fogo e madeira, rapaz, mais espiritual o mundo fica. Toda essa gente achando que é algum tipo de cabeça-dura prático e materialista, ninguém sabe porcaria nenhuma a respeito da matéria, a cabeça dessas pessoas está cheia de ideias e noções delirantes." Ergueu a mão. "Escute só essa codorna chamando."

"Fico imaginando o que todo mundo está fazendo lá na casa do Sean."

"Bom, estão todos acordados agora e já vão começar a tomar aquele vinho tinto azedo e velho de novo e vão ficar esparramados por lá conversando sobre nada. Deviam todos ter vindo conosco para aprender alguma coisa." Pegou a mochila e saiu andando. Em meia hora estávamos em uma bela pradaria seguindo uma trilhazinha empoeirada que atravessava riachos rasos e afinal chegamos ao acampamento da campina de Potrero. Era um acampamento em uma reserva florestal com um local de pedra reservado para fogueiras e mesas de piquenique e tudo o mais, mas ninguém apareceria por lá antes do fim de semana. A alguns quilômetros de distância, o barraco de observação no topo do Tamalpais olhava para nós. Desfizemos as mochilas e passamos um fim de tarde tranquilo, cochilando ao sol ou Japhy corria de um lado para o outro observando borboletas e passarinhos e tomando notas em seu caderninho e eu saí caminhando sozinho para o outro lado, para o norte, onde uma área pedregosa e desolada muito parecida com as Sierras se estendia em direção ao mar.

Ao anoitecer, Japhy acendeu uma boa fogueira e começou a preparar o jantar. Estávamos muito cansados e felizes. Naquela noite, ele fez uma sopa de que nunca me esquecerei e foi mesmo a melhor sopa que tomei desde que era um jovem escritor célebre em Nova York e almoçava no Chambord ou na cozinha de Henri Cru. Não passava de alguns envelopes de sopa de ervilha desidratada jogadas dentro de uma panela de água com bacon frito, gordura e tudo o mais, bem mexidos até ferver. Tinha um gosto suculento e verdadeiro de ervilha, com aquele bacon defumado e a gordura de porco, era a refeição perfeita para se fazer na escuridão fria que ia se aglomerando em volta da fogueira crepitante. Além disso, quando examinou o terreno, ele encontrou alguns cogumelos selvagens, não do tipo normal, que parece um guarda-chuva, mas uns cogumelos do tamanho de pomelos, bem firmes e brancos, e os fatiou e fritou com gordura de bacon e os comemos separado, com arroz frito. Foi um jantar maravilhoso. Lavamos os utensílios no riacho gorgolejante. A fogueira afastava os mosquitos. A lua veio se infiltrando através dos galhos dos pinheiros. Desenrolamos nossos sacos de dormir sobre o capim da pradaria e fomos dormir cedo, mortos de cansaço.

"Bom, Ray", disse Japhy, "logo eu vou estar bem longe no oceano e você vai estar pedindo carona litoral acima até Seattle e daí até a região do Skagit. Fico imaginando o que vai acontecer com todos nós."

Fomos dormir com esse tema fantástico na cabeça. Durante a noite tive um sonho vívido, um dos sonhos mais claros que já tive, enxerguei perfeitamente uma feira chinesa enevoada e cheia de mendigos e vendedores e cavalos de carga e lama e barris soltando fumaça e pilhas de lixo e verduras à venda em tigelas de barro sujas no chão e de repente chegou das montanhas um andarilho esfarrapado, um sujeitinho chinês, inimaginável, todo marrom e remendado, e estava lá parado na extremidade da feira, observando tudo com um humor sem expressão. Era baixo, magro, a pele do rosto castigada e de um profundo vermelho devido ao sol do deserto e das montanhas; as roupas dele não passavam de um aglomerado de farrapos; trazia uma mochila de couro nas costas; estava descalço. Eu só tinha visto sujeitos como aquele muito esporadicamente, e só no México, provavelmente entrando em Monterrey, vindos das montanhas de pedra impiedosas, mendigos que certamente moravam em cavernas. Mas esse era um andarilho chinês, duas vezes mais pobre, duas vezes mais rude e infinitamente misterioso e era Japhy com certeza. Era a mesma boca larga, os olhos alegres brilhantes, o rosto ossudo (um rosto como a máscara mortuária de Dostoiévsky, com os ossos das sobrancelhas proeminentes e o rosto quadrado); e era baixinho e compacto como Japhy. Acordei ao amanhecer, pensando: "Uau, é *isso* que vai acontecer com o Japhy? Talvez ele abandone aquele mosteiro e simplesmente desapareça e nós nunca mais o vejamos, e ele será o fantasma Han Shan das montanhas do Oriente e até os chineses terão medo dele de tão esfarrapado e surrado que estará".

Comentei aquilo com Japhy. Ele já estava de pé, avivando o fogo e assobiando. "Bom, não fique aí deitado no seu saco de dormir batendo punheta, levante e vá buscar água. Yodelê-i-ê hu! Ray, vou trazer para você incensos do templo de águas geladas de Kiyomizu e arranjá-los um por um em uma grande tigela de incenso de latão e fazer as devidas reverências, o que você acha disso? Que sonho esse que você teve! Se sou eu, então sou eu. Sempre chorando, sempre jovial, hu!" Ele tirou a machadinha da mochila e bateu em alguns gravetos e acendeu uma fogueira crepitante. Ainda havia névoa nas árvores e neblina no chão. "Vamos arrumar tudo e sair logo e chegar ao acampamento do vale de Laurel. Então vamos pegar as trilhas que levam até o mar e nadar."

"Ótimo." Para essa viagem, Japhy tinha trazido uma combinação deliciosa que nos forneceria energia suficiente para as caminhadas: biscoitos de arroz, um bom pedaço de queijo cheddar bem forte e um salame. Comemos tudo isso no café da manhã com chá quente feito na hora e foi ótimo. Dois homens adultos podiam sobreviver dois dias com aquele pão concentrado e aquele salame (carne concentrada) e o queijo, e a coisa toda pesava menos de um quilo. Japhy era cheio de boas ideias como essa. Quanta esperança, quanta energia humana, quanto otimismo verdadeiramente americano vinha guardado dentro daquela estruturazinha compacta dele! Lá ia ele cambaleando trilha afora na minha frente quando gritou para mim: "Experimente a meditação da trilha, simplesmente caminhe olhando para a trilha a seus pés e não vire para os lados e simplesmente entre em transe à medida que o chão vai passando rapidamente".

Chegamos ao acampamento do vale de Laurel por volta das dez, e ele também dispunha de espaços de pedra para fogueira com grelha e mesas de piquenique, mas o cenário era infinitamente mais bonito do que nos campos de Potrero. Aquela era uma pradaria de verdade: linda como em um sonho, com capim macio formando montinhos por todos os lados, cercada de mata densa muito verde, aquela cena toda de relva ondulante e regatos e mais nada à vista.

"Por Deus, vou voltar aqui só com comida e querosene e um fogareiro portátil e preparar meu jantar sem fumaça e o Serviço Florestal nem vai saber a diferença."

"É, mas se algum dia pegarem você cozinhando fora destas plataformas de pedra, botam você para fora, Smith."

"Mas o que é que eu ia fazer nos finais de semana, me juntar àquela multidão de gente alegre que vem fazer piquenique? Eu só ia ficar escondido para lá, depois desta linda pradaria. Podia ficar aqui para sempre."

"E você só precisaria percorrer três quilômetros de trilha para chegar até a praia de Stimson e o mercado que tem lá." Ao meio-dia, tomamos o caminho da praia. Era um percurso tremendamente massacrante. Subíamos bem alto em planícies, de onde mais uma vez era possível avistar São Francisco a distância, e então mergulhávamos novamente em uma trilha íngreme que parecia cair diretamente até o nível do mar; às vezes era preciso correr trilha abaixo ou escorregar de costas, por exemplo. Uma torrente de água desabava ao lado da trilha. Fui na frente de Japhy e comecei a nadar trilha abaixo com tanta rapidez, cantando alegremente, que ele ficou mais de um quilômetro atrás de mim e, no final, precisei esperá-lo. Ele estava aproveitando para observar as avencas e as flores. Escondemos nossas mochilas no meio das folhas caídas sob os arbustos e caminhamos livremente pelas pradarias próximas à praia e passamos por casas em sítios litorâneos com vacas pastando, até alcançar a comunidade praiana, onde compramos vinho em um mercado e saímos direto para a areia e as ondas. Era um dia frio, só com alguns clarões de sol ocasionais. Mas tudo bem. Pulamos dentro do mar de cuecas e nadamos vigorosamente por ali e então saímos da água e espalhamos um pouco do salame e dos biscoitos e do queijo sobre um pedaço de papel na areia e bebemos vinho e conversamos. A certa altura eu até cochilei. Japhy estava se sentindo muito bem. "Caramba, Ray, você nunca vai saber como eu estou feliz por termos decidido passar esses dois últimos dias fazendo uma caminhada. Estou me sentindo completamente bem de novo. Eu *sei* que algo de bom vai sair de tudo isto aqui!"

"Tudo o quê?"

"Sei lá... do modo como nos sentimos em relação à vida. Você e eu não saímos por aí para estourar a cabeça de ninguém, nem para cortar uma garganta sem deixar vestígios, nós nos dedicamos à reza em nome de todos os seres sencientes e, também, quando estivermos fortes o bastante, teremos condições reais de fazer isso, como os antigos santos. Quem sabe, o mundo pode acordar e emergir em uma linda flor do Darma por todos os lados."

Depois de cochilar um pouco ele acordou e disse: "Olhe só para toda essa água aí que se estende até o Japão". Ele estava ficando cada vez mais triste por causa da partida.

30

Começamos a percorrer o caminho de volta e pegamos nossas mochilas e subimos pela trilha que descia em queda livre até o nível do mar, uma escalada árdua montanha acima, engatinhando e nos agarrando às pedras e às arvorezinhas, o que nos deixou exaustos, mas afinal demos em uma linda pradaria e a subimos e mais uma vez avistamos São Francisco ao longe. "Jack London costumava percorrer esta trilha", disse Japhy. Prosseguimos ao longo da encosta sul de uma bela montanha que nos proporcionou, durante horas a fio, a vista da Golden Gate e até mesmo de Oakland a quilômetros de distância, enquanto caminhávamos com dificuldade. Vimos lindos parques naturais de carvalhos serenos, em tons de dourado e verde no fim da tarde, e muitas flores silvestres. Uma hora, vimos uma corça parada em um monte de capim, olhando para nós, maravilhada. Saímos dessa pradaria e entramos direto em uma floresta de sequoias e voltamos a subir, mais uma vez era uma encosta tão íngreme que xingávamos e suávamos no meio do pó. Trilhas são assim: a gente flutua em um paraíso shakespeariano de Arden e espera ver ninfas e flautistas, e daqui a pouco já está se matando sob um sol quente dos infernos em meio à poeira e às urtigas e aos arbustos venenosos... igualzinho à vida. "Carma ruim automaticamente produz carma bom", disse Japhy. "Não xingue tanto e siga em frente, logo estaremos belos e formosos em um platô."

Os três últimos quilômetros da colina foram terríveis e eu disse: "Japhy, há uma coisa que eu gostaria de ter agora mais do que qualquer outra no mundo... mais do que tudo que eu sempre quis na vida". Rajadas de vento frio do entardecer sopravam, nós nos apressávamos com o corpo curvado e a mochila nas costas pela trilha infindável.

"O quê?"

“Uma linda barra grande de chocolate, podia até ser uma pequena. Por uma razão qualquer, uma barra de chocolate salvaria a minha alma agora.”

“Eis o seu budismo, uma barra de chocolate. O que você acha do luar em um laranjal e uma casquinha de sorvete de baunilha?”

“Frio demais. O que eu preciso, quero, desejo, morro de vontade, neste instante, é de uma barra de chocolate... com amendoim.” Estávamos muito cansados e íamos tropeçando em direção à nossa casa conversando como duas crianças. Eu ficava repetindo sem parar a minha ideia da boa e velha barra de chocolate. Eu estava falando sério. Precisava daquela energia de qualquer maneira, estava um pouco tonto e precisava de açúcar, mas pensar em chocolate e amendoins derretendo na minha boca naquele vento frio, isto já era demais.

Logo estávamos pulando a cerca do curral que conduzia ao pasto dos cavalos perto do nosso barraco e logo pulamos a cerca de arame farpado do nosso quintal e cambaleamos os últimos seis metros de capim alto, passando pela minha cama na roseira, até a porta do bom e velho barraquinho. Era nossa última noite juntos em casa. Sentamo-nos tristemente no barraco escuro e tiramos as botas e suspiramos. Eu não conseguia fazer nada além de sentar por cima dos pés, sentar por cima dos pés fazia com que parassem de doer. “Chega de caminhadas para mim, para sempre”, eu disse.

Japhy respondeu: “Bom, ainda precisamos jantar e já estou vendo que acabamos com tudo neste fim de semana. Ainda vou precisar ir até o supermercado da estrada para pegar um pouco de comida.”

“Ah, cara, você não está cansado? Vamos para a cama, a gente come amanhã.” Mas ele voltou a calçar as botas com pesar e saiu. Todo mundo tinha ido embora, a festa tinha acabado quando descobriram que Japhy e eu tínhamos desaparecido. Acendi o fogo e me deitei e até dormi um pouco e de repente estava escuro e Japhy entrou e acendeu a lamparina de querosene e despejou as compras sobre a mesa, e entre elas havia três barras de chocolate só para mim. Foi a melhor barra de chocolate que eu comi na vida. Ele também trouxera meu vinho preferido, porto tinto, só para mim.

"Estou indo embora, Ray, e achei que eu e você podíamos comemorar um pouco..." A voz dele ia diminuindo de maneira triste e cansada. Quando Japhy ficava cansado, e ele geralmente ficava completamente estafado de tanto caminhar ou trabalhar, sua voz parecia distante e pequena. Mas logo ele juntou as forças e começou a preparar o jantar, cantando à beira do fogão como se fosse milionário, caminhando pesadamente com as botas sobre o piso de madeira que ressoava, arrumando buquês de flores nos vasos de barro, fervendo água para o chá, dedilhando o violão, tentando me animar já que eu estava lá deitado, olhando para o teto de aniagem com tristeza. Era nossa última noite, e nós dois sentíamos isso.

"Fico imaginando qual de nós vai morrer primeiro", pensei em voz alta. "Seja quem for, que volte, fantasma, e dê ao outro a chave."

"Ha!" Ele trouxe meu jantar e nos sentamos de pernas cruzadas e mastigamos como tínhamos feito em tantas noites anteriores: era só o vento enfurecido no oceano de árvores e nossos dentes mastigando e mastigando uma boa comida de bhikku bem simples e melancólica. "Pense só, Ray, como era esta colina bem aqui onde está o nosso barraco há trinta mil anos, na época do homem de Neandertal. E você percebe que nos sutras diz que existia um Buda naquele tempo, Dipankara?"

"Aquele que nunca falava nada!"

"Você não consegue visualizar todos aqueles homens-macacos iluminados sentados em volta de uma fogueira crepitante em volta do Buda deles sem dizer nada e sabendo tudo?"

"As estrelas eram as mesmas de hoje à noite."

Mais tarde Sean apareceu e sentou-se de pernas cruzadas e conversou breve e tristemente com Japhy. Estava tudo terminado. Então Christine subiu com as duas meninas nos braços, era uma moça boa e forte e conseguia subir colinas com muita carga. Naquela noite, fui dormir no meu saco de dormir sob a roseira e amaldiçoei a repentina escuridão fria que se abatera sobre o barraco. Fez com que eu pensasse nos primeiros capítulos da vida do Buda, quando ele resolve abandonar o Palácio, deixando sua esposa aos prantos e o filho e o coitado do pai e se afastando sobre um cavalo branco para ir raspar o cabelo louro no bosque e mandar o cavalo de volta com o servente em lágrimas, e embarcar em uma jornada pesarosa através da floresta para encontrar a verdade eterna. "Assim como os passarinhos se reúnem nas árvores à tarde", escreveu Ashvhaghosha há quase dois mil anos, "e então, à noite, desaparecem todos, assim são as separações do mundo."

No dia seguinte achei que devia dar a Japhy alguma espécie de presentinho de despedida estranho e como não tinha muito dinheiro nem nenhuma ideia especial, peguei um pedacinho de papel do tamanho da unha de um polegar e cuidadosamente escrevi, em letras de forma: QUE VOCÊ POSSA USAR O CORTADOR DE DIAMANTES DO PERDÃO; e entreguei quando me despedi dele no cais, e ele leu, guardou no bolso na mesma hora, e não disse nada.

A última coisa que o viram fazer em São Francisco: Psyche afinal tinha cedido e escrito um longo bilhete dizendo: "Encontre-me no seu navio, na sua cabine, e eu lhe darei o que você quer", ou algo nesse sentido, de modo que foi por isso que nenhum de nós subiu a bordo para se despedir dele na cabine, Psyche o esperava lá para uma última cena de amor passional. Só Sean teve permissão para subir a bordo e dar uma espiada para ver o que iria acontecer. De modo que depois de acenarmos para nos despedirmos e irmos embora, Japhy e Psyche presumivelmente fizeram amor na cabine e daí ela começou a chorar e a dizer que queria ir para o Japão também e então o capitão ordenou que todo mundo desembarcasse mas ela não queria sair e a última coisa que aconteceu foi o seguinte: o barco já estava se afastando do cais e Japhy saiu ao convés com Psyche no colo e a atirou de uma vez para fora do barco, ele tinha força suficiente para jogar uma garota a três metros de distância, bem no cais, onde Sean ajudou a segurá-la. E apesar de aquilo não estar exatamente de acordo com o cortador de diamantes do perdão, já estava bem bom, ele queria chegar àquela outra costa e dar prosseguimento ao seu negócio. O negócio dele era com o Darma. E o cargueiro foi embora em direção à Golden Gate e penetrou nas ondas profundas do Pacífico cinzento, em direção ao oeste, até o outro lado. Psyche chorou, Sean chorou, todo mundo ficou triste.

Warren Coughlin disse: “Que pena, ele provavelmente vai desaparecer na Ásia Central em uma ronda silenciosa mas contínua de Kashgar a Lanzhou via Lhasa com uma fileira de iaques vendendo pipoca, alfinetes e linha de costura de cores sortidas e eventualmente escalará um Himalaia e acabará por iluminar o Dalai Lama e toda a turma por quilômetros à sua volta e nunca mais se ouvirá falar dele”.

“Não, não vai”, respondi. “Ele nos ama demais.”

Alvah disse: “Tudo sempre acaba em lágrimas”.

31

Então, como se o dedo de Japhy estivesse apontando o caminho, parti em direção ao norte, para a minha montanha.

Era a manhã do dia 18 de junho de 1956. Desci e me despedi de Christine e a agradeci por tudo e saí andando pela estrada. Ela acenou do quintal cheio de capim. “Você vai se sentir sozinho lá sem ninguém para lhe fazer companhia e sem festanças enormes nos finais de semana." Ela tinha mesmo apreciado tudo aquilo. E lá estava parada no quintal, descalça, com a pequena Prajna também descalça, enquanto eu atravessava a pastagem dos cavalos.

A viagem para o norte foi fácil, como se o pensamento positivo de Japhy para que eu chegasse à montanha que seria minha para sempre estivesse comigo. Na rodovia 101 eu imediatamente consegui uma carona com um professor de estudos sociais, natural de Boston, que costumava cantar em Cape Cod e tinha desmaiado no dia anterior durante o casamento do amigo porque estivera jejuando. Quando me deixou em Cloverdale, comprei as provisões para a viagem: um salame, um pedaço de queijo cheddar, biscoito de arroz e algumas tâmaras de sobremesa, tudo bem embalado nos recipientes de comida. Ainda tinha amendoins e uvas-passas que tinham sobrado da nossa última caminhada juntos. Japhy dissera: "Eu não vou precisar desses amendoins e dessas passas naquele cargueiro". Lembrei-me com uma pontinha de tristeza do modo como Japhy sempre tratava o assunto da alimentação com toda a seriedade, e desejei que o mundo todo tratasse a alimentação com toda a seriedade, em vez de gastar o dinheiro da comida em foguetes e máquinas e explosivos tolos que acabam servindo para explodir a cabeça das pessoas.

Caminhei quase dois quilômetros depois de comer meu lanche atrás de uma oficina, para alcançar uma ponte sobre o rio Russian, onde, em uma espécie de claridade cinzenta, fiquei encalhado por mais ou menos umas três horas. Mas de repente consegui uma carona curta inesperada com um fazendeiro que tinha um tique nervoso que fazia seu rosto se contrair, com mulher e filho, até uma cidadezinha, Preston, onde um caminhoneiro me ofereceu carona direto até Eureka ("Heureca!", gritei) e então ele começou a conversar comigo e disse: "Caramba, eu me sinto tão sozinho dirigindo esta carreta, quero alguém para conversar a noite inteira, levo você direto até Crescent City, se você quiser”. Ficava um pouco fora da minha rota mas era bem mais ao norte do que Eureka, de modo que aceitei. O nome do sujeito era Ray Breton, ele me conduziu por quase trezentos quilômetros durante a noite toda sob a chuva, falando incessantemente sobre a vida inteira dele, os irmãos, as mulheres, os filhos, o pai, e, na floresta de sequoias Humboldt, em um restaurante chamado Forest of Arden, almocei fabulosamente camarões fritos com uma enorme torta de morango com sorvete de baunilha de sobremesa e um bule inteiro de café e ele pagou tudo. Fiz com que ele falasse a respeito da dificuldade que tinha de falar a respeito do Julgamento Final e ele disse: “É, as pessoas boas ficam no Céu, elas já estavam no Céu desde o começo”, o que foi uma resposta muito sábia.

Percorremos a estrada durante toda aquela noite chuvosa e chegamos a Crescent City, uma cidadezinha litorânea, ao amanhecer, sob uma neblina cinzenta, e estacionamos o caminhão na areia perto da praia e dormimos uma hora. Então ele me largou depois de me pagar um café da manhã com panquecas e ovos, provavelmente farto de pagar todas as minhas refeições, e comecei a caminhar na direção de Crescent City até alcançar uma estrada que ia para o leste, a rodovia 199, para voltar até a autoestrada 99, mais importante, que me conduziria até Portland e Seattle com mais rapidez do que se eu pegasse a estrada litorânea, mais pitoresca porém mais lenta.

Subitamente me senti livre e comecei a caminhar pelo lado errado da estrada e, esticando o polegar daquele lado, pedi carona como um Santo Chinês de Lugar Nenhum sem objetivo algum, indo para a minha montanha para me regozijar. Pobre deste mundo angelical! De repente, percebi que não me importava mais, caminharia o trajeto todo. Mas só porque estava dançando pelo lado errado da estrada e não me importava com nada, começaram a me oferecer carona imediatamente, um garimpeiro com uma lagartazinha na frente que o filho ficava puxando, e conversamos longamente a respeito dos bosques, das montanhas Siskiyou (que atravessávamos, em direção a Grants Pass, no Oregon), e de como preparar um bom peixe cozido, ele explicou, acendendo uma fogueira sobre a areia amarela e limpa ao lado de um riacho e enterrando o peixe na areia quente depois de ter desmanchado a fogueira e deixá-lo ali durante algumas horas e depois simplesmente retirá-lo e limpar a areia. Ele mostrou grande interesse pela minha mochila e pelos meus planos.

Ele me deixou em uma cidadezinha nas montanhas muito parecida com Bridgeport, na Califórnia, onde Japhy e eu sentáramos ao sol. Caminhei um quilômetro e meio e tirei um cochilo no bosque, bem no coração da cadeia de montanhas de Siskiyou. Acordei da minha soneca me sentindo muito estranho no meio daquela névoa chinesa desconhecida. Continuei caminhando do mesmo jeito, do lado errado da estrada, peguei uma carona em Kerby com um vendedor de carros usados louro que ia até Grants Pass, e lá, depois de um caubói gordo com um caminhão carregado de cascalho e um sorriso malicioso no rosto ter tentado passar por cima da minha mochila na estrada deliberadamente, peguei carona com um jovem lenhador triste com chapéu de aba curta que percorreu a estrada serpenteante que subia e descia pelo vale maravilhoso em alta velocidade até Canyonville, onde, como em um sonho, um caminhão-loja maluco cheio de luvas para vender parou e o motorista, Ernest Petersen, conversando todo simpático o tempo inteiro e insistindo para que eu me acomodasse no assento que ficava de frente para ele (de modo que eu percorri a estrada ao contrário), conduziu-me até Eugene, no Oregon. Ele falava a respeito de tudo que se pode imaginar, comprou duas cervejas para mim, e até parou em diversos postos de gasolina e exibiu suas vitrines de luvas. Ele disse: "Meu pai foi um grande homem, seu lema era: 'Tem mais burro nesse mundo do que burros'".

Ele era fanático por esportes e marcava o tempo em disputas de corrida ao ar livre com um cronômetro e percorria o país sem medo e com independência em seu próprio caminhão, desafiando as tentativas locais de fazer com que se associasse a algum sindicato.

Ao cair da noite avermelhado, ele se despediu de mim perto de um laguinho mais ou menos nos arredores de Eugene. Era ali que eu pretendia passar a noite. Estendi meu saco de dormir embaixo de um pinheiro em um local de densa vegetação rasteira, bem na frente de uns chalés suburbanos que estavam do outro lado da estrada, de onde ninguém poderia me enxergar e não me enxergaria mesmo, porque estavam todos assistindo à televisão, e jantei e dormi doze horas dentro do saco de dormir, acordando apenas uma vez no meio da noite para passar repelente de mosquito.

De manhã pude enxergar o poderoso começo da cadeia de montanhas de Cascade, a ponta mais ao norte dela seria a minha montanha, na beira do Canadá, a 650 quilômetros de distância. O riacho matutino estava enfumaçado por causa da serraria do outro lado da rodovia. Lavei-me no riacho e parti depois de uma reza curta com as contas que Japhy me dera no acampamento do Matterhorn: "Adoração ao vazio das contas divinas do Buda".

Na estrada aberta, imediatamente consegui carona com dois hombres jovens e fortões até os arredores de Junction City, onde tomei um café, e caminhei três quilômetros até um restaurante de beira de estrada que tinha aparência melhor e que servia panquecas e então, acompanhando as pedras da rodovia, carros assobiando pela pista, imaginando como é que eu conseguiria chegar a Portland, isso sem mencionar Seattle, peguei carona com um pintorzinho de paredes engraçado de cabelo claro com sapatos respingados de tinta e quatro latas geladas de cerveja de meio litro que também parou em uma taverna de beira de estrada para comprar mais cerveja e afinal chegamos a Portland atravessando a vasta eternidade de pontes levadiças que se erguiam atrás de nós para permitir que as barcaças com guindastes passassem pelo rio naquele cenário enfumaçado de cidade grande rodeada por pinhais. No centro de Portland, peguei um ônibus de 25 centavos até Vancouver, no estado de Washington, lá comi um hambúrguer com cebola e molho de tomate, daí voltei para a rodovia, a 99, onde um gentil bodisatva caipira de bigode e com um rim só me pegou e disse: "Estou muito orgulhoso de ter lhe dado carona, alguém com quem conversar", e em todo lugar que parávamos para tomar café, ele jogava fliperama todo sério e também dava carona para todo mundo que estivesse na estrada, primeiro um caipira do Alabama que falava enrolado depois um marinheiro maluco de Montana com uma conversa enlouquecida e inteligente e fomos diretamente até Olympia, em Washington, a cento e trinta quilômetros por hora e então subimos a península de Olympia por estradinhas serpenteantes no meio do bosque até a Base Naval de Bremerton, ainda Washington, onde um percurso de balsa de cinquenta centavos era tudo que me separava de Seattle!

Nos despedimos e o vagabundo caipira e eu subimos na balsa, paguei a passagem dele por gratidão à tremenda boa sorte que eu tivera na estrada, e até lhe dei uns punhados de amendoim e uvas-passas que ele devorou com tanta avidez que lhe dei também salame e queijo.

Então, ele se acomodou no salão principal, e eu fui até o convés superior quando a balsa zarpou, no meio da garoa fria, para apreciar a visão do rio Puget Sound. Era uma hora de trajeto até o porto de Seattle e achei uma garrafinha de vodca enfiada na grade do convés escondida embaixo de uma revista *Time* e simplesmente dei um gole despreocupado e abri minha mochila e tirei meu suéter quente para colocar sob a capa de chuva e fiquei andando de um lado para o outro no convés coberto de neblina me sentindo louco e lírico. E de repente percebi que a região Noroeste era muito mais do que a pequena visão que eu tinha dela por causa de Japhy na minha cabeça. Eram quilômetros e quilômetros de montanhas inacreditáveis que salpicavam os horizontes em meio a nuvens malucas e esparsas, o monte Olympus e o monte Baker, uma faixa alaranjada gigantesca no meio da luminosidade do céu do Pacífico que, eu sabia, levava à desolação siberiana de Hokkaido. Aninhei-me contra a parede da casa de máquinas e fiquei escutando a conversa à la Mark Twain entre o capitão e o condutor lá dentro. À frente, no meio da névoa mais profunda, o enorme néon vermelho dizia: PORTO DE SEATTLE. E de repente tudo que Japhy me contara a respeito de Seattle começou a se infiltrar em mim como chuva fria, pude sentir e compreender aquilo naquele momento, e não apenas pensar sobre o assunto. Era exatamente como ele tinha dito: úmida, imensa, cheia de árvores, montanhosa, fria, emocionante, desafiadora. A balsa entrou no cais da rota do Alasca e imediatamente avistei os totens nas lojas antigas e a chave de desvio no estilo da década de 1880 com bombeiros sonolentos percorrendo o trecho de frente para o mar em uma locomotiva velha, como uma cena dos meus sonhos, uma locomotiva bem típica da América, a única tão antiga que vi fora de um filme de caubói, mas que de fato funcionava e puxava seus vagões sob o brilho enfumaçado da cidade mágica.

Fui imediatamente para um bom hotelzinho limpo de periferia, o Hotel Stevens, me hospedei em um quarto por uma noite a um dólar e 75 centavos e tomei um banho de banheira quente e dormi um sono prolongado e de manhã fiz a barba e caminhei pela Primeira Avenida e acidentalmente deparei com todo tipo de lojas de caridade com suéteres maravilhosos e roupas de baixo vermelhas para vender e tomei um enorme desjejum com café por cinco centavos na feira apinhada na manhã com céu azul e nuvens pairando lá em cima e as águas do rio Puget Sound brilhando e dançando sob o antigo cais. Aquele era mesmo o verdadeiro Noroeste.

Ao meio-dia fechei a conta no hotel, com minhas meias de lã e bandanas e coisas novas todas bem empacotadas, e caminhei até a 99 por alguns quilômetros fora da cidade e consegui várias caronas curtas.

Àquela altura já dava para ver o início da cordilheira de Cascades no horizonte a nordeste, pontas inacreditáveis e rochas retorcidas e imensidões cobertas de neve, suficientes para fazer a gente engolir em seco. A estrada penetrava diretamente nos fantásticos vales férteis do Stilaquamish e do Skagit, ricos vales de nata com sítios e vacas pastando naquele tremendo cenário de montes nevados puros. Quanto mais para o norte eu ia, maiores iam ficando as montanhas, até que finalmente comecei a ficar com medo. Peguei carona com um sujeito que parecia um advogado respeitável de óculos em um carro conservador, mas revelou-se que ele era o famoso Bat Lindstrom, campeão de corridas de carros esportivos, e seu automóvel conservador tinha debaixo do capô um motor envenenado que podia alcançar até duzentos e setenta quilômetros por hora. Mas ele só demonstrou a potência ao passar como um raio por um sinal vermelho, fazendo com que eu escutasse o murmúrio profundo da potência do motor. Então peguei carona com um lenhador que disse conhecer os guardas-florestais do lugar para onde eu ia e disse: "O vale do Skagit só fica atrás do vale do Nilo em termos de fertilidade". Ele me deixou na rodovia 1-G, uma estradinha que ia até a 17-A, que serpenteava pelo coração das montanhas e na verdade acabava como um beco sem saída, em uma estrada impiedosa na represa Diablo. Eu estava realmente na região das montanhas. Os sujeitos que me deram carona eram lenhadores, prospectores de urânio, pequenos proprietários; eles me conduziram através da última cidade grande do vale do Skagit, Sedro Wooley, uma cidade-mercado rural, e depois, à medida que a estrada ia ficando cada vez mais estreita e mais cheia de curvas entre penhascos, pelo rio Skagit, que tínhamos cruzado pela 99 e parecera então um rio contido fantástico com campos dos dois lados, e passou a ser uma torrente pura de neve derretida correndo em filetes estreitos e velozes entre margens lamacentas e cheias de tocos de árvore. Encostas rochosas começaram a aparecer dos dois lados. As montanhas cobertas de neve tinham desaparecido, recuadas do meu campo de visão, não dava mais para vê-las, mas agora eu começava a senti-las com mais intensidade.

32

Em uma antiga taverna, vi um velho decrépito que mal conseguia se mover para ir pegar uma cerveja para mim atrás do balcão e pensei: "Prefiro morrer em uma caverna glacial do que em um lugar empoeirado como este aqui onde o tempo dura uma eternidade". Um casal igual a Min e Bill me deixou em um mercado de Sauk e de lá peguei minha última carona com um caipira maluco bêbado local moreno de costeletas que tocava guitarra e que ia ziguezagueando a toda velocidade pela estrada e que me deixou em uma encruzilhada poeirenta na Estação da Guarda-Florestal em Marblemount – meu destino.

O guarda-florestal-assistente estava parado lá, observando. "Você é o Smith?"

"Sou."

"Esse aí é seu amigo?"

"Não, ele só me deu carona."

"Quem ele acha que é, correndo desse jeito em uma propriedade do governo?"

Engoli em seco, não era mais um bhikku em liberdade. Não até que chegasse ao meu esconderijo nas montanhas, na semana seguinte. Eu tive que passar uma semana inteira na Escola de Combate a Incêndios com hordas de rapazotes, todos nós com chapeuzinhos de abas curtas que usávamos bem enfiados na cabeça ou, como eu fazia, um pouco inclinado para o lado, de um jeito charmoso, e cavamos trincheiras para conter o fogo no bosque úmido ou derrubamos árvores ou apagamos pequenos incêndios de teste e conheci o velho guarda florestal e ex-lenhador Burnie Byers, o sujeito que Japhy vivia imitando, com sua voz profunda e engraçada.

Burnie e eu ficávamos sentados na caminhonete dele no bosque e conversávamos a respeito de Japhy. "É uma pena que Japhy não tenha voltado aqui neste ano. Ele foi o melhor vigilante que já tivemos e, por Deus, é o melhor recuperador de trilhas que *eu* já vi. Sempre ansioso e louco para sair escalando por aí e muito animado, eu nunca vi um rapaz melhor do que aquele. E não tinha medo de ninguém, falava tudo que tinha pra falar. É disso que eu gosto, porque quando chega a hora que um homem não pode dizer o que tem vontade, acho que nesta hora eu vou me enfiar no meio do mato e terminar a vida em um barraquinho. E preciso dizer uma coisa a respeito do Japhy, onde quer que ele passe o resto da vida, não importa a que idade ele chegue, ele sempre vai se divertir." Burnie tinha uns sessenta e cinco anos e falava sobre Japhy de um jeito muito paternal. Alguns dos outros rapazes também se lembravam de Japhy e ficavam se perguntando por que ele não retornara. Naquela noite, como era a comemoração do quadragésimo ano de Burnie no Serviço Florestal, os outros guardas fizeram uma coleta e lhe compraram um presente, que era um cinto grande de couro novinho em folha. O velho Burnie sempre tinha problemas com cintos e naquela época estava usando uma espécie de cordão para prender as calças. De modo que vestiu o cinto novo e disse alguma coisa engraçada a respeito de não comer muito e todo mundo aplaudiu e comemorou. Achei que Burnie e Japhy provavelmente eram os dois melhores homens que já haviam trabalhado naquela região.

Depois da Escola de Combate a Incêndios, passei algum tempo escalando as montanhas nos fundos da Estação da

Guarda Florestal ou simplesmente sentado às margens do Skagit, ouvindo a correnteza, com o cachimbo na boca e uma garrafa de vinho entre as pernas cruzadas, à tarde e também durante noites enluaradas, enquanto os outros rapazes se embebedavam em parques de diversão locais. O rio Skagit em Marblemount era uma corredeira de neve derretida de um verde puro; lá em cima, os pinheiros da região Noroeste do Pacífico se aglomeravam por entre as nuvens; e mais além ficavam os topos das montanhas com nuvens que os atravessavam diretamente e então o sol, com muita dificuldade, conseguia brilhar através delas. Essa torrente de pureza aos meus pés era o trabalho das montanhas silenciosas. O sol brilhava sobre a água turva, troncos submersos agarravam-se ao chão com dificuldade. Aves faziam o reconhecimento das águas em busca de algum peixe colorido escondido que só ocasionalmente dava um salto repentino para fora d'água e arqueava o corpo e mergulhava de novo na água que seguia correndo sem nem se dar conta daquela acrobacia, e tudo voltava ao normal. Toras e restos de madeira vinham flutuando rio abaixo a quarenta quilômetros por hora. Calculei que se tentasse atravessar o rio estreito a nado, teria percorrido quase um quilômetro correnteza abaixo antes de alcançar a outra margem. Era um paraíso dentro de um rio, o vazio da eternidade dourada, odores de musgo e de casca de árvore e de galhos e de lama, tudo uma matéria de visão ululante na frente dos meus olhos, mas ainda assim uma cena tranquila e eterna, as árvores que cobriam as colinas, a luz do sol que dançava. Quando ergui os olhos as nuvens assumiram, assim me pareceu, a forma do rosto de eremitas. Os galhos dos pinheiros pareciam satisfeitos ao se banhar nas águas. Os topos das árvores imersos na névoa cinzenta pareciam contentes. As folhas farfalhantes da brisa noroeste pareciam ter nascido para se alegrar. A neve do topo das montanhas no horizonte, intocadas, pareciam bem acomodadas e aconchegantes. Tudo estava eternamente relaxado e receptivo, tudo em todo lugar estava além da verdade, além do espaçovazio azul. "As montanhas têm o poder da paciência, homem-Buda", eu disse em voz alta e tomei um gole. Estava friozinho, mas quando o sol espiou por cima do toco de árvore sobre o qual eu estava sentado, o lugar se transformou em um forno vermelho. Quando retornei, sob o luar, para o meu velho toco de árvore, o mundo parecia um sonho, um espectro, uma bolha, uma sombra, o orvalho evaporando, um relâmpago.

Finalmente chegou a hora de arrumar a mala e subir minha montanha. Comprei fiado o equivalente a 45 dólares de suprimentos no mercadinho de Marblemount, o condutor de mulas Happy e eu colocamos tudo na caminhonete e fomos até a represa Diablo. À medida que avançávamos, o Skagit ia ficando mais estreito e mais torrencial, no final caía sobre pedras e era alimentado por cachoeiras laterais com muitas árvores em volta, o terreno ia ficando cada vez mais selvagem e mais escarpado. O rio Skagit fora represado em Newhalem, e mais uma vez na represa Diablo, onde uma enorme eclusa conduzia as pessoas até o nível do lago Diablo. Houve uma corrida do ouro naquela região na década de 1890, os prospectores abriram uma trilha nas encostas de rocha maciça da garganta entre Newhalem e o que agora era o lago Ross, a última represa, e salpicaram as margens dos riachos Ruby, Granite e Canyon com concessões que nunca renderam nada. Mas, agora, a maior parte dessa trilha já estava submersa. Em 1919, um incêndio se abateu sobre a nascente do Skagit e por toda a região em volta do Desolation, a minha montanha, que queimou e queimou durante dois meses e encheu os céus do estado de Washington e da Columbia Britânica com tanta fumaça que o sol ficou bloqueado. O governo tentou apagar o fogo, enviou mil homens e montou uma rede de abastecimento que na época demorou três semanas para chegar vinda do acampamento de combate a incêndio de Marblemount, mas só as chuvas de outono conseguiram aplacar as chamas, e os troncos carbonizados, segundo me disseram, ainda podiam ser encontrados no pico Desolation e em alguns vales. Era por essa razão que tinha esse nome: Desolação.

"Rapaz", disse o velho e engraçado Happy, o condutor de mulas, que continuava usando o chapéu de abas largas que trouxera do Wyoming e enrolava os próprios cigarros e vivia fazendo piadas, "Não vá ficar igual ao garoto que mandamos para o Desolation há alguns anos, levamos ele lá para cima e era o menino mais cru que já vi na vida, deixei-o no posto de vigia com todos os suprimentos e ele tentou fritar um ovo no jantar e quebrou a casca e errou a porcaria da frigideira e errou o fogão e o ovo caiu em cima da bota dele, e ele não sabia se saía correndo ou se chorava e quando eu fui embora mandei ele não ficar socando a broa o tempo todo e o imbecil responde: 'Sim senhor, sim senhor'."

"Bom, eu não estou nem aí, só quero passar o verão sozinho lá em cima."

"Você diz isso agora, mas vai mudar de tom rapidinho. Todo mundo sai dando uma de valente. Mas daí você começa a conversar com você mesmo. Isso até que não é tão mal, mas vê se não começa a *responder* para si mesmo, filho." O velho Happy conduziu as mulas de carga pela trilha da garganta ao mesmo tempo em que eu peguei um barco na represa Diablo até a parte inferior da represa Ross, de onde dava para avistar paisagens abertas imensas e estonteantes que exibiam as montanhas do Parque Nacional do monte Baker em visão panorâmica em volta do lago Ross que se estendia com suas águas brilhantes até o Canadá. Na represa Ross, as barcaças do Serviço Florestal ficavam amarradas um pouco longe da margem íngreme coberta de árvores. Foi difícil dormir naquela cabine à noite, tudo chacoalhava junto com a barcaça e as toras e as ondas se combinavam fazendo um barulho retumbante que nos mantinha acordados.

A lua estava cheia na noite que dormi lá, ela dançava sobre as águas. Um dos vigilantes disse: "A lua está bem em cima da montanha. Quando vejo isso, sempre imagino estar enxergando a silhueta de um coiote".

Afinal chegou o dia cinzento e chuvoso da minha partida para o pico Desolation. O guarda florestal assistente estava conosco, nós três subiríamos a montanha e o passeio a cavalo sob aquele temporal não seria nada agradável. "Rapaz, você devia ter posto uns litros de conhaque na sua lista de compras, você bem que vai precisar disso lá no alto, no frio", disse Happy, olhando para mim com seu narigão vermelho. Estávamos perto do curral, Happy alimentava os animais com sacas de ração amarradas ao pescoço deles e eles iam mastigando sem se importar com a chuva. A barcaça abriu caminho até o portão e bateu contra ele e o atravessou e deu a volta até ficar abrigada pelas montanhas Sourdough e Ruby. As ondas batiam contra o casco e espirravam em nós. Entramos na cabine do piloto e ele tinha um bule de café pronto. Os abetos nas margens íngremes do lago que mal dava para ver pareciam fantasmas esfarrapados no meio da névoa. Era a verdadeira tristeza obscura e amarga da região Noroeste.

"Onde fica o Desolation?", perguntei.

"Você não vai conseguir vê-lo até praticamente estar bem em cima dele", disse Happy. "E daí você não vai gostar muito. Agora está chovendo e o vento está uivando lá em cima. Rapaz, tem certeza de que você não escondeu um litro de conhaque em algum canto da sua mochila?" Já tínhamos virado um litro de vinho de amora preta que ele comprara em Marblemount.

"Happy, quando eu descer desta montanha em setembro, vou comprar um litro inteiro de uísque para você." Eu ia ganhar um bom dinheiro para encontrar a montanha que queria.

"É uma promessa, e faça o favor de não esquecer." Japhy tinha me contado muitas coisas a respeito de Happy the

Packer*, como era seu apelido. Happy era um bom homem; ele e o velho Burnie Byers eram os melhores veteranos da cena. Eles conheciam as montanhas e entendiam de animais de carga e também não tinham a ambição de se tornar supervisores florestais.

Happy também se lembrava de Japhy, saudoso. "Aquele rapaz sabia uma tremenda quantidade de musiquinhas engraçadas e tudo o mais. Ele com certeza adorava limpar as trilhas. Ele teve uma namorada china uma vez em Seattle, eu a vi no quarto de hotel dele, aquele Japhy, vou dizer uma coisa, ele com certeza sabia pegar as moças de jeito." Dava para ouvir a voz de Japhy entoando canções alegres acompanhado por seu violão enquanto o vento uivava em volta da nossa barcaça e as ondas cinzentas batiam contra a janela da cabine do piloto.

"E este é o lago do Japhy, e estas são as montanhas do Japhy", pensei, e desejei que Japhy estivesse ali para me ver fazendo tudo que ele queria que eu fizesse.

Duas horas depois, encostamos na margem íngreme coberta de árvores, treze quilômetros lago acima, e saltamos e amarramos a barcaça em tocos de árvores velhos e Happy tocou a primeira mula, e ela escorregou sobre o piso de madeira com a carga dos dois lados do corpo e com esforço conseguiu subir a margem escorregadia, com as patas lutando contra o chão, quase caindo para trás, para dentro do lago, com todos os meus suprimentos no lombo, mas conseguiu se equilibrar e seguiu em frente a passos pesados no meio da neblina para esperar por seu senhor na trilha. Então foram as outras mulas com baterias e equipamentos diversos, e então finalmente Happy comandando com seu cavalo e depois eu mesmo montando a égua Mabel e então Wally, o guarda florestal assistente.

Acenamos para nos despedir do operador da barcaça e demos início à nossa escalada grupal tristonha e molhada

* Happy the Packer: algo como "o condutor de mulas feliz", em inglês. (N. T.)

naquele território ártico sob uma chuva pesada e enevoada através de trilhas rochosas estreitas com árvores e vegetação rasteira que nos deixava molhados até os ossos à medida que a atravessávamos. Meu poncho de náilon estava amarrado no santantônio da sela e logo o peguei e coloquei por cima de mim, um monge de ombros enormes em cima de um cavalo. Happy e Wally não vestiram nada e simplesmente seguiram em frente molhados, com a cabeça abaixada. Eventualmente, o cavalo escorregava nas pedras da trilha. Seguimos e seguimos, para cima e para cima, e afinal chegamos a uma árvore caída sobre a trilha e Happy apeou e pegou seu machado de fio duplo e pôs mãos à obra xingando e suando e junto com Wally abriu um novo atalho na trilha a machadadas enquanto para mim foi dada a tarefa de vigiar os animais, o que fiz de modo bem confortável, sentado sob um arbusto e enrolando um cigarro. As mulas estavam com medo da encosta íngreme e da dificuldade do atalho na trilha, e Happy xingou, na minha direção: "Caramba, pega pela crina e arrasta esse bicho até aqui". Daí a égua ficou com medo. "Traz essa égua para cá! Você quer que eu faça tudo sozinho aqui?"

Afinal saímos dali e continuamos a subir, deixando logo para trás a vegetação rasteira e entrando em uma nova altitude alpina de planície rochosa com tremoços azuis e papoulas vermelhas que davam à névoa cinzenta um ligeiro toque de cor e o vento já soprava forte com um pouco de granizo. "Mil e quinhentos metros de altitude agora!", gritou Happy lá da frente, virando-se sobre a sela com as abas de seu velho chapéu agitando-se ao vento, enrolando um cigarro, bem acomodado sobre a sela, depois de uma vida inteira em cima de cavalos. As pradarias selvagens cobertas de granizo e de flores silvestres serpenteavam cada vez mais para o alto, em trilhas ziguezagueantes, o vento ia ficando cada vez mais forte, afinal Happy berrou: "Está vendo aquela enorme face de pedra lá em cima?". Ergui os olhos e avistei uma cortina de pedra cinzenta no meio da neblina, bem acima. "Ainda faltam uns trezentos metros de subida para chegar, apesar de termos a impressão de que basta esticar o braço para tocá-la. Quando chegarmos lá, estaremos quase no seu destino. Depois, só vai faltar uma meia hora."

"Tem certeza de que você não trouxe nem uma *garrafinha* extra de conhaque, rapaz?", gritou virado para trás, um minuto mais tarde. Ele estava molhado e angustiado, mas não ligava a mínima e dava para ouvi-lo cantar ao vento. Pouco a pouco praticamente ultrapassamos a linha de árvores, a pradaria deu lugar a pedras impiedosas e de repente havia neve pelo chão por todos os lados, os cavalos avançavam penosamente através da camada de neve de trinta centímetros de espessura, dava para ver os buracos cheios de água que os cascos deles deixavam para trás, a essa altura estávamos mesmo quase chegando lá. No entanto, por todos os lados, não dava para ver nada além de neblina e neve branca e uma garoa que se agitava com o vento. Em um dia claro, teria sido possível enxergar as quedas livres que ladeavam a trilha e eu teria morrido de medo cada vez que os cascos da égua dessem uma escorregadela; mas tudo que eu via eram vestígios vagos de topos de árvores bem lá embaixo que pareciam montinhos de capim. "Ah, Japhy", pensei, "e lá está você navegando pelo oceano bem a salvo em um navio, aquecido na sua cabine, escrevendo cartas para Psyche e Sean e Christine".

A neve ficou mais profunda e o granizo começou a bater no rosto de todos, vermelhos por causa do frio, e afinal Happy gritou lá da frente: "Agora estamos quase lá". Eu sentia frio e estava molhado: apeei da égua e apenas a conduzi pela trilha, ela grunhiu uma espécie de gemido de alívio por se livrar daquele peso e me seguiu toda obediente. Aliás, ela já carregava um bom fardo de suprimentos. "Lá está ela!", gritou Happy e, no meio daquela névoa serpenteante acima do topo do mundo, vi uma cabaninha pontuda engraçada, quase chinesa, entre pequenos abetos pontiagudos e rochas sobre uma plataforma de pedra rodeada por bancos de neve e capim molhado com florzinhas diminutas.

Engoli em seco. Era obscura e lúgubre demais para que eu gostasse dela. "Esta vai ser a minha casa e meu local de descanso durante todo o verão?"

Passamos batido pelo curral de toras construído por algum velho vigilante dos anos 30 que tinha levado consigo os animais e os mantivera com ele durante todo o verão. Happy foi até lá e retirou a porta que protegia a cabana das intempéries e pegou as chaves e abriu e lá dentro tudo era cinzento úmido lúgubre com chão lamacento e paredes manchadas de chuva e um beliche de madeira melancólico com um colchão feito de corda (para não atrair raios) e janelas completamente impenetráveis de tanto pó e o pior de tudo o chão forrado de revistas rasgadas e mastigadas pelos ratos e pedaços de comida também e incontáveis bolinhas pretas de cocô de rato.

"Bom", disse Wally, mostrando os dentes compridos para mim, "Vai demorar um tempão para você limpar toda essa bagunça, hein? Comece agora mesmo, tirando esses restos de comida enlatada da prateleira e passando um trapo molhado e ensaboado naquele armário imundo." E foi o que eu fiz, e precisava fazer, estava sendo pago para isso.

Mas o bom e velho Happy acendeu um fogo crepitante no fogão de ferro e colocou um bule de água para ferver e jogou meia lata de café lá dentro e berrou: "Não há nada como um café forte de verdade, neste lugar, rapaz, a gente tem vontade de tomar um café que deixe os pelos arrepiados".

Olhei pela janela: neblina. "A que altitude estamos?"

"Quase dois mil metros."

"Bom, e como é que eu vou ver os incêndios? Não tem nada além de neblina lá fora."

"Em alguns dias ela já vai ter se dissipado e você vai conseguir enxergar a cento e cinquenta quilômetros de distância em todas as direções, não se preocupe."

Mas eu não acreditei. Lembrei de Han Shan falando da névoa na Montanha Gelada, de como ela nunca ia embora; comecei a avaliar as dificuldades de Han Shan. Happy e Wally saíram comigo e passaram algum tempo montando o poste do anemômetro e completando outras tarefas, então Happy entrou na cabana e começou a preparar o jantar no fogão, fritando carne de porco enlatada com ovos. Bebemos café preto e fizemos uma refeição boa e nutritiva. Wally desempacotou o rádio de dois canais e a bateria e contatou a barcaça no lago Ross. Então se enrolaram cada um em seu saco de dormir para uma noite de descanso, no chão, ao passo que eu usei o meu saco de dormir para passar a noite no beliche úmido.

De manhã, tudo ainda estava cinzento nublado e cheio de vento. Os dois aprontaram os animais e antes de sair disseram: "Bom, você ainda está gostando do pico Desolation?".

E Happy: "Agora, não se esqueça do que eu te disse a respeito de responder às próprias perguntas. E se um urso der uma passada por aqui e olhar pela janela, simplesmente feche os olhos".

As janelas uivavam enquanto eles se afastavam, até que sumiram de vista no meio da névoa por entre as árvores retorcidas do topo rochoso e logo eu já não os enxergava mais e estava sozinho no pico Desolation por toda a eternidade, até onde eu sabia, tinha certeza de que, de todo modo, não sairia dali vivo. Eu tentava enxergar as montanhas, mas só fendas eventuais no meio da neblina agitada revelavam formas longínquas e indistintas. Desisti e entrei na cabana e passei o dia inteiro arrumando a bagunça.

À noite, coloquei o poncho sobre a capa de chuva e uma roupa bem quente e saí para meditar no topo do mundo coberto de neblina. Ali de fato estava a Nuvem da Grande

Verdade, Dharmamega, o objetivo final. Comecei a enxergar minha primeira estrela às dez, e de repente um pouco daquela névoa esbranquiçada se abriu e achei que vi montanhas, imensas sombras viscosas do outro lado do vale, completamente pretas e brancas com neve no topo, tão próximas, repentinamente, quase pulei de susto. Às onze deu para ver o vésper sobre o Canadá, bem para o norte, e achei que era capaz de detectar uma faixa alaranjada de pôr do sol atrás da neblina, mas tudo isso foi arrancado da minha mente pelo barulho de uma ninhada de ratos arranhando a porta do porão. No sótão, ratinhos corriam de um lado para o outro com suas patinhas pretas entre grãos de aveia e pedaços de arroz e trapos velhos deixados ali por uma geração de fracassados do Desolation. "Eca, ui", pensei, "será que eu vou chegar a gostar disto? E se não gostar, como é que vou fazer para ir embora?" A única coisa a fazer era ir para a cama e enfiar a cabeça embaixo do acolchoado.

No meio da noite, enquanto estava meio dormindo, abri os olhos um pouco, e então de repente acordei todo arrepiado, tinha acabado de ver um monstro preto gigante parado à minha janela, e olhei, e havia uma estrela em cima dele, e era o monte Hozomeen a quilômetros de distância, perto do Canadá, inclinando-se sobre o meu quintal e espiando pela minha janela. A neblina toda tinha ido embora e estava uma noite perfeitamente estrelada. Que montanha! Tinha aquele mesmo formato de torre de bruxa que Japhy lhe dera no desenho a pincel que costumava ficar pendurado na parede coberta de aniagem do barraco florido em Corte Madera. Sua estrutura tinha uma espécie de estrada serpenteante em uma saliência de pedra que dava voltas e mais voltas, espiralando até o topo onde uma torre de bruxa perfeita servia de ponteiro, apontando para o infinito. Hozomeen, Hozomeen, a montanha mais sombria que eu já vi, e a mais bonita assim que eu a conhecesse e visse a Aurora Boreal atrás dela refletindo todo o gelo do Polo Norte do outro lado do mundo.

33

Bom, acordei de manhã e o sol brilhava e o céu azul estava lindo e eu saí para o meu quintal alpino e pronto, tudo que Japhy tinha dito era verdade, centenas de quilômetros de rochas cobertas de neve pura e lagos virgens e florestas altas, e lá embaixo, em vez do mundo, vi um mar de nuvens de marshmallow planas como um telhado, que se estendiam por quilômetros e quilômetros em todas as direções, transformando todos os vales em creme, as chamadas nuvens de estágio baixo, que vistas do meu pico de dois mil metros pareciam estar muito lá embaixo. Preparei um café no fogão e saí e esquentei meus ossos umedecidos pela névoa no sol quente sentado nos meus degrauzinhos de madeira. Disse "tii-tii" para uma lebre grande e peluda e ela calmamente passou um minuto observando o mar de nuvens comigo. Preparei ovos com bacon, cavei um buraco de lixo a cem metros de distância da cabana, trilha abaixo, juntei lenha e identifiquei marcos geográficos com a minha panorâmica e meu detector de incêndios e dei nome a todas as pedras e fissuras mágicas, nomes que Japhy cantara para mim com tanta frequência: montanha Jack, monte Terror, monte Fury, monte Challenger, monte Despair, ponta Golden, Sourdough, pico Crater, Ruby, monte Baker maior que o mundo para o lado oeste, montanha Jackass, pico Crooked Thumb; e os fabulosos nomes dos riachos: Three Fools, Cinnamon, Trouble, Lightining e Freezeout. E tudo aquilo era meu, nenhum outro par de olhos humanos no mundo podia enxergar aquele universo em panorama de trezentos e sessenta graus de matéria. Tive uma sensação tremenda de estar em um sonho, que não me abandonou durante todo aquele verão e de fato foi crescendo cada vez mais, principalmente quando eu ficava de cabeça para baixo para fazer circular o sangue, bem no topo da montanha, usando um saco de aniagem para apoiar a cabeça, e então as montanhas ficavam parecidas com pequenas bolhas penduradas no vazio de cabeça para baixo. Para falar a verdade, percebi que elas estavam de cabeça para baixo e que eu estava de cabeça para baixo! Não havia nada ali para esconder o fato de que a gravidade nos segura todos intactos de cabeça para baixo contra a superfície redonda da terra no espaço infinito. E de repente percebi que eu estava verdadeiramente sozinho e que não tinha nada a fazer além de me alimentar e descansar e me divertir, e ninguém podia me criticar. As florzinhas brotavam em todo lugar, em volta das pedras, e ninguém tinha pedido que elas crescessem ali, nem que eu crescesse.

À tarde, o telhado de nuvens de marshmallow se dissipou em pedaços e o lago Ross se abriu à minha visão, uma linda piscina cerúlea lá embaixo, com minúsculos barquinhos de veranistas de brinquedo, os barcos em si distantes demais para enxergar, apenas seu rastrinho deplorável que riscava o lago-espelho. Dava para ver os pinheiros refletidos de ponta-cabeça no lago, apontando para o infinito. No fim da tarde, deitei-me sobre o capim com toda aquela glória na minha frente e fiquei um pouco entediado e pensei: "Não há nada ali porque eu não ligo a mínima". Então levantei de um pulo e comecei a cantar e a dançar e a assobiar por entre os dentes na direção da garganta Lightning, mas a vastidão era imensa demais para fazer eco. Atrás do barraco havia um enorme campo nevado que me forneceria água para beber até setembro, só um balde por dia, que deixava derreter dentro de casa, e pegava com uma xícara de lata, água bem gelada. Eu estava mais feliz do que estivera durante anos e anos, desde a infância, eu me sentia livre e contente e solitário. "Amigã-ão, didam, didam di", eu cantarolava, caminhando pelos arredores e chutando pedras. Então chegou o meu primeiro pôr do sol e foi inacreditável. As montanhas se cobriram de neve cor-de-rosa, as nuvens pareciam distantes e macias e, como cidades ancestrais e remotas com o esplendor da Budalândia, o vento não parava de trabalhar, shhh, shhh, às vezes ribombante, chacoalhando o meu barco. O disco da lua crescente parecia uma mandíbula e era secretamente engraçado no meio da prancha pálida de azul sobre os monstruosos blocos de névoa que se elevavam do lago Ross. Pontas afiadas saltavam por trás das encostas, como montanhas de infância que eu desenhava em tons de cinza. Em algum lugar, dava a impressão, um festival dourado de prazer se desenrolava. No meu diário, escrevi: "Estou feliz!". Nos picos do fim do dia enxerguei a esperança. Japhy tinha mesmo razão.

Enquanto a escuridão envolvia minha montanha e logo seria noite mais uma vez e as estrelas e o Abominável Homem das Neves me espiariam do Hozomeen, ateei um fogo crepitante no fogão e assei bolinhos de centeio deliciosos e misturei com um bom cozido de carne.

Um vento forte vindo do oeste castigava o barraco, que era bem construído com hastes de aço presas a blocos de concreto e não sairia voando. Estava satisfeito. Cada vez que olhava através das janelas, enxergava abetos alpinos em um cenário de picos cobertos de neve, névoas cegantes, ou o lago lá embaixo todo remexido e enluarado como um lago de banheira de brinquedo. Fiz para mim mesmo um buquezinho de lupinos e de florzinhas do campo e o coloquei em uma caneca com água. O topo da montanha Jack estava escondido por nuvens prateadas. Às vezes via clarões de relâmpago à distância, iluminando brevemente os horizontes inacreditáveis. Em algumas manhãs havia neblina e a minha crista, a crista Starvation, ficava completamente envolta por um véu leitoso.

Exatamente na manhã do domingo seguinte, justamente como tinha acontecido na primeira, o amanhecer revelou o mar de nuvens planas e brilhantes trezentos metros abaixo de mim. Cada vez que me sentia entediado, enrolava mais um cigarro da minha lata de tabaco Prince Albert; não há nada melhor no mundo do que aproveitar uma boa enrolada de cigarro sem pressa nenhuma. Caminhei de um lado para o outro naquele silêncio brilhante e prateado com horizontes rosados a oeste, e todos os insetos pararam para homenagear a lua. Alguns dias eram quentes e insuportáveis, com gafanhotos que eram umas pragas de insetos, formigas aladas, calor, nada de ar, nada de nuvens, não dava para entender como o topo de uma montanha do Norte podia ser tão quente. Ao meio-dia, o único som do mundo era o zumbido sinfônico de um milhão de insetos, meus amigos. Mas a noite chegava e com ela a lua da montanha e o luar formava um caminho no lago e eu saía e sentava no capim e meditava virado para oeste, desejando que houvesse um Deus Pessoal em toda essa matéria impessoal. Eu ia até meu campo nevado e desenterrava meu pote de gelatina roxa e olhava para a lua branca através dele. Dava para sentir o mundo girando em direção à lua. À noite, quando estava dentro do meu saco de dormir, os cervos vinham da mata mais baixa para mordiscar os restos de comida nos pratos de lata no quintal: machos com chifres abertos, fêmeas, e veadinhos fofos que pareciam mamíferos extraterrestres em outro planeta com toda aquela rocha iluminada pelo luar atrás deles.

Então vinha uma garoinha louca e lírica, do Sul, junto com o vento, e eu dizia: "O gosto da chuva, por que se ajoelhar?"; e dizia: "Hora de café quente e um cigarrinho, rapazes", conversando com meus bhikkus imaginários. A lua ficou cheia e enorme e com ela veio a Aurora Boreal sobre o monte Hozomeen ("Olhe para o vazio e ele fica ainda mais imóvel", Han Shan dissera na tradução de Japhy); e de fato eu estava tão imóvel que só precisava trocar as pernas cruzadas sobre o capim alpino para ouvir os cascos dos cervos correndo para longe em algum lugar. Apoiado sobre a cabeça antes de ir para a cama naquele telhado de pedra ao luar, dava mesmo para ver que a Terra na verdade estava de cabeça para baixo e que o homem é um besouro esquisito e vaidoso cheio de ideias estranhas que anda por aí de ponta-cabeça se vangloriando, e consegui perceber que o homem lembrava por que seu sonho de planetas e plantas e Plantagenets* foi construído a partir da essência primordial. Às vezes eu ficava nervoso porque as coisas não davam muito certo, estragava uma panqueca, ou escorregava no campo nevado quando ia pegar água, ou uma vez minha pá saiu navegando garganta abaixo, e eu fiquei tão louco da vida que tive vontade de morder os topos das montanhas e acabei entrando no barraco e chutei o armário e machuquei o pé. Mas permita que a mente tenha cautela, porque apesar de a carne ser maltratada, as circunstâncias da vida são bastante gloriosas.

Eu só precisava ficar de olho em todos os horizontes para detectar qualquer sinal de fumaça e operar o rádio de dois canais e varrer o chão. O rádio não me incomodava muito; não havia incêndios a uma distância que permitisse que eu os avistasse e fornecesse a informação antes dos outros e eu não participava dos bate-papos dos vigilantes. Enviaram algumas baterias de rádio por paraquedas, mas as que tinha levado inicialmente ainda estavam funcionando bem.

Certa noite, durante uma visão meditativa, Avalokitesvara, o Ouvinte e Respondente da Reza, disse para mim: "Você tem o poder de avisar às pessoas que elas são inteiramente livres"; de modo que coloquei a mão em mim mesmo para que eu fosse o primeiro a receber o aviso e depois me senti alegre, e berrei: "Ta", abri os olhos, e uma estrela cadente caiu. Os mundos incontáveis da Via Láctea, *palavras*. Tomei minha sopa em tigelinhas tristonhas e aquilo tinha um gosto muito melhor do que se estivesse em uma terrina elegante... minha sopa de ervilha e bacon de Japhy. Tirava cochilos de duas horas toda tarde, e ao acordar percebia que "nada disso nunca aconteceu" quando observava os arredores

---

* Plantagenets: a família real da Inglaterra de 1154 a 1399. (N. T.)

do meu topo da montanha. O mundo estava de cabeça para baixo, pendurado em um oceano de espaço infinito e lá estavam todas aquelas pessoas sentadas em cinemas assistindo a filmes, lá no mundo para onde eu retornaria... Caminhando de um lado para o outro no quintal, ao anoitecer, cantarolando "Wee Small Hours"*, quando cheguei ao verso *when the whole world is fast asleep***, meus olhos encheram-se de lágrimas. "Tudo bem, mundo", eu disse, "eu vou te adorar." À noite, na cama, aquecido e feliz no meu saco de dormir no bom beliche de cânhamo, via minha mesa e minhas roupas à luz do luar e sentia: "Pobre desse rapaz Raymond, o dia dele é tão cheio de mágoa e preocupação, as razões dele são tão efêmeras, precisar viver é algo tão aterrador e penoso...", e com isso, dormia como um carneirinho. Será que somos anjos caídos que não quiseram acreditar que o nada *é* nada e portanto nascemos para perder aqueles que amamos e os amigos queridos um por um e afinal nossa própria vida, para ter essa comprovação?... Mas a manhã fria retornava, com nuvens escapando da garganta Lightning como se fossem uma fumaça gigante, o lago lá embaixo sempre de um cerúleo neutro, e o vazio o mesmo de sempre. Ó dentes da terra que rangem, para onde tudo isso nos levaria a não ser para alguma eternidade dourada, para comprovar que sempre estivemos errados, para comprovar que a comprovação em si mesma não valia nada...

34

Agosto finalmente chegou com um golpe que fez tremer a minha casa e trouxe pouco augúrio de agosticidade. Fiz gelatina de framboesa da cor de rubis ao sol poente.

---

* "In the Wee Small Hours of the Morning" (nas primeiras horas da manhã), música gravada por Frank Sinatra em 1955. (N. T.)
** "Quando o mundo todo dorme pesado." (N. T.)

Pores do sol enlouquecidos e furiosos derramavam-se em mares de espuma de nuvens através de fissuras inimagináveis, com todos os tons de rosa da esperança por trás, eu me sentia exatamente daquele jeito, brilhante e árido além das palavras. Em todo lugar, terríveis campos de gelo e restos de neve; uma lâmina de capim balançando aos ventos da infinidade, ancorada a uma pedra. Ao leste, tudo era cinzento; ao norte, horrível; ao oeste, violentamente louco, tolos de ferro duro empreendendo uma luta de aparências na escuridão; ao sul, a neblina do meu pai. A montanha Jack, com seu chapéu de pedra de trezentos metros de altura pairando sobre uma centena de campos de futebol de neve. O riacho Cinnamon era um ninho de névoa escocesa. Shull se perdia na ponta Golden do monte Bleak. Minha lamparina a óleo queimava na infinidade. “Pobre carne gentil”, percebi, “não existe resposta”. Eu não sabia mais nada, eu não me importava, e não fazia diferença, e por um instante me senti livre de verdade. Então vinham manhãs realmente congelantes, fogo estalando, rachava lenha com meu chapéu (boné com abafadores de orelha), e me sentia preguiçoso e maravilhoso dentro de casa, enevoado por nuvens geladas. Chuva, trovões nas montanhas, mas na frente do fogão eu lia minhas revistas ocidentais. Em todo lugar o ar nevado e a fumaça da madeira. Afinal a neve chegou, em uma mortalha rodopiante vinda do Hozomeen perto do Canadá, veio girando na minha direção, enviando arautos radiantes e brancos através dos quais eu via o anjo da luz espiar, e a rosa dos ventos, nuvens escuras e baixas corriam pelo céu como se estivessem saindo de uma forja, o Canadá era um mar de névoa sem sentido; veio em forma de ataque de ventania anunciado pelo assobio na chaminé do fogão; abateu-se contra ela, para absorver minha antiga vista de céu azul que tinha sido só de nuvens douradas conscienciosas; ao longe, o rum-dum-dum do trovão canadense; e pelo sul, outra tempestade mais vasta e mais escura vinha se aproximando como uma tenaz; mas a montanha Hozomeen continuava lá, devolvendo o ataque com um silêncio mal-humorado. E nada era capaz de convencer os horizontes alegres e dourados mais ao nordeste, onde não havia tempestade, a trocar de lugar com o Desolation. De repente, um arco-íris verde e rosado penetrou bem no meio da crista Starvation, que não ficava nem a trezentos metros da minha porta, como um raio, como um pilar: apareceu no meio de nuvens vaporosas em um turbilhão de sol alaranjado.

O que é um arco-íris, Senhor?
Um arco
Para os humildes.

Ele se arqueava diretamente para dentro do riacho Lightning, chuva e neve caíam simultaneamente, o lago estava leitoso um quilômetro e meio mais abaixo, era uma loucura total. Saí de casa e por um instante minha sombra foi rodeada pelo arco-íris enquanto eu caminhava pelo topo da montanha, um mistério envolvido por um halo adorável que me deu vontade de rezar. "Ó Ray, o decurso da sua vida é como um pingo de chuva no oceano ilimitável que é o despertar eterno. Por que voltar a se preocupar? Escreva a Japhy e conte-lhe isso." A tempestade foi embora da mesma maneira repentina que chegara e o brilho tardio do final do dia me cegou. Fim de tarde, meu esfregão secando sobre a pedra. Fim de tarde, minhas costas nuas frias, eu parado em cima do mundo em um campo nevado usando minha pá para colocar torrões de neve em um balde. Fim de tarde, era eu e não o vazio que se transformava. Anoitecer agradável e rosado, meditei sob a meia-lua amarela de agosto. Sempre que eu ouvia o trovão nas montanhas era como o ferro do amor da minha mãe. "Trovão e neve, como prosseguiremos!", eu cantava. De repente chegavam as chuvas encharcadas de outono, chuva que durava a noite toda, milhões de hectares de Árvores da Sabedoria sendo lavados e lavados, e no meu sótão ratos milenares dormiam sabiamente.

Manhã, a sensação distinta do outono chegando, o fim do meu trabalho chegando, agora dias de vento com nuvens enlouquecidas, um ar definitivamente dourado na névoa do meio-dia. Noite, fazia chocolate quente e cantava à luz do fogo. Chamei Han Shan nas montanhas: não obtive resposta. Chamei Han Shan na névoa da manhã: silêncio, respondeu. Chamei: Dipankara me instruiu sem dizer nada. A neblina passava ventando, eu fechava os olhos, o fogão é que falava. "Woo!", gritei, e o pássaro do equilíbrio perfeito na ponta do abeto só mexeu o rabo; então ele se foi e a distância ficou imensamente branca. Noites escuras loucas com indício de ursos: lá embaixo no meu buraco de lixo velhas latas de leite evaporado e azedo mordidas e dilaceradas por patas gigantescas e poderosas: Avalokitesvara o Urso. Neblinas loucas e frias com buracos impressionantes. No meu calendário, circulei o cinquenta e cinco graus dia.

Meu cabelo estava comprido, meus olhos de um azul puro no espelho, minha pele bronzeada e feliz. A noite inteira vendavais e chuva torrencial de novo, chuva de outono, mas eu quentinho como uma torrada dentro do meu saco de dormir sonhando com antigos movimentos da infantaria dos escoteiros nas montanhas; manhã fria e louca com vento forte, névoas velozes, nuvens velozes, sóis brilhantes repentinos, a luz imaculada nas porções de montanha e meu fogo estalando com três toras grandes quando exultei ao ouvir Burnie Byers no rádio mandando todos nós, vigilantes, descer naquele mesmo dia. A temporada tinha terminado. Andei de um lado para o outro no quintal cheio de vento segurando uma xícara de café com o polegar e cantarolando: "Laralilalá, o esquilinho está na grama". E lá estava ele, meu esquilo, naquele ar puro e iluminado cheio de vento e de sol observando sobre a pedra; esfregando as mãos, sentou-se empinado, com um grão de aveia entre as patas; mordiscou o grão, saiu em disparada, o senhorzinho maluco de tudo que inspecionava. Ao anoitecer, paredão de nuvens do norte se aproximando.

"Brrr", disse eu. E cantarolava: "Sim, mas ele era meu sim", referindo-me "àquele barraco que foi meu o verão todo, já que o vento não o tinha levado embora"; e disse: "Passe, passe, passe, aquele que passa através de tudo!". Sessenta pores do sol eu tinha visto refletindo naquela linha vertical. A visão da liberdade da eternidade era minha para sempre. O esquilo correu para o meio das pedras e uma borboleta saiu voando. Tudo era simples assim. Pássaros sobrevoaram o barraco cheios de alegria; tinham um quilômetro e meio de mirtilos doces à disposição antes de começar a linha das árvores. Pela última vez fui até a ponta da garganta Lightning onde a velha latrina tinha sido construída bem em cima do precipício de uma fenda imensa. Ali, sentado diariamente durante sessenta dias, no meio da neblina ou ao luar ou em um dia ensolarado ou na noite mais escura, eu sempre via as arvorezinhas curvadas e retorcidas que pareciam crescer bem no meio da rocha suspensa no ar.

E por um instante tive a impressão de ter visto aquele pequeno vagabundo chinês inimaginável parado ali, na neblina, com aquele humor sem expressão no rosto enrugado. Não era o Japhy da vida real das mochilas e dos estudos budistas e das enormes festas loucas em Corte Madera, era o Japhy mais real do que a vida dos meus sonhos, e ele ficou lá parado sem dizer nada. "Vão embora, ladrões da mente!", gritou para os vazios das Cascades inacreditáveis. Japhy me aconselhara a ir até ali e agora, apesar de estar a onze mil quilômetros de distância no Japão respondendo ao sino de meditação (um sininho que depois ele enviou à minha mãe pelo correio, só porque ela era minha mãe, um presente para agradá-la), parecia estar lá no pico Desolation perto das velhas árvores retorcidas das pedras para certificar e justificar tudo que existia por lá. "Japhy", falei em voz alta, "eu não sei quando nos encontraremos de novo nem o que vai acontecer no futuro, mas Desolation, Desolation, eu devo tanto ao Desolation, obrigado para sempre por ter me guiado ao lugar onde aprendi tudo. Agora vem a tristeza de voltar para as cidades e eu fiquei dois meses mais velho e lá está toda a humanidade de bares e apresentações burlescas e amor áspero, tudo de cabeça para baixo no vazio Deus os abençoe, mas Japhy você e eu para sempre saberemos, ó sempre jovial, ó sempre choroso." Lá embaixo no lago reflexos rosados de vapor celestial apareceram, e eu disse: "Deus, eu te amo", e olhei para o céu e falei sério mesmo. "Eu me apaixonei por você, Deus. Tome conta de todos nós, de um jeito ou de outro."

Para as crianças e os inocentes, tudo é a mesma coisa.

E para seguir o hábito de Japhy de sempre se ajoelhar com uma perna só e fazer uma pequena prece para o acampamento que deixávamos, para aquele em Sierra, e para os outros em Marin, e a pequena prece de gratidão que ele fizera para o barraco de Sean no dia que zarpou, quando estava descendo a montanha com minha mochila nas costas, voltei-me e ajoelhei na trilha e disse: "Obrigado, barraco". E depois acrescentei: "Blá", com um sorrisinho, porque eu sabia que aquele barraco e aquela montanha compreenderiam o que aquilo significava, e me virei e continuei seguindo a trilha que me conduziria de volta a este mundo.

1000.**Diários de Andy Warhol (1)** – Editado por Pat Hackett
1001.**Diários de Andy Warhol (2)** – Editado por Pat Hackett
1002.**Cartier-Bresson: o olhar do século** – Pierre Assouline
1003.**As melhores histórias da mitologia: vol. 1** – A.S. Franchini e Carmen Seganfredo
1004.**As melhores histórias da mitologia: vol. 2** – A.S. Franchini e Carmen Seganfredo
1005.**Assassinato no beco** – Agatha Christie
1006.**Convite para um homicídio** – Agatha Christie
1008.**História da vida** – Michael J. Benton
1009.**Jung** – Anthony Stevens
1010.**Arsène Lupin, ladrão de casaca** – Maurice Leblanc
1011.**Dublinenses** – James Joyce
1012.**120 tirinhas da Turma da Mônica** – Mauricio de Sousa
1013.**Antologia poética** – Fernando Pessoa
1014.**A aventura de um cliente ilustre** ***seguido de*** **O último adeus de Sherlock Holmes** – Sir Arthur Conan Doyle
1015.**Cenas de Nova York** – Jack Kerouac
1016.**A corista** – Anton Tchékhov
1017.**O diabo** – Leon Tolstói
1018.**Fábulas chinesas** – Sérgio Capparelli e Márcia Schmaltz
1019.**O gato do Brasil** – Sir Arthur Conan Doyle
1020.**Missa do Galo** – Machado de Assis
1021.**O mistério de Marie Rogêt** – Edgar Allan Poe
1022.**A mulher mais linda da cidade** – Bukowski
1023.**O retrato** – Nicolai Gogol
1024.**O conflito** – Agatha Christie
1025.**Os primeiros casos de Poirot** – Agatha Christie
1027(25).**Beethoven** – Bernard Fauconnier
1028.**Platão** – Julia Annas
1029.**Cleo e Daniel** – Roberto Freire
1030.**Til** – José de Alencar
1031.**Viagens na minha terra** – Almeida Garrett
1032.**Profissões para mulheres e outros artigos feministas** – Virginia Woolf
1033.**Mrs. Dalloway** – Virginia Woolf
1034.**O cão da morte** – Agatha Christie
1035.**Tragédia em três atos** – Agatha Christie
1037.**O fantasma da Ópera** – Gaston Leroux
1038.**Evolução** – Brian e Deborah Charlesworth
1039.**Medida por medida** – Shakespeare
1040.**Razão e sentimento** – Jane Austen
1041.**A obra-prima ignorada** ***seguido de*** **Um episódio durante o Terror** – Balzac
1042.**A fugitiva** – Anaïs Nin
1043.**As grandes histórias da mitologia greco-romana** – A. S. Franchini
1044.**O corno de si mesmo & outras historietas** – Marquês de Sade
1045.**Da felicidade** ***seguido de*** **Da vida retirada** – Sêneca
1046.**O horror em Red Hook e outras histórias** – H. P. Lovecraft
1047.**Noite em claro** – Martha Medeiros
1048.**Poemas clássicos chineses** – Li Bai, Du Fu e Wang Wei
1049.**A terceira moça** – Agatha Christie
1050.**Um destino ignorado** – Agatha Christie
1051(26).**Buda** – Sophie Royer
1052.**Guerra Fria** – Robert J. McMahon
1053.**Simons's Cat: as aventuras de um gato travesso e comilão – vol. 1** – Simon Tofield
1054.**Simons's Cat: as aventuras de um gato travesso e comilão – vol. 2** – Simon Tofield
1055.**Só as mulheres e as baratas sobreviverão** – Claudia Tajes
1057.**Pré-história** – Chris Gosden
1058.**Pintou sujeira!** – Mauricio de Sousa
1059.**Contos de Mamãe Gansa** – Charles Perrault
1060.**A interpretação dos sonhos: vol. 1** – Freud
1061.**A interpretação dos sonhos: vol. 2** – Freud
1062.**Frufru Rataplã Dolores** – Dalton Trevisan
1063.**As melhores histórias da mitologia egípcia** – Carmem Seganfredo e A.S. Franchini
1064.**Infância. Adolescência. Juventude** – Tolstói
1065.**As consolações da filosofia** – Alain de Botton
1066.**Diários de Jack Kerouac – 1947-1954**
1067.**Revolução Francesa – vol. 1** – Max Gallo
1068.**Revolução Francesa – vol. 2** – Max Gallo
1069.**O detetive Parker Pyne** – Agatha Christie
1070.**Memórias do esquecimento** – Flávio Tavares
1071.**Drogas** – Leslie Iversen
1072.**Manual de ecologia (vol.2)** – J. Lutzenberger
1073.**Como andar no labirinto** – Affonso Romano de Sant'Anna
1074.**A orquídea e o serial killer** – Juremir Machado da Silva
1075.**Amor nos tempos de fúria** – Lawrence Ferlinghetti
1076.**A aventura do pudim de Natal** – Agatha Christie
1078.**Amores que matam** – Patricia Faur
1079.**Histórias de pescador** – Mauricio de Sousa
1080.**Pedaços de um caderno manchado de vinho** – Bukowski
1081.**A ferro e fogo: tempo de solidão (vol.1)** – Josué Guimarães
1082.**A ferro e fogo: tempo de guerra (vol.2)** – Josué Guimarães
1084(17).**Desembarcando o Alzheimer** – Dr. Fernando Lucchese e Dra. Ana Hartmann
1085.**A maldição do espelho** – Agatha Christie
1086.**Uma breve história da filosofia** – Nigel Warburton
1088.**Heróis da História** – Will Durant
1089.**Concerto campestre** – L. A. de Assis Brasil

1090.**Morte nas nuvens** – Agatha Christie
1092.**Aventura em Bagdá** – Agatha Christie
1093.**O cavalo amarelo** – Agatha Christie
1094.**O método de interpretação dos sonhos** – Freud
1095.**Sonetos de amor e desamor** – Vários
1096.**120 tirinhas do Dilbert** – Scott Adams
1097.**200 fábulas de Esopo**
1098.**O curioso caso de Benjamin Button** – F. Scott Fitzgerald
1099.**Piadas para sempre: uma antologia para morrer de rir** – Visconde da Casa Verde
1100.**Hamlet (Mangá)** – Shakespeare
1101.**A arte da guerra (Mangá)** – Sun Tzu
1104.**As melhores histórias da Bíblia (vol.1)** – A. S. Franchini e Carmen Seganfredo
1105.**As melhores histórias da Bíblia (vol.2)** – A. S. Franchini e Carmen Seganfredo
1106.**Psicologia das massas e análise do eu** – Freud
1107.**Guerra Civil Espanhola** – Helen Graham
1108.**A autoestrada do sul e outras histórias** – Julio Cortázar
1109.**O mistério dos sete relógios** – Agatha Christie
1110.**Peanuts: Ninguém gosta de mim... (amor)** – Charles Schulz
1111.**Cadê o bolo?** – Mauricio de Sousa
1112.**O filósofo ignorante** – Voltaire
1113.**Totem e tabu** – Freud
1114.**Filosofia pré-socrática** – Catherine Osborne
1115.**Desejo de status** – Alain de Botton
1118.**Passageiro para Frankfurt** – Agatha Christie
1120.**Kill All Enemies** – Melvin Burgess
1121.**A morte da sra. McGinty** – Agatha Christie
1122.**Revolução Russa** – S. A. Smith
1123.**Até você, Capitu?** – Dalton Trevisan
1124.**O grande Gatsby (Mangá)** – F. S. Fitzgerald
1125.**Assim falou Zaratustra (Mangá)** – Nietzsche
1126. **Peanuts: É para isso que servem os amigos (amizade)** – Charles Schulz
1127(27).**Nietzsche** – Dorian Astor
1128.**Bidu: Hora do banho** – Mauricio de Sousa
1129.**O melhor do Macanudo Taurino** – Santiago
1130.**Radicci 30 anos** – Iotti
1131.**Show de sabores** – J.A. Pinheiro Machado
1132.**O prazer das palavras** – vol. 3 – Cláudio Moreno
1133.**Morte na praia** – Agatha Christie
1134.**O fardo** – Agatha Christie
1135.**Manifesto do Partido Comunista (Mangá)** – Marx & Engels
1136.**A metamorfose (Mangá)** – Franz Kafka
1137.**Por que você não se casou... ainda** – Tracy McMillan
1138.**Textos autobiográficos** – Bukowski
1139.**A importância de ser prudente** – Oscar Wilde
1140.**Sobre a vontade na natureza** – Arthur Schopenhauer
1141.**Dilbert (8)** – Scott Adams
1142.**Entre dois amores** – Agatha Christie
1143.**Cipreste triste** – Agatha Christie
1144.**Alguém viu uma assombração?** – Mauricio de Sousa
1145.**Mandela** – Elleke Boehmer
1146.**Retrato do artista quando jovem** – James Joyce
1147.**Zadig ou o destino** – Voltaire
1148.**O contrato social (Mangá)** – J.-J. Rousseau
1149.**Garfield fenomenal** – Jim Davis
1150.**A queda da América** – Allen Ginsberg
1151.**Música na noite & outros ensaios** – Aldous Huxley
1152.**Poesias inéditas & Poemas dramáticos** – Fernando Pessoa
1153.**Peanuts: Felicidade é...** – Charles M. Schulz
1154.**Mate-me por favor** – Legs McNeil e Gillian McCain
1155.**Assassinato no Expresso Oriente** – Agatha Christie
1156.**Um punhado de centeio** – Agatha Christie
1157.**A interpretação dos sonhos (Mangá)** – Freud
1158.**Peanuts: Você não entende o sentido da vida** – Charles M. Schulz
1159.**A dinastia Rothschild** – Herbert R. Lottman
1160.**A Mansão Hollow** – Agatha Christie
1161.**Nas montanhas da loucura** – H.P. Lovecraft
1162(28).**Napoleão Bonaparte** – Pascale Fautrier
1163.**Um corpo na biblioteca** – Agatha Christie
1164.**Inovação** – Mark Dodgson e David Gann
1165.**O que toda mulher deve saber sobre os homens: a afetividade masculina** – Walter Riso
1166.**O amor está no ar** – Mauricio de Sousa
1167.**Testemunha de acusação & outras histórias** – Agatha Christie
1168.**Etiqueta de bolso** – Celia Ribeiro
1169.**Poesia reunida (volume 3)** – Affonso Romano de Sant'Anna
1170.**Emma** – Jane Austen
1171.**Que seja em segredo** – Ana Miranda
1172.**Garfield sem apetite** – Jim Davis
1173.**Garfield: Foi mal...** – Jim Davis
1174.**Os irmãos Karamázov (Mangá)** – Dostoiévski
1175.**O Pequeno Príncipe** – Antoine de Saint-Exupéry
1176.**Peanuts: Ninguém mais tem o espírito aventureiro** – Charles M. Schulz
1177.**Assim falou Zaratustra** – Nietzsche
1178.**Morte no Nilo** – Agatha Christie
1179.**Ê, soneca boa** – Mauricio de Sousa
1180.**Garfield a todo o vapor** – Jim Davis
1181.**Em busca do tempo perdido (Mangá)** – Proust
1182.**Cai o pano: o último caso de Poirot** – Agatha Christie
1183.**Livro para colorir e relaxar** – Livro 1
1184.**Para colorir sem parar**
1185.**Os elefantes não esquecem** – Agatha Christie
1186.**Teoria da relatividade** – Albert Einstein
1187.**Compêndio da psicanálise** – Freud
1188.**Visões de Gerard** – Jack Kerouac
1189.**Fim de verão** – Mohiro Kitoh
1190.**Procurando diversão** – Mauricio de Sousa
1191.**E não sobrou nenhum e outras peças** – Agatha Christie
1192.**Ansiedade** – Daniel Freeman & Jason Freeman

1193.**Garfield: pausa para o almoço** – Jim Davis
1194.**Contos do dia e da noite** – Guy de Maupassant
1195.**O melhor de Hagar 7** – Dik Browne
1196(29).**Lou Andreas-Salomé** – Dorian Astor
1197(30).**Pasolini** – René de Ceccatty
1198.**O caso do Hotel Bertram** – Agatha Christie
1199.**Crônicas de motel** – Sam Shepard
1200.**Pequena filosofia da paz interior** – Catherine Rambert
1201.**Os sertões** – Euclides da Cunha
1202.**Treze à mesa** – Agatha Christie
1203.**Bíblia** – John Riches
1204.**Anjos** – David Albert Jones
1205.**As tirinhas do Guri de Uruguaiana 1** – Jair Kobe
1206.**Entre aspas (vol.1)** – Fernando Eichenberg
1207.**Escrita** – Andrew Robinson
1208.**O spleen de Paris: pequenos poemas em prosa** – Charles Baudelaire
1209.**Satíricon** – Petrônio
1210.**O avarento** – Molière
1211.**Queimando na água, afogando-se na chama** – Bukowski
1212.**Miscelânea septuagenária: contos e poemas** – Bukowski
1213.**Que filosofar é aprender a morrer e outros ensaios** – Montaigne
1214.**Da amizade e outros ensaios** – Montaigne
1215.**O medo à espreita e outras histórias** – H.P. Lovecraft
1216.**A obra de arte na era de sua reprodutibilidade técnica** – Walter Benjamin
1217.**Sobre a liberdade** – John Stuart Mill
1218.**O segredo de Chimneys** – Agatha Christie
1219.**Morte na rua Hickory** – Agatha Christie
1220.**Ulisses (Mangá)** – James Joyce
1221.**Ateísmo** – Julian Baggini
1222.**Os melhores contos de Katherine Mansfield** – Katherine Mansfield
1223(31).**Martin Luther King** – Alain Foix
1224.**Millôr Definitivo: uma antologia de *A Bíblia do Caos*** – Millôr Fernandes
1225.**O Clube das Terças-Feiras e outras histórias** – Agatha Christie
1226.**Por que sou tão sábio** – Nietzsche
1227.**Sobre a mentira** – Platão
1228.**Sobre a leitura *seguido do* Depoimento de Céleste Albaret** – Proust
1229.**O homem do terno marrom** – Agatha Christie
1230(32).**Jimi Hendrix** – Franck Médioni
1231.**Amor e amizade e outras histórias** – Jane Austen
1232.**Lady Susan, Os Watson e Sanditon** – Jane Austen
1233.**Uma breve história da ciência** – William Bynum
1234.**Macunaíma: o herói sem nenhum caráter** – Mário de Andrade
1235.**A máquina do tempo** – H.G. Wells
1236.**O homem invisível** – H.G. Wells
1237.**Os 36 estratagemas: manual secreto da arte da guerra** – Anônimo
1238.**A mina de ouro e outras histórias** – Agatha Christie
1239.**Pic** – Jack Kerouac
1240.**O habitante da escuridão e outros contos** – H.P. Lovecraft
1241.**O chamado de Cthulhu e outros contos** – H.P. Lovecraft
1242.**O melhor de Meu reino por um cavalo!** – Edição de Ivan Pinheiro Machado
1243.**A guerra dos mundos** – H.G. Wells
1244.**O caso da criada perfeita e outras histórias** – Agatha Christie
1245.**Morte por afogamento e outras histórias** – Agatha Christie
1246.**Assassinato no Comitê Central** – Manuel Vázquez Montalbán
1247.**O papai é pop** – Marcos Piangers
1248.**O papai é pop 2** – Marcos Piangers
1249.**A mamãe é rock** – Ana Cardoso
1250.**Paris boêmia** – Dan Franck
1251.**Paris libertária** – Dan Franck
1252.**Paris ocupada** – Dan Franck
1253.**Uma anedota infame** – Dostoiévski
1254.**O último dia de um condenado** – Victor Hugo
1255.**Nem só de caviar vive o homem** – J.M. Simmel
1256.**Amanhã é outro dia** – J.M. Simmel
1257.**Mulherzinhas** – Louisa May Alcott
1258.**Reforma Protestante** – Peter Marshall
1259.**História econômica global** – Robert C. Allen
1260(33).**Che Guevara** – Alain Foix
1261.**Câncer** – Nicholas James
1262.**Akhenaton** – Agatha Christie
1263.**Aforismos para a sabedoria de vida** – Arthur Schopenhauer
1264.**Uma história do mundo** – David Coimbra
1265.**Ame e não sofra** – Walter Riso
1266.**Desapegue-se!** – Walter Riso
1267.**Os Sousa: Uma famíla do barulho** – Mauricio de Sousa
1268.**Nico Demo: O rei da travessura** – Mauricio de Sousa
1269.**Testemunha de acusação e outras peças** – Agatha Christie
1270(34).**Dostoiévski** – Virgil Tanase
1271.**O melhor de Hagar 8** – Dik Browne
1272.**O melhor de Hagar 9** – Dik Browne
1273.**O melhor de Hagar 10** – Dik e Chris Browne
1274.**Considerações sobre o governo representativo** – John Stuart Mill
1275.**O homem Moisés e a religião monoteísta** – Freud
1276.**Inibição, sintoma e medo** – Freud
1277.**Além do princípio de prazer** – Freud
1278.**O direito de dizer não!** – Walter Riso

1279.**A arte de ser flexível** – Walter Riso
1280.**Casados e descasados** – August Strindberg
1281.**Da Terra à Lua** – Júlio Verne
1282.**Minhas galerias e meus pintores** – Kahnweiler
1283.**A arte do romance** – Virginia Woolf
1284.**Teatro completo v. 1: As aves da noite *seguido de* O visitante** – Hilda Hilst
1285.**Teatro completo v. 2: O verdugo *seguido de* A morte do patriarca** – Hilda Hilst
1286.**Teatro completo v. 3: O rato no muro *seguido de* Auto da barca de Camiri** – Hilda Hilst
1287.**Teatro completo v. 4: A empresa *seguido de* O novo sistema** – Hilda Hilst
1289.**Fora de mim** – Martha Medeiros
1290.**Divã** – Martha Medeiros
1291.**Sobre a genealogia da moral: um escrito polêmico** – Nietzsche
1292.**A consciência de Zeno** – Italo Svevo
1293.**Células-tronco** – Jonathan Slack
1294.**O fim do ciúme e outros contos** – Proust
1295.**A jangada** – Júlio Verne
1296.**A ilha do dr. Moreau** – H.G. Wells
1297.**Ninho de fidalgos** – Ivan Turguêniev
1298.**Jane Eyre** – Charlotte Brontë
1299.**Sobre gatos** – Bukowski
1300.**Sobre o amor** – Bukowski
1301.**Escrever para não enlouquecer** – Bukowski
1302.**222 receitas** – J. A. Pinheiro Machado
1303.**Reinações de Narizinho** – Monteiro Lobato
1304.**O Saci** – Monteiro Lobato
1305.**Memórias da Emília** – Monteiro Lobato
1306.**O Picapau Amarelo** – Monteiro Lobato
1307.**A reforma da Natureza** – Monteiro Lobato
1308.**Fábulas *seguido de* Histórias diversas** – Monteiro Lobato
1309.**Aventuras de Hans Staden** – Monteiro Lobato
1310.**Peter Pan** – Monteiro Lobato
1311.**Dom Quixote das crianças** – Monteiro Lobato
1312.**O Minotauro** – Monteiro Lobato
1313.**Um quarto só seu** – Virginia Woolf
1314.**Sonetos** – Shakespeare
1315(35).**Thoreau** – Marie Berthoumieu e Laura El Makki
1316.**Teoria da arte** – Cynthia Freeland
1317.**A arte da prudência** – Baltasar Gracián
1318.**O louco *seguido de* Areia e espuma** – Khalil Gibran
1319.**O profeta *seguido de* O jardim do profeta** – Khalil Gibran
1320.**Jesus, o Filho do Homem** – Khalil Gibran
1321.**A luta** – Norman Mailer
1322.**Sobre o sofrimento do mundo e outros ensaios** – Schopenhauer
1323.**Epidemiologia** – Rodolfo Sacacci
1324.**Japão moderno** – Christopher Goto-Jones
1325.**A arte da meditação** – Matthieu Ricard
1326.**O adversário secreto** – Agatha Christie
1327.**Pollyanna** – Eleanor H. Porter
1328.**Espelhos** – Eduardo Galeano
1329.**A Vênus das peles** – Sacher-Masoch
1330.**O 18 de brumário de Luís Bonaparte** – Karl Marx
1331.**Um jogo para os vivos** – Patricia Highsmith
1332.**A tristeza pode esperar** – J.J. Camargo
1333.**Vinte poemas de amor e uma canção desesperada** – Pablo Neruda
1334.**Judaísmo** – Norman Solomon
1335.**Esquizofrenia** – Christopher Frith & Eve Johnstone
1336.**Seis personagens em busca de um autor** – Luigi Pirandello
1337.**A Fazenda dos Animais** – George Orwell
1338.**1984** – George Orwell
1339.**Ubu Rei** – Alfred Jarry
1340.**Sobre bêbados e bebidas** – Bukowski
1341.**Tempestade para os vivos e para os mortos** – Bukowski
1342.**Complicado** – Natsume Ono
1343.**Sobre o livre-arbítrio** – Schopenhauer
1344.**Uma breve história da literatura** – John Sutherland
1345.**Você fica tão sozinho às vezes que até faz sentido** – Bukowski
1346.**Um apartamento em Paris** – Guillaume Musso
1347.**Receitas fáceis e saborosas** – José Antonio Pinheiro Machado
1348.**Por que engordamos** – Gary Taubes
1349.**A fabulosa história do hospital** – Jean-Noël Fabiani
1350.**Voo noturno *seguido de* Terra dos homens** – Antoine de Saint-Exupéry
1351.**Doutor Sax** – Jack Kerouac
1352.**O livro do Tao e da virtude** – Lao-Tsé
1353.**Pista negra** – Antonio Manzini
1354.**A chave de vidro** – Dashiell Hammett
1355.**Martin Eden** – Jack London
1356.**Já te disse adeus, e agora, como te esqueço?** – Walter Riso
1357.**A viagem do descobrimento** – Eduardo Bueno
1358.**Náufragos, traficantes e degredados** – Eduardo Bueno
1359.**Retrato do Brasil** – Paulo Prado
1360.**Maravilhosamente imperfeito, escandalosamente feliz** – Walter Riso
1361.**É...** – Millôr Fernandes
1362.**Duas tábuas e uma paixão** – Millôr Fernandes
1363.**Selma e Sinatra** – Martha Medeiros
1364.**Tudo que eu queria te dizer** – Martha Medeiros
1365.**Várias histórias** – Machado de Assis
1366.**A sabedoria do Padre Brown** – G. K. Chesterton
1367.**Capitães do Brasil** – Eduardo Bueno
1368.**O falcão maltês** – Dashiell Hammett
1369.**A arte de estar com a razão** – Arthur Schopenhauer
1370.**A visão dos vencidos** – Miguel León-Portilla

lepmeditores

www.lpm.com.br

o site que conta tudo

IMPRESSÃO:

PALLOTTI
GRÁFICA

Santa Maria - RS | Fone: (55) 3220.4500
www.graficapallotti.com.br